SUSANNE KRIESMER

# Schneiderei Graf – Wendezeiten

## Weitere Titel der Autorin:

Schneiderei Graf – Schicksalszeiten

## Über die Autorin:

Susanne Kriesmer wurde 1979 in Andernach am Rhein geboren und ist auf einem Bauernhof aufgewachsen. Nach dem Abitur in Bonn-Bad Godesberg machte sie eine Lehre zur Buchhändlerin. Von ihrer Mutter – einer gelernten Schneiderin – bekam sie ihre erste Nähmaschine geschenkt und näht seitdem in ihrer Freizeit. Mit dem Schreiben von Büchern begann sie nach der Geburt ihrer drei Kinder. Susanne Kriesmer lebt mit ihrer Familie am Rande der Vulkaneifel.

Susanne Kriesmer

# Schneiderei Graf

## Wendezeiten

lübbe

Dieser Titel ist auch als Hörbuch und E-Book erschienen

Vollständige Taschenbuchausgabe
der bei Bastei Lübbe erschienenen E-Book-Ausgabe

MIX
Papier | Fördert
gute Waldnutzung
FSC® C014496


Umschlaggestaltung: Guter Punkt, München unter Verwendung
von Illustrationen von © iStock/Getty Images Plus:
MichaelUtech | Vac1 | WangAnQi
Satz: 3w+p GmbH, Rimpar (www.3wplusp.de)
Gesetzt aus der Adobe Caslon Pro
Druck und Verarbeitung: GGP Media GmbH, Pößneck
Printed in Germany
ISBN 978-3-404-18874-1

5 4 3 2 1

Sie finden uns im Internet unter luebbe.de
Bitte beachten Sie auch: lesejury.de

In Gedenken an Rita L.

# PROLOG

*Sommer 1978, Bonn-Friesdorf*

*You're the one that I want* von John Travolta und Olivia Newton-John dröhnte aus dem Kassettenrekorder durch das Jugendzimmer. Konzentriert versuchte Astrid, den Schritten des *Grease*-Tanzkurses aus der *BRAVO* zu folgen, die aufgeschlagen auf der Couch lag.

*Schritt nach vorn. Schritt zurück. Die Hände an die Hüften und dann …*

Die Tür wurde aufgerissen, und Britta stürzte herein. Ohne zu fragen, warf sie sich auf die bunt gestreifte Bettcouch und fing an, in der Zeitschrift zu blättern.

»Pfoten weg!«, rief Astrid. »Das ist meine.« Sie versuchte, ihrer kleinen Schwester die Zeitschrift zu entreißen.

Aber Britta war schneller. Mit einer Drehung rollte sie sich von der Couch, hielt triumphierend die *BRAVO* in die Luft: »Hol sie dir doch!« Sie streckte ihr die Zunge heraus.

Das war zu viel! Astrid schnaubte wütend. Sie machte einen Schritt auf Britta zu und bekam eine Ecke der Zeitschrift zu fassen. Im gleichen Moment riss ihre Schwester den Arm hoch. Ein lautes, ratschendes Geräusch übertönte für einen Moment die Musik aus dem Kassettenrekorder – und Astrid hielt Fetzen bunten Papiers in der Hand. Britta ließ mit großen Augen den Rest der Zeitschrift fallen und war so rasch verschwunden, wie sie eben hereingekommen war.

Astrid spürte Tränen in sich aufsteigen. »Die kaufst du mir neu!«, brüllte sie ihrer Schwester in den engen Hausflur hinterher, bevor sie die Zimmertür mit Schwung ins Schloss warf.

Die Seiten der zerrissenen Zeitschrift flatterten vom Luftzug hoch. Weinend lehnte Astrid sich von innen an die Tür, rutschte daran herunter. In der Hand hielt sie immer noch die Papierfetzen. Sie zerknüllte sie und pfefferte sie auf den Boden. Warum musste Britta nur so blöd sein? Immer wollte sie haben, was Astrid hatte. Wollte machen, was Astrid machte. Wollte mit dabei sein, wenn Astrids Freunde zu Besuch waren. Und viel zu oft musste Astrid sie mitnehmen und auf sie aufpassen. Als wenn sie mit ihren sechzehn Jahren nichts Besseres zu tun hätte, als auf die zwölfjährige Schwester aufzupassen! Britta war doch nur ein Klotz am Bein, nichts anderes. Aber das wollten ihre Eltern ja nicht einsehen. Vor allem ihre Mutter nicht. Von der bekam sie immer zu hören, wie gern sie selbst eine Schwester gehabt hätte. *Was kann ich denn dafür, dass sie stattdessen nur Onkel Joachim zum Bruder hat*, dachte Astrid. Immerhin einen Zwillingsbruder! Einen Zwilling zu haben, das stellte sich Astrid spannend vor. Das war bestimmt etwas ganz anders als eine nervige kleine Schwester.

Sie starrte auf die zerknüllten Fetzen und auf die zerrissene *BRAVO*. Wie würde sie denn am Montag in der Schule dastehen, wenn alle den Tanz des Musicals *Grease* beherrschten, nur sie nicht! Astrid griff nach der Zeitschrift, ließ sie aber sofort wieder fallen. Das war doch Mist! Britta hatte es mal wieder geschafft, ihr Leben zu zerstören. Sie vergrub ihren Kopf in den Händen.

Eine Zeit lang saß sie einfach nur da, den Rücken an die Tür gelehnt, bis plötzlich Stimmen im Haus laut wurden. Ihre Eltern stritten. Mal wieder. Vor etwas mehr als einem Jahr hatte es angefangen. Astrid wusste nicht, was der Auslöser dafür gewesen war. Aber seitdem stritten ihre Eltern. Und wenn sie nicht stritten, dann schwiegen sie, das war fast noch schlimmer. Bislang hatte Astrid nie mithören können, weil ihre Eltern sofort verstummt waren, wenn sie bemerkt hatten, dass sie nicht allein waren. Aber jetzt konnten sie Astrid nicht bemerken. Sie drehte den Kopf, sodass ihr Ohr an der Tür lag. Durch das dünne Holz hörte sie alles.

»Es reicht. Es reicht so was von! Das hier ... dieser Brief ... das geht nicht mehr.« Das war ihr Vater.

»Du hast es gewusst. Vom ersten Tag an hast du es gewusst«, erwiderte ihre Mutter.

»Ja. Das habe ich. Aber ich habe gedacht, dass sich das gibt. Dass du mit der Zeit siehst, was du an mir hast.«

»Mein Gott, Heinz! Gib mir den Brief. Ich weiß genau, was ich an dir habe. Aber ich kann mein Herz nicht zwingen, ihn zu vergessen.«

Ihn? Von wem sprach ihre Mutter?

»Weißt du eigentlich, wie schlimm das all die Jahre für mich war? Nach Astrids Geburt und erst nach Brittas ... ich dachte, wir wären glücklich. Wir wären eine Familie.«

»Wir waren glücklich, und wir sind eine Familie.«

»Ehrlich? Ich bin mir da nicht mehr so sicher. Dass du nach dieser langen Zeit immer noch an ihm hängst. Ich ... ich kann das nicht mehr länger ertragen! Das Wissen, nur an zweiter Stelle zu stehen, immer nur an zweiter Stelle ... Edith, das geht nicht mehr.«

»Du wusstest es. Ich habe nie einen Hehl daraus gemacht. Nie. Du wusstest, dass ein großer Teil meines Herzens Paul gehört.«

Paul. Endlich ein Name. Fieberhaft überlegte Astrid, ob sie irgendjemanden mit diesem Namen kannte ...

»Ja, das weiß ich. Ich seh es doch jeden Tag. An dir, an A...«

»Heinz«, unterbrach ihre Mutter ihn. »Ich verstehe, dass es für dich nicht einfach ist. Aber ich kann nun mal nichts dagegen tun.«

Astrid stockte der Atem. Ihre Mutter liebte einen anderen. Und ihr Vater wusste davon?

»Das soll es besser machen?«, fragte ihr Vater kalt.

»Du weißt, wie viel mir an dir liegt.«

»Dir liegt viel an mir … Aber du liebst mich nicht.«

»Heinz …«

Astrid wandte den Kopf ab und presste sich die Hände auf die Ohren. Sie wollte das nicht hören. Sie hatte genug mitbekommen. Wenn sie eins und eins zusammenzählte, dann ließ das für sie nur einen Schluss zu: Ihre Mutter liebte jemanden namens Paul. Das musste der Grund sein, warum ihre Eltern in letzter Zeit immer stritten. Dabei hatte sie gedacht, das würde vorübergehen. Ihre Eltern waren doch schon so lange verheiratet – sie waren eine glückliche Familie. Sie alle zusammen. Vater, Mutter, Kinder. Sachte schaukelte Astrid vor und zurück. Die Bewegung beruhigte sie, beruhigte ihr holperndes Herz.

»Das mit uns, das ist vorbei! Und diesmal endgültig!«, schrie Heinz mit einem Mal so laut, dass Astrid es hörte, obwohl sie sich die Ohren zuhielt.

Schwere Schritte erklangen im Flur. Dann wurde die Haustür zugeknallt. Astrid hielt im Schaukeln inne und nahm die Hände herunter. Kurz lag eine unheimliche Stille über dem Haus, bis aus dem Kassettenrekorder *Stayin' Alive* von den Bee Gees erklang. Astrid saß auf dem Boden und starrte wieder auf die Zeitung vor sich, die zerknüllten Fetzen daneben. Hatte sie eben gedacht, ihr Leben sei zerstört, wegen einer zerrissenen *BRAVO*? Das war nichts. Gar nichts!

# 1988

## 1

*Mai, Bonn-Bad Godesberg*

»Also wirklich, Süße, du versauerst am Rhein doch nur. Gib dir einen Ruck und dann ab mit dir in den nächsten Zug Richtung Berlin.«

Astrid saß im Wohnzimmer der Villa und hatte den Telefonhörer zwischen Kopf und Schulter geklemmt. Konzentriert blickte sie auf die Finger ihrer rechten Hand, um die sie in der letzten Viertelstunde das spiralig gewellte Telefonkabel gewickelt hatte. »Ich weiß nicht …«, sagte sie.

»Aber *ich* weiß es«, kam es von Sabine wie aus der Pistole geschossen zurück. Astrid konnte förmlich hören, dass sie dabei grinste.

»Ich will mich doch auf meine Kollektion konzentrieren«, begann Astrid, »in Ruhe neue Ideen entwickeln und …«

»Noch ein Grund mehr, nach Berlin zu kommen!«, unterbrach Sabine sie. »Wenn du auf der Suche nach neuen Einflüssen und Trends bist, musst du wohl oder übel an die Spree kommen.«

Astrid verzog den Mund. Sabine hatte leicht reden. Sie war in West-Berlin aufgewachsen, kannte das Leben in einer ummauerten Stadt mitten in der DDR mit nur ein paar Transitstraßen rein und raus in den Westen. Astrid stellte sich das furchtbar vor, so eingekesselt zu sein. Und dann hatte sie immer die Stimme ihrer Mutter im Ohr, dass Berlin eine grausame Stadt sei. Eine geteilte Stadt, die einem alle Träume zerstören würde. Astrid verstand zwar nicht, was für ein Problem ihre Mutter mit Berlin hatte, aber die Sätze hatten sich eingebrannt. »Ich … ich denk mal drüber nach, okay?«, antwortete sie ausweichend.

»Ach, Süße. Du musst wirklich lernen, über deinen Schatten zu springen.«

Mit einem Ruck zog Astrid ihre Finger aus dem Kabel. »Was soll das denn heißen?«, fragte sie.

»Ich sag nur: erster Abend im Wohnheim«, erwiderte Sabine.

Astrid seufzte schwer, als sie an den besagten Abend zurückdachte. Seit sich ihre Eltern 1978 getrennt hatten und sie plötzlich Knall auf Fall gezwungen gewesen war, mit Britta und ihrer Mutter aus dem kleinen Häuschen in Friesdorf in die Villa in der Dürenstraße umzuziehen, tat sie sich schwer mit großen Veränderungen in ihrem Leben. Kontinuität war zu ihrem Anker geworden. Alles, was gleich blieb, gab ihr Halt und Sicherheit. Dass sie sich nach ihrem Abitur 1981 tatsächlich dazu hatte überwinden können, für ein Studium in Modedesign nach Hamburg zu gehen, hatte sie schon am ersten Abend bereut. Sie konnte sich nicht erklären, was in sie gefahren war. Die Freude über das Ende der Schulzeit an der katholischen Mädchenschule in Bad Godesberg hatte sie wohl alle Bedenken über Bord werfen lassen. Einmal in Hamburg, hatte es kein Zurück mehr gegeben, und so hatte sie sich weinend in den Armen einer völlig fremden Kommilitonin wiedergefunden, die seitdem ihre beste Freundin war: Sabine Ruhland aus West-Berlin, klein, quirlig und das komplette Gegenteil von Astrid. »Pass auf«, sagte sie, »ich verspreche dir, dass ich *wirklich* darüber nachdenke. Geht das klar?«

»Die Wohnung von meiner Mutti und mir ist zwar klein, aber trotzdem ist in meinem Zimmer eine Couch, die nur auf dich wartet«, erwiderte Sabine.

»Und was sagt deine Mutter dazu?«

»Mutti ist irre lässig, das hab ich dir bestimmt schon tausendmal erzählt. Meinst du, ich würde sonst noch bei ihr wohnen?«

»Ja, ja, ich weiß«, sagte Astrid.

Es gab einen Moment der Stille, dann sagte Sabine: »Gut, dann also bis bald?«

»Ich ruf dich am Wochenende wieder an«, versprach Astrid.

»Weißt du, wenn du herkommen würdest, könnten wir uns die Telefontermine sparen.«

*

Denkmal und Gedenktage geplant
Die Autorin und Fernsehjournalistin Lea Rosh regt den Bau eines Denkmals für die ermordeten Juden Europas an. Es wurde ein Förderkreis gegründet, der großen Zuspruch fand, auch in Form von Spenden. Man möchte sich jetzt mit der Planung befassen und nach einem geeigneten Bauplatz in West-Berlin suchen.
Die Bundesregierung hat unterdessen in Bonn die Einrichtung nationaler Gedenktage für die Opfer des Holocaust beschlossen. Man möchte in Zukunft das Gedenken anlässlich des 50. Jahrestages der Novemberpogrome 1938 verstärken, so ein Sprecher.

Edith starrte auf den Zeitungsartikel. Die Buchstaben und

Wörter brannten sich tief in ihre Netzhaut, während sie ohne zu Blinzeln darauf sah. Vor fast dreißig Jahre hatten Helene und Richard Graf ihr offenbart, dass sie nicht ihre leibliche Tochter war, sondern das Kind jüdischer Eltern. Ruth und Aaron Stern hatten den Grafs zu Beginn des Zweiten Weltkriegs die Schneiderei und ihre gerade erst geborene Tochter anvertraut. In der Hoffnung auf ein Wiedersehen, das es nie gegeben hatte, denn sie waren in Buchenwald gestorben. Das hatte Edith im Laufe der Jahre herausgefunden. Sie hatte Briefe in die ganze Welt geschickt und Kontakt zum Yad Vashem Museum in Jerusalem aufgenommen, bis sie endlich erfahren hatte, was mit ihren leiblichen Eltern geschehen war.

Ihren Töchtern hatte sie bisher noch nicht davon erzählt. Die einzigen Menschen, die von ihrer jüdischen Herkunft wussten, waren Joachim und Paul. Und das war besser so. Sicherer. Nach dem Krieg waren viele hochrangige Nazis wieder in den Regierungsapparat integriert worden. An allen möglichen Stellen saßen sie. Und dass der Hass auf die Juden nie völlig verschwunden war, hatte sie an Weihnachten 1959 und im Frühjahr 1960 mitansehen müssen, als eine Welle von Synagogenschändungen sich durch ganz Deutschland gezogen hatte. Und das war nicht das Ende gewesen. Mit großer Besorgnis hatte Edith über die Jahre mitverfolgt, wie der Antisemitismus immer mehr zunahm. Ende der 70er-Jahre hatte es in München an einer Bundeswehrhochschule eine symbolische »Judenverbrennung« gegeben, in den Monaten danach eine regelrechte »Hitlerwelle«. Auf den Titelbildern der namhaftesten Zeitungen im In- und Ausland wurde der Führer gezeigt, sein Leben ausgebreitet, in einer Nostalgie, bei der sich Edith die Nackenhaare aufstellten. An die immer stärker werdende Bewegung der sogenannten Neonazis wollte sie gar nicht denken. Die Gefahr war allgegenwärtig, und deshalb hatte Edith für sich entschieden, es ihren Töchtern erst mitzuteilen, wenn sie erwachsen waren und sich der richtige Moment dafür fand. Wenn Astrid und Britta die Zusammenhänge verstehen und einordnen konnten – und dann für sich selbst entscheiden konnten, wie sie damit umgehen wollten.

Edith faltete den *Bonner General-Anzeiger* zusammen und warf ihn mit einer Drehung aus dem Handgelenk auf den Kassentresen der Schneiderei Graf. Die Zeitung machte ein klatschendes Geräusch, als sie aufkam, und nun lächelte ihr eine Karikatur von Kanzler Kohl, mit großer Birne als Kopf, entgegen. Edith wusste nicht, was sie von Helmut Kohl halten sollte. In ihren Augen hatte er nicht das Format, das die früheren Bundeskanzler gehabt hatten. War kein Vergleich zu Adenauer oder Brandt.

Da ihr vom langen Sitzen die Beine schmerzten, stand Edith von dem Hocker hinter dem Tresen auf. Sie strich ihren Rock glatt, bevor sie den Geschäftsraum durchquerte.

In den letzten Tagen hatte sie kaum Abwechslung gehabt, es war nicht viel Kundschaft im Geschäft gewesen. Die warme Spätfrühlingssonne und die aufgeblühte Natur lockten die Menschen nach draußen ins Grüne, und die Bad Godesberger Innenstadt lag verlassen da. Deshalb hatte Edith ihre jüngere Tochter Britta nach einem Blick ins Auftragsbuch nach Hause geschickt. Nun saß nur noch Joachim an der Nähmaschine im Arbeitszimmer, während sie vorn die Stellung hielt. Edith warf einen Blick auf die Uhr. Ein paar Stunden, dann könnte sie die Ladentür abschließen und die Lichter löschen.

Edith trat an die Schaufensterscheibe und sah hinaus. Wie sehr sich Bad Godesberg verändert hatte. Seit fast zwanzig Jahren gehörte es zu Bonn, war nur noch ein Stadtteil, ein Vorort: Bonn-Bad Godesberg.

Sie sah hinüber zum Theater und zum Inselhotel. Hier gab es kaum noch Asphalt. Busbahnhof und Straße waren einer Fußgängerzone aus roten Steinen gewichen, dem Theaterplatz. Edith vermisste das geschäftige Treiben, vermisste die Autos und Busse. Natürlich verstand sie den Gedanken dahinter, trotzdem waren für sie als Ladenbesitzerin die Zeiten besser gewesen, als die Kunden noch mit dem Auto vor der Ladentür hatten halten können. Aber auch da war nun Fußgängerzone, und in dieser Ecke der Stadt war es ruhiger geworden. Die meisten Menschen sah man vom Theaterplatz direkt hinauf zum Fronhof laufen. Zum Hertie, der seit Ende der 60er-Jahre mit seinem gleichermaßen bunt gemischten wie umfangreichen Warenangebot lockte. Gerade die Modeabteilung hatte ihnen für einige Zeit das Leben in der Schneiderei schwer gemacht. Und auch während der scheinbar ewig andauernden Bauphase des Altstadtcenters Anfang der 80er waren die Umsätze eingebrochen. Direkt vor ihrer Nase in den Michaelshof hatten sie dieses Ungetüm aus roten Ziegelsteinen gebaut. Edith musterte die breite, kaskadenförmige Treppe, die mehr eine lang gezogene Rampe war und auf einen erhöhten Platz führte, der umgeben war von Wohnblocks mit Läden und Restaurants im Erdgeschoss. Sie mochte diesen Baukoloss nicht. Tausende von täglichen Besuchern hatten sich die Stadtplaner damals davon versprochen, tatsächlich sah man kaum Menschen dort hinaufgehen.

Zum Glück liefen die Geschäfte in der Schneiderei Graf wieder stabil. Nicht zuletzt, weil Edith zusammen mit Joachim aus der ehemaligen Herrenschneiderei eine Damen- und Herrenschneiderei gemacht hatte. Das war die beste Entscheidung gewesen, stellte sich doch heraus, dass gerade die Politikergattinnen einen hohen Bedarf an neuer und maßgeschneiderter Kleidung hatten. Die wollten nichts von der Stange, nichts vom Hertie oder Kaufhof.

Edith ging zurück zum Tresen. Immer noch thronte die alte, schwere Registrierkasse darauf, immer noch gab es die dunkle Regalwand mit den Musterstoffen. Das Interieur der Schneiderei war gleichgeblieben, während sie das Geschäftsmodell umgekrempelt hatten. Und auch ihr eigenes Leben hatte sich radikal geändert. Als ihre Töchter in den 70ern zur

Schule gingen, hatte Edith viel Zeit allein in dem kleinen Häuschen in Friesdorf verbracht. Zuerst hatte sie diese ruhigen Stunden am Vormittag genossen, aber dann war ihr klar geworden, dass das nicht das Leben war, das sie führen wollte. Sie hatte doch immer schon den Wunsch verspürt, auf eigenen Beinen zu stehen, hatte ihr eigenes Geld verwalten wollen, und nun? Sie war zu einer Hausfrau geworden, zu einem Heimchen am Herd. Saß zu Hause, abhängig von ihrem Ehemann. Mit diesen ernüchternden Gedanken hatte sie erkannt, dass sie endlich ihre Lehre zur Schneiderin beenden musste und dass sie damit noch lange nicht am Ziel angekommen war. Das war zum ersten wirklichen Streitpunkt in der Beziehung zwischen ihr und Heinz geworden. Dem ersten von vielen. Als die Ehe endgültig in die Brüche gegangen war, hatte Edith es wie einen Befreiungsschlag empfunden. Sie hatte gute Jahre mit Heinz gehabt, ja. Er war für sie da gewesen, hatte Astrid wie sein eigenes Kind angenommen. Sie waren glücklich gewesen – vor allem als ihre gemeinsame Tochter Britta geboren worden war. Aber im Rückblick war das alles nur eine Momentaufnahme gewesen. Die Umstände, die zu der Ehe mit Heinz geführt hatten, hatten letztlich auch deren Zerbrechen zur Folge gehabt: Astrid war das Kind von Paul. Das Kind des Mannes, den sie immer noch liebte. Auch nach all diesen Jahren. Des Mannes, der durch den Bau der Berliner Mauer 1961 von ihr getrennt worden war. Einfach aus ihrem Leben geschnitten, ohne dass sie irgendetwas dagegen hätte unternehmen können. Am Tag ihrer Hochzeit – als sie mit Heinz vor dem Portal der Kirche gestanden hatte – war sie zuversichtlich gewesen. Sie hatte Heinz doch auch geliebt. Sie hatte sich dazu entschieden, also hatte sie gedacht, dass es so bleiben würde. Aber mit der Zeit war es anders gekommen.

Edith nahm wieder auf dem Sitzhocker Platz. Die erste Zeit der Trennung war nicht einfach gewesen. Zum Glück hatte Joachim ihr Rückhalt gegeben. Er hatte sie und die Mädchen in der elterlichen Villa aufgenommen. Er hatte Edith unterstützt auf ihrem Weg als alleinerziehende Mutter, die ihre Lehre und im Anschluss auch noch den Meister gemacht hatte. Es war schön, ihn an ihrer Seite zu wissen. Es zeigte ihr, wie vielfältig Familie sein konnte. Auch ohne Blutsverwandtschaft konnte man Bruder und Schwester sein.

Edith stützte sich mit einem Ellenbogen auf dem Tresen auf. Eine kurze Locke fiel ihr in die Stirn. Mit einem Finger strich sie sie zurück. Es war bald wieder an der Zeit, sich eine neue Dauerwelle machen zu lassen. Manchmal vermisste sie ihr langes, glattes Haar, das sie als Jugendliche mit einem blauen Band meist als Pferdeschwanz getragen hatte. Aber diese Zeiten waren lange vorbei.

*

Der Bleistift kratzte über das Papier. Strich fügte sich an Strich, Schraffur an Schraffur. Hier noch etwas radieren, da noch ein wenig mit dem Finger verwischen, ja, das sah gut aus.

Astrid lag quer über ihrem Bett. Die braunen Haare hatte sie mit einem bauschigen Zopfgummi zur Seite gebunden. Vor ihr lag das aufgeschlagene Skizzenbuch. Mit den Füßen wippte sie zum Takt der Musik, die leise aus dem Radio drang. Durch das offene Fenster hört sie das Zwitschern von Vögeln und entfernt einen Hund bellen. Es wehte eine angenehme Brise herein, die den Geruch nach frischem Gras und Blumen mit sich brachte. Die Ecken der Poster an der Wand flattern leicht. Film- und Bandposter, Astrid hatte alles bunt und querbeet aufgehängt. Ihr liebstes war das von *Zurück in die Zukunft*, das Michael J. Fox zeigte. Sie mochte diesen Schauspieler, sehr sogar.

Nach dem Telefonat mit Sabine hatte sie noch eine Weile im Wohnzimmer gesessen und zum Fenster der Villa hinaus auf die Dürenstraße geschaut. Hatte darüber nachgedacht, was ihre Freundin gesagt hatte: Sie solle über ihren Schatten springen.

Als sie vor über einem Jahr nach dem Studium wieder in ihrem Zimmer in der Villa eingezogen war, hatte sie gedacht, dass es höchstens für ein paar Wochen sein würde. Eben nur so lange, bis sie mit ihrer ersten Kollektion fertig war, damit sie weiter in die Welt reisen konnte. Und jetzt war sie immer noch dabei, Ideen zu sammeln und Inspiration zu finden. Manchmal fragte sie sich selbst, ob sie diese nicht finden konnte oder nicht finden wollte.

Die vertraute Umgebung der Villa hatte sie schnell in alte Muster zurückfallen lassen. Nach wenigen Tagen war sie wieder mit Mofa, ihrem Freund aus Jugendtagen, zusammengekommen, und seitdem zog sie mit ihm um die Häuser und ließ sich vom Leben treiben. Immer mit der Hoffnung, neue Eindrücke für ihre Mode zu gewinnen.

Nachdenklich kaute Astrid an ihrem Bleistift. Sie betrachtete die Figurine, die sie mit geübten Strichen gezeichnet hatte, wie sie es in ihrem Studium gelernt hatte. Eine Abfolge von Quadraten, Dreiecken und Kreisen, die mit jeder Bleistiftlinie mehr zu einem menschlichen Körper geworden war.

*Ob Sabine wohl recht hat?*, überlegte Astrid. *Wäre es besser für mich, nach West-Berlin zu ziehen, um da an meiner Kollektion zu arbeiten?* Sie biss die Zähne zusammen. Sie wollte nicht nach Berlin. Sie blickte zur Fensterbank hinüber, zu der kleinen Schneekugel mit der Freiheitsstatue, die sie vor einigen Jahren von ihrer Patentante Rita geschenkt bekommen hatte. Eigentlich war es ihr großer Traum, nach New York zu gehen, auch wenn sie noch nicht wusste, ob sie jemals einen so großen Schritt wagen würde.

Sie setzte den Stift erneut an. In ihrer Vorstellung hatte sie einen weichen Stoff vor Augen. Nun zog sie große Striche, deutete eine Silhouette an.

Im Radio setzten die Nachrichten ein, Astrid hörte gar nicht genau hin. Erst, als der Name »Graf« fiel, war sie wieder ganz Ohr. Natürlich war damit nicht die Schneiderei Graf oder ihr Onkel Joachim Graf gemeint, es ging um die Tennisspielerin Steffi Graf, die die achtmalige Wimbledonsiegerin Martina Navratilova besiegt und das weltbekannte Tennisturnier für sich entschieden hatte. Dabei war sie gerade mal neunzehn Jahre alt. Astrid zeichnete weiter. Mit neunzehn war sie noch lange nicht an einem Punkt in ihrem Leben gewesen, der so bedeutend war. Wie sie auch im Augenblick noch das Gefühl hatte, weit davon entfernt zu sein.

»… und jetzt machen wir weiter mit einem schon etwas älteren Titel, der zu meinen persönlichen Lieblingen gehört«, säuselte der Radiomoderator, und die ersten Klänge ertönten. Astrid fuhr erschrocken hoch. Skizzenbuch und Bleistift fielen zu Boden. Dieses Lied! Nicht schon wieder dieses Lied. Wie sie es hasste! Seit dem Tag, an dem ihr Leben zerbrochen war und sich in einen Scherbenhaufen verwandelt hatte. Dem Tag, an dem sie durch das dünne Holz ihrer Zimmertür das Streitgespräch zwischen ihren Eltern mitgehört hatte. In den Tagen und Wochen danach war sie wie in Trance gewesen. Alles war Schlag auf Schlag gegangen: Ihr Vater war ausgezogen. Das Haus in Friesdorf war kurze Zeit später verkauft worden, während sie mit ihrer Mutter und Britta hierher in die Villa von Onkel Joachim hatte ziehen müssen. In die Dürenstraße. Da war genug Platz, nachdem Oma Helene vor zwei Jahren gestorben war. Die orange Schrankwand war das Einzige, das ihr von ihrem ehemaligen Jugendzimmer geblieben war. In dem großen Altbauzimmer mit der hohen Decke hatte sie vom ersten Tag an wie ein Fremdkörper gewirkt, genauso fremd wie Astrid sich gefühlt hatte und immer noch fühlte. Nicht nur in der Villa, in ihrem Leben.

Astrid sprang vom Bett auf und schaltete das Radio aus. Jetzt war nur noch das Zwitschern der Vögel zu hören. Der

Hund hatte aufgehört zu bellen. Die Brise ließ Astrid mit einem Mal frösteln. Sie schloss das Fenster. Vom Boden hob sie Skizzenbuch und Bleistift auf. Mit einem traurigen Blick bedachte sie ihre Zeichnung, bevor sie das Buch zuklappte und weglegte.

Damit war es für heute vorbei.

*Stayin' Alive* hatte sie eingeholt. Wieder einmal.

Astrid war in der Küche vor dem geöffneten Kühlschrank in die Hocke gegangen, als sie das Geräusch aus dem Flur hörte. Wie ertappt hielt sie inne und horchte. Jemand schloss die Haustür der Villa auf, betrat den Flur und knallte dann mit Schwung die Tür ins Schloss. Britta. Niemand anderes machte das so. Astrid versuchte, zu erkennen, was sich alles im Kühlschrank befand. Vor ein paar Tagen hatte die kleine Glühbirne, die aufleuchtete, sobald die Tür geöffnet wurde, ihren Geist aufgegeben: Im Graf'schen Kühlschrank herrschte Dunkelheit. Astrid öffnete das Eisfach. Sie brauchte etwas Süßes. Am besten Eis, wenn noch welches da war. Aber außer Tupperdosen mit undefinierbarem Inhalt, einem total überfrorenen Eiswürfelbehälter und einer durchweichten Pappschachtel war nichts zu finden. Sie zog geräuschvoll Luft durch ihre Nase ein und aus. Da musste sie wohl an die Tiefkühltruhe in den Keller gehen und hoffen, dort etwas zu finden, obwohl sie darauf keine Lust hatte. So, wie sie gerade auf gar nichts Lust hatte. Am liebsten hätte sie sich ins Bett gelegt und die Decke über den Kopf gezogen. Wenn sie im Radio nur nicht dieses verfluchte Lied gespielt hätten …

Astrid schloss Tiefkühlfach und Kühlschrank und richtete sich wieder auf.

»Was sehen meine müden Augen? Ist das tatsächlich meine große Schwester, die sich aus dem Bett bequemt hat?«

Astrid fuhr herum. Britta war an der Tür zur Küche erschienen. Sie trug eine weite Bluse mit Polka Dots zu einer Karottenjeans.

»Was soll das denn heißen?«

»Genau das, was es heißen soll.« Britta drängte sich an ihr vorbei und beugte sich zum Kühlschrank hinunter, wobei ihr das dunkelbraune, zu einem Bob geschnittene Haar ins Gesicht fiel.

»Und das wäre?« Astrid lehnte sich an die Spüle und verschränkte die Arme vor der Brust.

Ihre Schwester fischte zielsicher ein Stück Käse aus dem dunklen Kühlschrank und schloss ihn wieder. »Mein Gott!«, sagte sie, während sie sich aufrichtete. »Es soll heißen, dass du den lieben langen Tag schläfst, unsere Vorräte auffutterst, ohne deinen Teil dafür zu tun!« Sie biss in das Käsestück.

Astrid spürte, wie sich ihr Magen zusammenzog. »Was meinst du damit, meinen Teil tun?«

Ihre Schwester fixierte sie, während sie bedächtig zu Ende kaute. »Ich, Mama und Onkel Joachim«, sagte sie dann, »wir rackern uns in der Schneiderei ab.«

Astrid seufzte. Das alte Lied. Wieso konnte Britta nicht verstehen, dass sie andere Ziele hatte? Sie wollte ein eigenes Modelabel auf die Beine stellen und nach New York gehen. Aber es hatte keinen Sinn, jetzt mit ihrer Schwester diese Diskussion anzufangen. »Der Esel nennt sich ja immer zuerst«, sagte sie nur.

Britta rollte mit den Augen. »Ja klar, lenk nur ab.«

Dieser herablassende Tonfall. Astrid kochte. Dass sie die Reaktion ihrer Schwester selbst provoziert hatte, ignorierte sie geflissentlich. »Ich lenke nicht ab, ich stelle nur Tatsachen fest«, antwortete sie bemüht ruhig.

»Tatsachen?« Ihre Schwester hob die Augenbrauen an. »Was *ich* eben gesagt habe, ist eine Tatsache.«

»Du bist doch eifersüchtig, weil ich studiert habe und du nur eine Lehre gemacht hast.«

Britta nahm einen weiteren Bissen Käse. Sie kaute und bedachte Astrid dabei mit einem abschätzigen Blick. »Weißt du«, sagte sie, als sie fertig war, »ich wollte nie studieren. Und das war auch gut so. Du hast dein Studium gemacht, ich meine Lehre. Fertig waren wir beide letztes Jahr. Ich habe seitdem in der Schneiderei gearbeitet und du hast …«

»Ich habe nicht den ganzen Tag geschlafen!«, unterbrach Astrid sie. Sie hatte plötzlich das Gefühl, sich verteidigen zu müssen.

»Und was hast du dann gemacht?«

»An der ersten Kollektion für mein Label gearbeitet, wenn du es unbedingt wissen willst.«

»Ach ja, die Kollektion. Die, an der du …« Britta runzelte die Stirn und legte in einer übertriebenen Geste den Zeigefinger an den Mund. »… schon fast ein Dreivierteljahr arbeitest? *Die* Kollektion? Ja? Die schon … warte mal …« Sie tat so, als würde sie etwas mit den Fingern aufzählen wollen und warf dann die Hände in die Luft. Das restliche Stück Käse flog hoch und landete auf dem Küchentisch. »… gar kein einziges Kleidungsstück umfasst? Die?«

Da hatte Britta genau den wunden Punkt getroffen. »Du hast da was verloren«, erwiderte Astrid trotzig und deutete mit dem Kinn zu dem Käse auf dem Küchentisch.

»Und du lenkst wieder ab.«

Astrid stieß sich mit der Hüfte von der Spüle ab. In den Keller zu gehen, um nach Eis zu suchen, kam ihr mit einem Mal überaus attraktiv vor. Vielleicht würde sie gleich dort unten bleiben? Alles war besser, als sich Brittas Vorwürfe anzuhören. »Dann lenke ich eben ab«, sagte sie und wandte sich zur Tür.

»Meine Damen und Herren«, tönte Britta hinter ihr, »darf ich vorstellen: meine große Schwester, wie sie leibt und lebt!«

# 2

*Juni, Bonn-Bad Godesberg*

Edith unterdrückte ein Gähnen, als sie aus der Villa auf die Straße trat. Seit der Zeitumstellung im März kam sie nicht in den Tritt. Diese eine Stunde, die »geklaut« worden war, wie man im Volksmund sagte, hing ihr nach. Dabei wechselte seit beinahe acht Jahren die Zeit im Frühjahr und im Spätherbst. Seit der großen Ölkrise Ende der 70er-Jahre. Damals hatte Edith das nicht viel ausgemacht, aber seit einigen Jahren fand sie es unerträglich.

Sie zog den dünnen Sommermantel enger um sich, und machte sich auf den Weg in die Schneiderei. Aus den Vorgärten der Dürenstraße leuchtete ihr eine bunte Blütenpracht entgegen. Selbst die Luft war erfüllt vom süßen Blumenduft. Eigentlich ein wunderschöner Morgen, wenn sie nur nicht so furchtbar müde wäre. Joachim war mit Britta schon vor einer halben Stunde aufgebrochen, da hatte Edith sich noch in der Küche der Villa an ihren Kaffeebecher geklammert, während ihre große Tochter mal wieder den Schlaf der Gerechten geschlafen hatte. Das Astrid so in den Tag hinein lebte, ohne wirkliches Ziel, machte Edith Sorgen. So konnte es nicht weitergehen.

Sie überquerte die Straße. An der Straßenbahnhaltestelle neben der Sparkasse warteten Pendler. Allein oder in Grüppchen. Edith ging weiter, über die Moltkestraße, hinüber in die Alte Bahnhofstraße und schließlich durch die Theaterpassage an der Koblenzer Straße. Als sie am Inselhotel angekommen war, blieb sie stehen. Sie blickte zum Stadttheater, das neuerdings »Kammerspiele« hieß, und sah dann zu dem Brunnen, der den Theaterplatz dominierte. Er war eines der wenigen positiven Dinge, die Edith der Fußgängerzone abgewinnen konnte. Sie sah dem sprudelnden Wasser zu. Die rauschenden und gurgelnden Geräusche übten eine beruhigende Wirkung auf sie aus. Schon seltsam, dass Wasser einen solchen Effekt haben konnte. Schließlich ging es ihr auch unten am Rhein so. *Aber auch oben im Kottenforst*, dachte sie. Auch da konnte man ein Rauschen vernehmen. Das Rascheln der Blätter im Wind klang ähnlich und war genauso beruhigend, zumal der Kottenforst der Ort war, an dem sie die glücklichsten Stunden ihres Lebens verbracht hatte und gleichzeitig auch die schicksalsreichsten. Dort hatte sie Paul das erste Mal geküsst, dort hatte er ihr einen Antrag gemacht, und dort hatte sie ihre Jungfräulichkeit verloren. Edith wurde es schwer ums Herz, wie immer, wenn sie daran dachte, wie anders ihr Leben hätte verlaufen können, wenn nicht der Bau der Berliner Mauer dazwischengekommen wäre. So war sie – Anfang der 60er-Jahre unehelich schwanger – dazu gezwungen gewesen, Heinz zu heiraten. Den sie auch geliebt hatte, aber auf eine brüderliche Art, die am Ende nicht gereicht hatte. Mit Paul hatte sie von Anfang an Briefkontakt gehalten. Bis kurz vor der Trennung von Heinz hatten sie sich geschrieben. Edith hatte Paul von Astrid erzählt, er davon, wie sehr er sie vermisse und wie sehr er sich wünschen würde, seine Tochter kennenzulernen. Über sein Leben in der DDR hatte er nie etwas verlauten lassen. Und dann, wie aus dem Nichts, hatte er nicht mehr geantwortet. Mehrere Briefe hatte Edith danach noch an ihn geschickt. Nichts. Schließlich hatte sie ihm ein letztes Mal geschrieben – dass sie es nicht mehr aushielte, nichts von ihm zu hören. Doch bevor sie den Brief hatte abschicken können, hatte Heinz ihn gefunden. Er hatte ihre Worte gelesen – und alles war eskaliert. So laut wie an jenem Tag war Heinz noch nie geworden. Und danach war er einfach zur Tür ihres gemeinsamen Häuschens in Friesdorf herausgerannt und nicht mehr zurückgekommen. Er hatte sie und die Mädchen zurückgelassen. Erst durch das Scheidungsverfahren hatten sie sich wiedergetroffen. Da war sie schon lange mit Astrid und Britta in der Villa in der Dürenstraße eingezogen. Der Abstand hatte ihr und Heinz gutgetan. Sie hatten wieder miteinander sprechen können wie zwei erwachsene und vernünftige Menschen.

Erwachsen und vernünftig. Edith hatte es so satt, genau das sein zu müssen. Sie sehnte sich nach ihrer Jugendzeit, in der sie unbeschwert und frei gewesen war. Mit Paul. Und heute war sie niedergeschlagen und melancholisch – wegen Paul. Vielleicht war es endlich an der Zeit, damit abzuschließen? Der Kontakt zwischen ihnen war schon vor so langer Zeit abgebrochen. Wenn Edith ehrlich mit sich war, hielt sie sich nur noch an alten Erinnerungen fest und stand sich dabei selbst im Weg! Saß beinahe jeden Abend in ihrem Zimmer, las die alten Briefe und träumte von besseren Zeiten. Das musste sich ändern.

Edith reckte das Kinn vor und setzte ihren Weg zur Schneiderei hinüber fort. Sie musste es nicht nur ändern, sie würde es auch tun!

*

*Bonn, Münsterplatz*

Astrid trat aus dem Schatten des Bonner Münsters. Sie hatte gewartet, bis ihre Mutter die Villa verlassen hatte, bevor sie aufgestanden war und in aller Ruhe gefrühstückt hatte. Sie wollte den Tag nutzen und war mit der Bahn nach Bonn gefahren. Sie musste einfach raus, etwas anderes sehen als die immer gleichen Straßen Bad Godesbergs. In Bonn, da war sie sich sicher, würde sie endlich Inspirationen finden. Das musste sie auch, allein schon, um Sabine zu beweisen, dass es neue Trends nicht nur in Berlin gab.

Zu schwarzen Leggins trug sie ihr Lieblings-Oversize-T-Shirt mit dem Micky-Maus-Print, das sie mit einem breiten Gürtel in der Taille zusammengeschnürt hatte. Ein Kleidungsstil, der ihrer Mutter voll und ganz zuwider war. Astrid konnte förmlich ihre Stimme im Ohr hören, als sie den Münsterplatz überquerte: »So was würde ich noch nicht mal als Nachthemd tragen.«

*Musst du ja auch nicht*, dachte Astrid. Sie blieb vor dem Beethovendenkmal stehen. Die rund drei Meter hohe Statue gehörte zu den Wahrzeichen der Stadt Bonn. Dahinter erhob sich das Fürstenbergische Palais. Ein gelbes Gebäude mit Sprossenfenstern und dunkelgrünen Läden. Seit 1877 war es die Hauptpost von Bonn. Astrid sah von unten zu dem Komponisten hinauf. Mit strenger Miene blickte er über sie hinweg in die Ferne. In einer Hand hielt er einen Federkiel, in der anderen einen losen Packen Blätter. Fast wirkte es, als würde er gern etwas aufschreiben, würde aber die Melodie nicht zu fassen bekommen, die ihm schon seit Tagen durch den Kopf schwirrte. Zumindest kam es Astrid immer so vor, weil es ihr selbst oft so ging. Dass eine Idee am Rande ihres Bewusstseins aufblitzte, aber einfach nicht greifbar wurde. *Vielleicht ist das Beethovendenkmal ein Sinnbild für meine Ideenlosigkeit in den letzten Monaten*, dachte sie. Britta hatte recht mit dem, was sie ihr gestern in der Küche an den Kopf geworfen hatte. Ihre Kollektion hatte immer noch kein einziges Stück vorzuweisen. Dafür häufte sich die Zahl der unfertigen Kleidungsstücke, die sie mit Wuttränen in den Müll gepfeffert hatte, weil es wieder nicht so geworden war, wie sie es sich vorgestellt hatte. Wie sollte sie es je schaffen, ein eigenes Label auf den Markt zu bringen, nach New York zu gehen und vielleicht sogar selbst als Designerin auf der Fashion Week präsent zu sein wie Donna Karan, Wolfgang Joop oder Jil Sander? Ihr Kopf war leer, seit sie zurück in Bad Godesberg war, während ihre Kommilitonen schon erfolgreich kleinere und größere Labels gegründet hatten. Sabine war sogar schon bei einer Modenschau von Claudia Skoda in West-Berlin dabei gewesen. Claudia Skoda, die Ikone der Berliner Undergroundszene! Ihre avantgardistischen Modenschauen waren berühmt berüchtigt. Das war ein riesiger Erfolg für Sabine, die seitdem fleißig an der nächsten Kollektion arbeitete, wie sie sagte.

Astrid seufzte, nahm den Rucksack von der Schulter und zog ihren Walkman hervor. Nachdem sie das Kabel entwirrt hatte, setzte sie sich vorsichtig den Kopfhörer auf, damit ihr seitlicher Zopf nicht verrutschte. Die Play-Taste rastete mit leichtem Widerstand und einem lauten *Klick* ein. Ein leises Surren ertönte, als sich die Zahnräder im Inneren zu drehen begannen. Die ersten Keyboard-Akkorde von *Verdamp lang her* von BAP ertönten. Automatisch drehte Astrid den Lautstärkeregler bis zum Anschlag. Sie hockte sich auf das niedrige Mäuerchen vor der schmiedeeisernen Umzäunung des Denkmals und betrachtete das bunte Treiben um sich herum. Durch die laute Musik hatte sie das Gefühl, im Kino zu sitzen und sich einen Film anzusehen. Sie war nur noch die Zuschauerin des alltäglichen Bonner Lebens.

Astrid schaute zum Münster hinüber. Die große Stiftskirche war zur Zeit des Übergangs von der Romanik zur Gotik gebaut worden. Massive Rund- und schlanke Strebebögen zeugten noch heute davon. Bei den spitz zulaufenden Turmspitzen hatte Astrid als Kind immer an die Zipfelmützen von Gartenzwergen denken müssen. Jetzt musste sie über diesen Gedanken schmunzeln. Sie hatte schon immer alles Mögliche in scheinbar alltäglichen Dingen gesehen. Sie war die Träumerin der Familie, während Britta immer nur das sah, was da war – nie mehr.

Die Menschen eilten über den Platz. Astrid musterte sie. Männer in Anzügen mit Aktentaschen, alte Damen mit Handtasche und Hütchen. Mütter mit Kindern in quietschbunten Pullovern, mit gemusterten Kinderwagen oder Buggys.

Schüler mit eckigen Scout-Schulranzen, vor allem aber: Studenten. Die Rheinische Friedrich-Wilhelms-Universität gehörte zu einer der größten Universitäten der Bundesrepublik und machte Bonn zur Hochschulstadt. Daher wimmelte es in der Stadt von Studenten. Das war ganz anders als in Bad Godesberg, wo man eher auf Botschafter traf und adlige Von-und-zus. Aber auch hier in Bonn waren die Menschen mitunter konservativer gekleidet. Es gab Anzüge, Stoffschuhe und Polohemden. Ein Stoff überwog deutlich: Jeans. Jeanshosen, Jeanshemden, Jeanskleider, Jeans in allen Farben und Formen.

Astrid lauschte der Stimme von Wolfgang Niedecken und wippte mit den Füßen im Takt.

Jeans, Jeans, Jeans … Das war es! Sie würde Jeans zum Hauptstoff ihrer Kollektion erklären. Den robusten Stoff, der einstmals nur den amerikanischen Arbeitern vorbehalten war. Ja, Jeans war gut. Sie würde den Stoff aus seiner Form nehmen und eine verspielte und vielleicht auch elegante Note geben. Astrid grinste. Das konnte etwas werden. Endlich hatte sie eine Idee! Alles, was sie nun noch brauchte, war Jeansstoff. Sie überlegte, ob sie das nächstgelegene Stoffgeschäft besuchen sollte, aber dann kam ihr ein neuer und viel besserer Gedanke: der Secondhandladen! Was war besser, als bereits bestehende Kleidungsstücke aus Jeans dafür zu nehmen und neu zusammenzusetzen?

Gebrauchte Kleidung, die sie zu Hause an der Nähmaschine in etwas anderes verwandeln würde. Etwas völlig Neues und Einzigartiges.

Bei dem Gedanken, dass sie am Wochenende Sabine davon am Telefon erzählen könnte, musste sie grinsen. Wer brauchte schon Berlin?

*

Joachim beugte sich im Arbeitszimmer der Schneiderei Graf

über den Zuschneidetisch und griff nach der Schneiderkreide. Das ehemals quadratische Stück war nur noch ein Stummel. Aber vom Vater hatte er gelernt, nicht das kleinste bisschen zu verschwenden, und so würde er dieses Stückchen Kreide noch so lange benutzen, wie es Halt zwischen seinen Fingern fand. Mit routinierten Bewegungen markierte er Naht- und Schnittkanten auf dem Stoff. Die helle Kreide stach deutlich auf dem dunklen und leicht glänzenden Polyestergewebe hervor. Es würde ein zweireihiges Sakko werden. Mit breitem Revers und Schulterpolstern, ganz so, wie es aktuell Mode war. Die meisten seiner männlichen Kunden bevorzugten zwar nach wie vor klassisch zeitlose Schnitte, aber es gab nun auch mehr und mehr modebewusste unter ihnen. Und das war Joachim nur recht. Denn über die Zeit gesehen, kamen diese viel häufiger mit neuen Aufträgen, weil sie eben mit der Mode gingen.

Das Sakko, das er nähte, war für Frank Lindemann bestimmt. Angesehener FDP-Politiker, Mitglied des Bundestages – und sein Partner. Joachim lächelte. Wenn ihm jemand vor siebenundzwanzig Jahren erzählt hätte, dass er sein Glück in einer Beziehung mit einem Mann finden würde, er hätte es nicht geglaubt. Andererseits: Vor siebenundzwanzig Jahren hätte er auch nicht geglaubt, jemals wieder sein Glück zu finden, nachdem das Fotomodell Petra Weiß ihm das Herz gebrochen hatte. Damals hatte er mit ihr zusammen ein Fotostudio in Bonn eröffnen wollen, die Schneiderei an den Nagel hängen und sich als Fotograf ein neues Leben aufbauen wollen. Aber durch den Tod des Vaters waren alle Träume zerbrochen, weil Joachim in der Schneiderei Graf geblieben war. Petra hatte ihn kurzerhand durch den nächstbesten Fotografen ersetzt, wie eine austauschbare Spielfigur auf einem Schachbrett. Dadurch hatte er sich in seinem Entschluss, die Schneiderei Graf zusammen mit Edith weiterzuführen, bestätigt gesehen – und genau in diesem Moment hatte er Frank kennengelernt.

Er richtete sich vom Zuschneidetisch auf und sah zu Britta hinüber. Sie saß mit konzentriertem Blick vor der Nähmaschine und schob bedächtig den Stoff darunter weiter. Sie war eine gute Schneiderin. Nähte nach Anweisung alles akkurat. Aber sie benötigte genau das: Anweisung. Was die Schnittkonzeption für den Damenbereich der Schneiderei Graf anging, erledigte das immer noch alles Edith. Britta lag das nicht. Sie konnte es nachnähen, wenn ihre Mutter es entworfen hatte. Aber selbst entwerfen? Nein, das war nicht ihr Gebiet. Astrid, die war darin ganz groß. Aber Astrid war leider auch ganz groß darin, die Schneiderei Graf zu meiden, wo sie nur konnte. Und Joachim konnte es ihr gut nachfühlen. Sie wollte aus dem Familienbetrieb ausbrechen, sich etwas Eigenes aufbauen, so wie er damals. Aber mittlerweile fragte er sich immer öfter, wie es mit dem Familienbetrieb weitergehen sollte, wenn Edith und er sich zur Ruhe setzen würden. Britta allein würde den Betrieb nicht am Leben halten können, schon allein deshalb nicht, weil sie nicht in der Herrenschneiderei ausgebildet war. Im Moment war er der einzige Herrenschneider hier. Das alles bereitete ihm mehr Sorge, als er zugeben wollte.

# 3

*Juli, Ost-Berlin*

Paul ließ sich auf die Pritsche sinken und stützte den Kopf in die Hände. Nach dem Freigang war es besonders schwierig, die enge Zelle der Untersuchungshaftanstalt Berlin-Hohenschönhausen zu ertragen. Walter, mit dem er sich seit mehreren Wochen die Doppelzelle teilte, versuchte gar nicht erst, ihn aufzumuntern oder überhaupt das Wort an ihn zu richten. Paul war das nur recht. In den letzten Jahren der Haft hatte er zwei Dinge nachdrücklich gelernt: erstens, jeder Aufforderung des Wachpersonals ohne Widerstand nachzukommen – egal wie unsinnig oder entwürdigend sie war – und zweitens, keine Freundschaften zu schließen. Der zweite Punkt beruhte vor allem auf seiner Erfahrung, dass er so oft und willkürlich in eine andere Zelle, einen anderen Trakt mit anderen Mithäftlingen verlegt wurde, dass es keinen Sinn mehr ergab. Das alles hatte Methode. Auf perfide Art und Weise wurde den Insassen dieser Anstalt alles genommen. Anfangen beim Namen. Hier war er nicht Paul Lange, ehemaliger Chauffeur von Rudolf Schilling, dem Berater Willy Brandts, hier war er nur noch Häftling Nr. 3497. So wurde er angesprochen, und so hatte er sich selbst zu nennen, sonst durfte er wieder ein paar Tage in einer der Arrestzellen zubringen, wo alles noch schlimmer war als ohnehin schon. In seinen Anfangsjahren hatte Paul noch versucht, zu rebellieren, hatte versucht, auszubrechen, zuwiderzuhandeln. Es war aussichtslos gewesen. Es hatte ihn gebrochen, hatte seinen Verstand an den Rand des Menschenmöglichen gebracht, bis er gelernt hatte, abzustumpfen, alles hinzunehmen und sich zu fügen. Jetzt war er das Fähnchen im Wind, wie man es von ihm erwartete. Er saß seine Zeit wortwörtlich ab. Denn nur so würde er jemals wieder den Lufthauch der Freiheit spüren können. Noch ein Jahr. Nur noch ein lächerliches Jahr. Das würde er sich nicht kaputtmachen. Sonst würde er kaputtgehen. Noch ein Jahr Haft. Es klang so wenig, dabei war es so viel. Eine Ewigkeit war nichts dagegen. Wenn sie ihn doch nur damals nicht geschnappt hätten! Mit einem Bein hatte er schon in dem Fluchttunnel gestanden, den er mit Harry wochenlang gegraben hatte. Harry und Gisela. Er hatte die beiden kurz nach dem Mauerbau im Treptower Park kennengelernt. Schnell war klar gewesen, dass für sie alle drei nur eine Flucht in den Westen infrage kam. Also hatten sie geplant, hatten heimlich über Monate Material beiseitegeschafft. Schaufeln zum Graben, Bretter zum Ausschalen. In der kalten Jahreszeit hatten sie eine Pause einlegen müssen, weil das Grundwasser sich hochdrückte und der Tunnel damit unter Wasser stand. Und dann – nach über einem Jahr – war es endlich so weit gewesen. Sie hatten Gisela den Vortritt gelassen, die es auch tatsächlich bis in den Westen geschafft hatte. Aber ihn und Harry hatten sie geschnappt. Jemand hatte sie an die Stasi verraten …

Immer noch auf der Pritsche sitzend, streckte er sein rechtes Bein aus. Seit dem Unfall vor siebenundzwanzig Jahren machte es ihm zu schaffen. Er humpelte. Ganz leicht nur, für einen Unwissenden kaum bemerkbar, aber für ihn selbst das Mahnmal seines Untergangs. Wenn der Unfall damals nicht gewesen wäre, wäre er heute frei. Er wäre im Rheinland bei seiner Edith und bei Astrid, seiner Tochter. Das war der eine Gedanke, an dem er sich festhalten konnte, der ihn dazu brachte, durchzuhalten und all das auszuhalten: seine Tochter. Er war ihr noch nie begegnet, hatte er doch erst von Ediths Schwangerschaft erfahren, als die Mauer bereits gebaut worden war – und er dahinter. Aber das änderte nichts an der

Tatsache, dass er Vater einer Tochter war. Einer Tochter, die nichts von ihm wusste. Und obwohl er wusste, dass es lächerlich war, so klammerte er sich an den Gedanken, dass er irgendwann wieder mit Edith und Astrid vereint sein würde. Hinter vorgehaltener Hand erzählten sich die Häftlinge untereinander, dass man vom Westen freigekauft werden könnte. Und auch wenn Paul in der Tiefe seines Herzens wusste, dass auch das vermutlich nur naive Gerüchte waren, hatte er diese Hoffnung nie aufgegeben. Auch wenn er schon lange keinen Kontakt mehr zu Edith hatte, wenn er annehmen musste, dass sie nun mit Heinz glücklich war und ihn vergessen hatte.

Das Sichtfenster der Zellentür wurde mit einem lauten Geräusch zur Seite gezogen und ein Augenpaar erschien. Paul und Walter fuhren sofort auf die Beine und stellten sich gerade an die Wand, wie es in einem solchen Fall von ihnen verlangt wurde. Die Riegel an den Türen wurden zurückgeschoben, und Paul hörte, wie der Zellenschlüssel ins Schloss gesteckt und mehrfach herumgedreht wurde, bevor sich die Tür öffnete.

Eine Wache betrat den Raum. Paul merkte, wie er unwillkürlich zu schwitzen begann, wie kalter Angstschweiß sich in seinem Nacken und unter seinen Armbeugen sammelte. Er versuchte, ruhig zu bleiben, gleichmäßig zu atmen, damit die Angst ihn nicht übermannen konnte, damit er die Kraft hatte, weiterhin regungslos an der Mauer zu stehen und keine Miene zu verziehen.

»Häftling 2899! Mitkommen!«, brüllte der Wachmann schließlich, und Paul hätte fast ein erleichtertes Stöhnen von sich gegeben, aber er konnte sich gerade noch zusammenreißen. Zum einen hätte ihm schon diese kleine Reaktion Einzelhaft in der Arrestzelle bescheren können, und zum anderen schämte er sich, erleichtert darüber zu sein, dass Walter mitgenommen wurde.

Es gab viele Gründe dafür, dass die Wachen einen Inhaftierten aus der Zelle holten: eine weitere Befragung mit den immer gleichen Fragen, die spontane und nicht nachvollziehbare Verlegung auf eine andere Zelle oder eben das Überführen in die Arrestzelle. Manchmal hatte Paul das vage Gefühl, dass es oft dazu diente, die zahlreichen Spitzel herauszuholen, damit sie über ihre Zellengenossen berichten konnten. Auch das gehörte mit zu der Methode, die Häftlinge dieser Anstalt zu zermürben, den Geist Stück für Stück zu zerstören, sodass man hinter jeder Ecke, hinter jedem freundlichen Gesicht, hinter jeder kleinen Geste das Schlimmste vermutete.

Die Wache packte Walter grob am Arm und stieß ihn zur Zellentür hinaus. Paul konnte noch sehen, wie er von einem zweiten Wachmann gepackt wurde, bevor die Tür mit einem lauten Knallen zurück ins Schloss flog. Er wartete ab, bis die Schlüssel- und Verriegelungsgeräusche verklungen waren, bevor er es wagte, sich wieder von der Wand zu entfernen. Mit zitternden Beinen ließ er sich auf die Pritsche fallen. Heute hatte er offenbar Glück gehabt. *Glück.* Vor Jahren hatte er wirkliches Glück gehabt, mit seinem Glücksbringermädchen, wie er Edith immer genannt hatte. Seine Edith, die in Bad Godesberg war, die ein sorgloses Leben im freien Westen führte und ihn vergessen hatte. Er schloss die Augen. Es war vielleicht besser, nur an seine Tochter zu denken. Wie so oft versuchte er, sich vorzustellen, wie ihr Leben aussah und was sie jetzt machte?

*

*Bonn-Bad Godesberg*

Astrid breitete alles, was sie im Secondhandladen erstanden hatte, vor sich auf dem Fußboden ihres Zimmer aus. Nebeneinander lagen dort nun ein Jeanshemd, eine leichte, cremefarbene Bluse mit Spitzenbesatz und ein regenbogenbunter

Tüllrock. Den Zeigefinger an die Lippen gelegt, stand sie davor, ließ die Kleidungsstücke auf sich wirken und ging im Kopf alle Ideen durch, die ihr dazu kamen. Bis sich eine deutlich herauskristallisierte. Rasch setzte Astrid sich an ihren Schreibtisch und schlug ihr Skizzenbuch auf. Mit schnellen Strichen zeichnete sie den Einfall auf eine leere Seite: Sie würde das Jeanshemd knapp unterhalb der Brusttaschen abschneiden, und dort den Spitzenbesatz der Bluse annähen, darunter den Tüllrock. Aus dem abgeschnittenen Rest des Jeanshemdes würde sie passende Schulterriegel nähen und mit goldenen Knöpfen versehen. Das war es: auf den Schultern die militärische Strenge einer Uniform, und ab der Brust der gleichsam bunte wie verspielte Tüll. Das Ganze würde wie ein Babydoll-Kleid fallen, aber nur bis zur Taille, damit es mit einer Jeans getragen werden konnte. Das war dann ein bisschen wie Madonna, ein bisschen wie Cindy Lauper, und die Schulterriegel würden an Michael Jackson erinnern. *Oder an die rheinischen Karnevalskorps*, dachte Astrid und musste über sich selbst schmunzeln. Kurz überlegte sie, ob sie auch die Knopfleiste des Jeanshemdes anpassen, sie mit Riegeln oder Kordeln aufpeppen sollte, entschied sich aber dagegen.

Astrid legte das Skizzenbuch zur Seite und lächelte. Der Sommer war auf dem Vormarsch, und sie hatte endlich eine Inspiration gefunden. Jetzt konnte sie sich in Ruhe auf ihre erste Kollektion konzentrieren und wenn die fertig war, würde sie sich mit der Frage beschäftigen, wie es weitergehen würde. Wie sie den großen Schritt wagen konnte, um hinaus in die Welt zu ziehen. Das musste sie im Moment noch nicht belasten.

Sie hatte gerade mit der schweren Stoffschere zum ersten Schnitt in das Jeanshemd angesetzt, als Mofa zur Tür hereinkam. Mofa, der mit bürgerlichem Namen Moritz von Falk hieß, steckte in einer eng anliegenden, rot und schwarz längs gestreiften Stoffhose und trug dazu ein T-Shirt, das er wohl zunächst zerrissen und dann mit großen Sicherheitsnadeln wieder zusammengesteckt hatte. Die Haare standen in alle Himmelsrichtungen vom Kopf ab. Er sah aus wie ein Edelpunker. Einer, der nur so tat. Und wann immer Astrid ihm das sagte, wurde er fuchsteufelswild. Dabei wusste sie, dass sie damit recht hatte und dass er mit dem Punker-Auftreten nur seine Eltern und mit ihnen seine ganze adlige Familie schockieren wollte. So war Mofa schon immer gewesen. Auch, als er sich selbst noch Moritz nannte.

»Na, Schnecke, was geht?«, fragte er und warf sich mit Schwung auf ihr Bett.

Nach dem Abitur hatte er Zivildienst in einem Altenheim gemacht und war dort hängengeblieben. Seine Eltern hatten zwar für ihn ein Studium vor Augen gehabt, eine Karriere in der Wirtschaft, aber davon hielt Mofa nichts. Im Altenheim erledigte er ab und an Hausmeistertätigkeiten und wurde hin und wieder als Fahrer eingesetzt. Alles in allem keine schwere oder tagesfüllende Arbeit und erst recht keine Aussicht auf Karriere. Aber es ließ ihm genügend Freiheit, zu feiern und zu schlafen, wann er wolle, erklärte er immer mit einem dicken Grinsen im Gesicht.

Astrid legte die Schere zur Seite. »Mann! Du weißt, dass ich das Wort nicht mag.«

»Ich weiß, Schnecke.«

Astrid seufzte innerlich und fragte sich, wie so oft, warum sie eigentlich wieder mit Mofa zusammengekommen war. Damals, vor zehn Jahren, als sie ihn bei ihrem Einzug in der Dürenstraße kennengelernt hatte, war sie unglaublich in ihn verknallt gewesen. Er konnte Gitarre spielen, so wie Michael J. Fox in *Zurück in die Zukunft*, das hatte sie schwach werden lassen. Und so war er der erste Junge, der sie geküsst hatte, mit dem es ernst geworden war, der erste in jeder Beziehung. Und das war aufregend gewesen. Bis es zu der ersten von ihren vielen Trennungen gekommen war. Bei jeder war ein bisschen mehr zwischen ihnen zerbrochen, bei jeder hatte sie sich geschworen, dass es das letzte Mal gewesen war. Und doch hatte Mofa sie wieder vom Gegenteil überzeugt, mit seinem Hundeaugenblick, dem sie noch nie hatte widerstehen können. Dabei war sie schon lange nicht mehr verknallt, wusste gar nicht mehr, wie sich das überhaupt anfühlte.

Und es wurde auch nicht besser, wenn er sie mal wieder »Schnecke« nannte, nur weil er wusste, dass sie das Wort nicht mochte.

»Bist du dir sicher, dass du das weißt, *Moritz?*«

»Mofa! … und ist ja schon gut, ich hab verstanden.«

*Hoffentlich*, dachte Astrid und nahm die Schere wieder zur Hand. Noch einmal kontrollierte sie, ob sie die Schnittlinie richtig auf dem Hemd markiert hatte, und schnitt dann weiter.

»Also … was machen wir zwei Hübschen heute Abend?«, fragte Mofa.

Sie hielt im Schneiden inne und sah zu ihm auf. Wie sie ihn kannte, hatte er schon etwas geplant.

»Keule schmeißt 'ne Party, da können wir hin«, bestätigte er ihre Vermutung.

»Lass mal«, erwiderte Astrid und schnitt weiter. »Ich hab endlich eine Idee für meine Kollektion.«

»Komm schon, Schneckchen, die Kollektion hat alle Zeit der Welt. Aber wir zwei, wir sind nur einmal jung.« Mofa rollte sich auf den Bauch und zwinkerte ihr zu.

Astrid rollte auch, aber mit den Augen. »Du weißt doch, wie lange ich nach einer Idee gesucht habe.«

»Ewig. Ich weiß. Und deshalb kommt es nicht auf einen Tag an, oder?«

Astrid erwiderte nichts. Sie machte den letzten Schnitt und schob beide Teile des Jeanshemdes auseinander.

»Und? Komm schon. Lass es einfach liegen. Das läuft dir bis morgen bestimmt nicht weg.«

Zögerlich sah Astrid zwischen dem zerschnittenen Hemd, den anderen Kleidungsstücken und Mofa hin und her. Sie wusste doch, auf was sie sich eingelassen hatte, als sie wieder mit ihm zusammengekommen war. Mofa würde sie so lange nerven, bis sie nachgab. So wie immer. Sie seufzte.

»Wusste ich's doch!«, rief Mofa triumphierend und sprang vom Bett auf. »Komm.« Er hielt ihr eine Hand hin, um ihr vom Boden aufzuhelfen.

Astrid ergriff die Hand. »Also gut. Aber nicht lang, okay?«

Mofa zog sie mit einem Ruck hoch, erhob dann die rechte Hand zum Schwur, während er die andere hinter seinem Rücken versteckte. »Ich schwöre«, sagte er feierlich, dabei ahnte Astrid, dass er heimlich die Finger überkreuzt hatte.

# 4

*Juli, Bonn-Bad Godesberg*

Als die Türglocke der Schneiderei Graf ertönte, sah Edith auf. Erfreut stellte sie fest, dass es Trude Hahn war. Seit Jahren waren sie gute Freundinnen. Die Politikerin, die schon fast dreißig Jahre Mitglied des Bundestages war, setzte sich für die Rechte von Frauen ein – allen Widerständen zum Trotz. Leider gab es davon auch heute noch mehr, als für dieses Land, für diese Republik gut war. Zunächst war Trude nur die Freundin von Rita Müller gewesen, die wiederum die beste Freundin von Edith war. Aber Rita hatte 1966 einen Italiener geheiratet und war mit ihm in die Nähe von Ravenna an der Adria gezogen. Edith und Trude waren in Deutschland zurückgeblieben – nun beide ohne beste Freundin. Als sie sich nach Ritas Weggang zufällig über den Weg gelaufen waren und einen spontanen Kaffee miteinander getrunken hatten, war das der Anfang einer neuen Freundschaft gewesen, die bis zum heutigen Tag anhielt.

»Hast du auch eine Postkarte von Rita bekommen?«, fragte Trude und begrüßte Edith mit Küsschen links, Küsschen rechts.

»Eine Karte?« Edith schüttelte den Kopf. »Nein. Sie hat vor ein paar Wochen für Astrid ein Päckchen zum Geburtstag geschickt. An ihre Patentantenpflichten denkt sie immer. Aber eine Karte war nicht dabei.«

Trude warf ihre Handtasche auf den Tresen und begann, den Mantel auszuziehen. »Sei froh!«, sagte sie. »Bei dem Bild von der blauen Adria wird man ja so was von neidisch! Und weißt du, was sie schreibt?«

»Nicht viel, wie ich sie kenne.« Edith lächelte.

Trude nickte. Mit einem Schmunzeln sagte sie: »Sie hat geschrieben: *Ciao Bella! Ist immer noch toll hier!*« Sie lachte, und auch Edith musste lachen. Das war ihre beste Freundin Rita, wie sie sie kannte.

Trude Hahn warf auch den Mantel auf den Tresen und griff nach der Zeitung. Während sie darin blätterte, sagte sie: »Hast du schon gelesen, was es bei der Landtagswahl in Baden-Württemberg für einen Durchbruch gab?«

»Nein, was denn?«

»Zwei Frauen sind in der Landesregierung vertreten. Zwei! Das musst du dir mal vorstellen. Das ist so wunderbar!«

Edith nickte begeistert.

»Die Barbara Schäfer von der CDU ist jetzt Ministerin für Arbeit, Gesundheit, Familie und Sozialordnung, und die Marianne Schultz-Hector, auch von der CDU, ist Politische Staatssekretärin im Ministerium für Kultus und Sport. Ist das nicht großartig?« Vor lauter Freude packte Trude Edith und umarmte sie stürmisch, als habe Edith dafür gesorgt, dass nun zwei Frauen an so wichtigen Stellen in der Landesregierung von Baden-Württemberg saßen.

Trude ließ wieder von ihr ab. »Dass die Rita Süssmuth vor zwei Jahren zur ersten Frauenministerin auf Bundesebene erklärt wurde, war doch schon ein Meilenstein, und da siehst du, das weitere folgen. Das wird immer mehr werden, bis endlich der Tag kommt, an dem eine Frau sogar Bundeskanzler wird. Davon bin ich überzeugter den je!«

Eine Frau als Bundeskanzler. Edith erinnerte sich daran, dass Rita ihr das vor so vielen Jahren einmal erzählt hatte, als sie morgens im Zug zur Arbeit in der Damenschneiderei Kurt Klemens Modelle in Mehlem unterwegs gewesen waren. Damals hatte sie sich noch gefragt, ob sie das wirklich erleben würde und sich vorgestellt, dass die Welt dann anders und viel besser sein müsste. Ja, die Welt war nun anders, aber viel besser war sie noch nicht.

*

Es war schon spät, als Joachim die Nähmaschine stoppte und seinen Rücken durchstreckte. Es knirschte und knackte. Er hob den Nähfuß an und zog den glänzenden Innenfutterstoff darunter hervor. Es fehlte nicht mehr viel, um das zweireihige Sakko für Frank fertigzustellen. Die Schulterpolster hatte Joachim schon mit einigen Stichen an den Schulternähten des Polyestergewebes befestigt, nun musste er das Futter einnähen. Diese Tätigkeit erfolgte in der Maßschneiderei ausschließlich per Hand, und Joachim mochte das gern. Es war meditativ, ließ ihn ruhig und gelassen werden. Außerdem freute er sich schon darauf, Frank in diesem Sakko zu sehen.

Joachim sah auf die Uhr und lächelte. Es war nicht mehr lange, bis Frank es abholen würde.

Er ging hinüber zum Bügelbrett. Aus dem Ladengeschäft hörte er Stimmen. Mit wem unterhielt Edith sich? Er horchte einen Moment, während er darauf wartete, dass das Bügeleisen die richtige Temperatur erreicht hatte. Es wurde gelacht, und das hörte sich so an, als wäre Trude mal wieder im Laden. Er freute sich, dass Edith in ihr eine Freundin gefunden hatte, nachdem Rita das Land verlassen hatte. Er selbst wünschte sich manchmal auch wieder einen guten Freund. Einen guten Freund, wie Heinz es früher gewesen war. Aber nach seiner Scheidung von Edith war der Kontakt zwischen ihnen abgebrochen.

Ein leises Geräusch verriet ihm, dass das Bügeleisen heiß genug war. Er legte das Innenfutter auf das Brett, um die Kanten umzubügeln. So wurde es leichter, den Saum nachher einzunähen. Die Sohle des Eisens glitt über den Stoff, und Joachims Gedanken wanderten zurück zu Frank. Er dachte an die Anfangszeit, damals, als er ihn kennengelernt hatte. Daran, wie lange er gebraucht hatte, sich selbst einzugestehen, dass er verliebt war. In einen Mann verliebt war. Mehr als ein Jahr hatte es gedauert, bis er diese Gefühle endlich zulassen konnte. Und als klar wurde, dass Frank genauso empfand, war es unglaublich aufregend gewesen. Langsam hatte er sich herangetastet an diese Liebe. Und dennoch war die Zeit wie in einem Rausch verflogen, und Joachim war so glücklich gewesen wie nie zuvor in seinem Leben. Aber dann hatte ihn die Realität eingeholt und ihm einen Dämpfer verpasst. Homosexuelle Liebe entsprach Mitte der 60er-Jahre nicht der gesellschaftlichen Norm, war sogar strafbar. Etliche Männer und Frauen waren bis in die späten 1960er deswegen verurteilt worden. Aber nicht nur das war ein Grund dafür gewesen, ihre Liebe geheim zu halten. Frank saß bereits für die FDP im Bundestag, hatte eine große Karriere als Politiker vor Augen, und dafür brauchte er den *richtigen Hintergrund*, wie er es nannte. Gemeint war damit eine Vorzeigefamilie. Und so musste Joachim dabei zusehen, wie Frank heiratete, wie er erst einen Sohn bekam, dann noch einen. Ihre Treffen waren immer heimlicher geworden, immer vorsichtiger, je weiter Frank in der Partei und der Politik aufstieg.

Joachim störte die Heimlichkeit, aber noch mehr störte ihn, dass Frank ein Doppelleben führte. Manchmal hasste Joachim sich selbst dafür, dass er dabei mitmachte, dass er nicht die Kraft hatte, sich von Frank zu lösen, dem die Meinung der Öffentlichkeit wichtiger war als ihre Liebe. Aber seine Gefühle für diesen Mann waren zu stark. Er konnte sich nicht dagegen wehren, konnte Frank nicht gehen lassen. Joachim wollte sein Stück vom Glück, das war doch nicht zu viel verlangt, auch wenn es in aller Heimlichkeit erfolgen musste, immer mit der Sorge, entdeckt zu werden.

*

»Schnecke, da müssen wir hin, das wird erste Sahne!«

Astrid drehte sich vor dem Spiegel in ihrem Zimmer. Sie trug dunkle Leggings, darüber den pinken Minirock, den sie erst letzte Woche aus einem alten Shirt genäht hatte. Dazu ein einfaches weißes T-Shirt, das sie an der Seite hoch geknotet hatte. Ihr flacher Bauch blieb frei. An ihrem Handgelenk klimperten weiße Plastikarmreifen. Die Haare hatte sie offengelassen. Kritisch musterte sie ihr Spiegelbild. Sie konnte gar nicht mehr sagen, wie oft sie sich in der letzten Stunde umgezogen hatte, und sie war sich immer noch nicht sicher, ob das jetzige Outfit für Keules Party passend war. Mofa hatte sich währenddessen auf Astrids Bett hin und her gewälzt, zunächst theatralisch geseufzt und dann angefangen, neue Pläne zu schmieden. Astrid wusste nicht, was genau den Ausschlag gegeben hatte, aber jetzt war er der unumstößlichen Meinung, dass sie am Wochenende nach Sylt fahren müssten.

Noch einmal drehte sie sich vor dem Spiegel. Doch, Rock und T-Shirt waren klasse. Die Armreifen sowieso, aber die Haare … Ein Zopf war vielleicht besser. Sie wandte sich zu ihrem Schreibtisch um, auf der Suche nach einem Haargummi.

»Hast du gehört, was ich gesagt hab? Die beste Band der Welt!«, sagte Mofa. Astrid brauchte ihn gar nicht anzusehen, um zu wissen, dass er wieder breit grinste.

Es mochte ja sein, dass Die Ärzte sich selbst als »beste Band der Welt« bezeichneten und Mofa das auch fand, aber es war einfach nicht ihr persönlicher Musikgeschmack. Sie hörte Rock. Am liebsten Kölschrock wie BAP. Gut, ein paar Lieder mochte sie schon von den Ärzten, das konnte sie nicht abstreiten. Aber dafür extra bis nach Sylt fahren? Bestimmt nicht.

»Mann, es geht hier um das letzte Konzert von denen, und wir werden mit dabei sein!«

Endlich entdeckte Astrid ein Haargummi. Es lag ganz am

Rand, halb von einigen losen Blättern Papier mit Skizzen verdeckt. Sie griff danach und drehte sich zu Mofa um. »Letztens hast du mir noch die Ohren vollgeheult, dass das Konzert schon lange ausverkauft ist.«

»Das ist doch Schnee von gestern.« Er machte eine wegwerfende Handbewegung. »Das war, bevor mir klar war, dass mich das nicht abhalten wird.«

Astrid rollte mit den Augen. Sie drehte sich zum Spiegel und begann, sich einen Zopf zu flechten.

»Hast du gehört? Ich hab gesagt, dass mich nichts davon abhalten wird.«

Astrid seufzte. Sie wollte nicht auf irgendein Konzert fahren. Sie wollte sich auf ihre Kollektion konzentrieren. Die Eindrücke und Inspirationen der letzten Tage kanalisieren, festhalten und umsetzen. Endlich einen Grundstein legen, damit sie es der ganzen Welt beweisen konnte. Und damit sie Sabine endlich ihre »Du musst nach Berlin kommen«-Pläne ausreden konnte. Trotzdem fragte sie: »Und wie genau stellst du dir das vor?«

»Ganz einfach, wir fahren hin und besorgen uns Eintrittskarten vor Ort.«

»Es ist ausverkauft. Da gibt es keine Karten mehr.«

»Bei jedem Konzert gibt es so'n paar Typen, die einem vor dem Eingang Karten verkaufen. Das klappt bestimmt.«

Astrid schüttelte den Kopf. Es reichte, dass Mofa sie überredet hatte, heute Abend mit ihm zu Keules Party zu gehen. Das war genug. Sonst würde es nichts mit ihrer Kollektion. Sie musste nach vorn blicken, sich auf ihre Zukunft konzentrieren. Sie holte tief Luft. »Nein, Mofa, da passe ich. Das wird mir zu viel.«

»Komm schon, Schnecke …«

»Nenn mich nicht Schnecke!« Durch den Spiegel funkelte sie ihn wütend an.

Mofa hob abwehrend die Hände. »Mann! Is' ja gut! Fahr

ich eben allein. Mir doch egal, dass du das Ereignis des Jahrhunderts verpasst.«

Astrid zupfte mit beiden Händen ihren Zopf zurecht, während sie sich still darüber freute, dass sie sich tatsächlich einmal durchgesetzt hatte.

»Können wir denn jetzt endlich los?«, fragte Mofa, leicht genervt.

Astrid warf einen letzten prüfenden Blick in den Spiegel und nickte.

»Wurde aber auch Zeit«, stöhnte Mofa.

Im Flur trafen sie auf Britta. Sie stand dort, als habe sie auf sie gewartet.

»Na, was geht ab?«, grüßte Mofa.

Britta lächelte ihn scheu an. Astrid hatte ja schon immer vermutet, dass ihre Schwester in Wahrheit bis über beide Ohren in ihren Freund verliebt war. Es war einfach zu auffällig, wie erfreut sie bei jeder der vielen Trennungen zwischen ihr und Mofa war. Wie oft sie sich dann nach dessen Befinden erkundigte.

»Wollt ihr noch wohin?«, fragte Britta. Ihre Stimme klang ein wenig piepsig.

Astrid nickte knapp und schob Mofa weiter.

»Kann ich mit?«

Da waren sie, die drei Worte, die Astrid schon früher gehasst hatte. Damals waren sie natürlich immer von den Worten der Mutter: »Natürlich nimmst du Britta mit!« gekrönt worden.

Bevor Astrid etwas erwidern konnte, ergriff Mofa das Wort: »Dreh dich mal«, forderte er Britta auf, die dieser Bitte tatsächlich nachkam, als wäre sie ein Teenager und keine junge Frau von zweiundzwanzig Jahren.

»Neeeeee«, sagte Mofa gedehnt. »Das kannste dir abschminken. Du bist nicht scharf genug. Die Party bei Keule wird so richtig fetzen, da können wir keine Nebelkrähe mitbringen.«

Brittas Gesichtsausdruck wandelte sich schlagartig. Astrid schluckte. Dass sie ihre Schwester nicht immer überall mit hinnehmen wollte, war eine Sache, aber was Mofa da gesagt hatte, ging gar nicht! Nebelkrähe? »Wie kannst du es wagen?«, fauchte sie ihn an und boxte ihn fest in den Oberarm. Ihr kleiner Erfolg mit Sylt eben ließ sie mutig sein. »Das ist meine Schwester, mit der du da sprichst! Hast du gehört? Wenn sie mitkommen will, kann sie mitkommen. Und zwar genau so, wie sie ist. Sie ist nämlich toll so, wie sie ist, weil sie meine Schwester ist! Hast du verstanden?«

Mofa zog erstaunt die Augenbrauen hoch und hob dann abwehrend die Hände. »Ist ja schon gut, alles easy. Nehmen wir deine Schwester halt mit. Aber auf deine Verantwortung.«

# 5

*Juli, Bonn-Bad Godesberg*

Astrid lag noch im Bett, als die Tür ohne vorheriges Anklopfen aufgerissen wurde. Britta. Natürlich.

»Was denn? Immer noch nicht ausgeschlafen?« Britta ging zum Fenster, zog die Vorhänge zur Seite und öffnete es.

Astrid hob stöhnend die Hände vor das Gesicht. Sie war hundemüde. Sie war nach Hause gekommen, als es schon wieder hell wurde. Und das war eigentlich auch vorher klar gewesen. Wenn sie mit Mofa auf eine Party ging, war das immer so. Da konnte sie noch so oft sagen, dass sie nicht lange bleiben wollte, am Ende war die Nacht vorüber, und der neue Tag hatte längst begonnen. Sie rollte sich zur Seite und warf einen Blick auf ihren Wecker. Es war beinahe Abend. Warum hatte sie sich nur von Mofa zum Feiern überreden lassen? Warum hatte sie nicht auch da schon Nein gesagt?

»Ich will ja nichts sagen, Schwesterherz, aber unsereins hat heute den ganzen Tag gearbeitet.«

Dass Britta immer so spitzfindig sein musste. Reichte es nicht, dass Astrid sich selbst schon genug darüber ärgerte? Dass sie Mofa immer nachgeben musste? Ohne ihre Schwester anzusehen, antwortete sie: »Dann sollte unsereins besser auch nichts sagen, wenn es nichts sagen will.«

»Ehrlich, ich hab's ja sonst nicht so mit den Sprüchen von Oma Helene, aber sie hat immer gesagt: Wer feiern kann, der kann auch arbeiten. Und da hat sie recht gehabt. Kannst du ja an mir sehen.«

»Nein, hat sie nicht. Genauso wenig wie mit ihren anderen Sprüchen. Und falls du es vergessen hast: Ich war gestern viel länger aus als du. Kann ja nicht jeder so ein Mauerblümchen sein wie du und früher abhauen, ohne ein Wort zu sagen«, erwiderte Astrid genervt. Sie wollte nicht mit Britta streiten. Sie wollte eine Dusche und einen Kaffee, mehr nicht.

»Weißt du, Astrid, mit deiner egoistischen Art wirst du irgendwann nicht mehr weiterkommen.«

Astrid rieb sich müde mit der Hand über die Augen. »Egoistische Art? Ich?«

»Ja, du lässt uns alle hängen! Machst nichts anderes, als zu feiern und dich rumzutreiben. Nimmst dir alles nur, ohne deinen Teil beizutragen. Wann warst du denn das letzte Mal in der Schneiderei? Sag mir das mal.«

»Ich wüsste nicht, was ich da soll. *Du* bist doch schon da.« Eigentlich wollte Astrid gar nicht so bissig sein. Aber bei ihrer Schwester verlor sie meist die Beherrschung.

»Du weißt genau, was ich meine! Du könntest ruhig mal mithelfen.«

Ja, Britta wusste ganz genau, was sie sagen musste, um Astrid wütend zu machen. Immer musste sie von demselben Thema anfangen. Ich soll helfen?«, fragte sie heiser. »Du willst die Hilfe von einer – wie hast du eben gesagt? – einer egoistischen Langschläferin?«

»Musst du echt jedes Wort auf die Goldwaage legen?«

Astrid drehte langsam den Kopf zu Britta und runzelte gespielt die Stirn. In ihr brodelte es. »Nein, du hast recht, das ist sonst eher deine Art.« Sie funkelte ihre Schwester an.

Für einen Moment herrschte angespannte Stille, während sie sich anstarrten.

Doch dann grinste Britta plötzlich und sagte: »Du bist blöd.« Sie grinste.

»Selber.« Auch Astrid musste grinsen. Der Bann war gebrochen. »Und jetzt sei nicht so. Was kann ich dafür, dass du gestern früher nach Hause bist. Du hättest ja noch bleiben können.« Sie gähnte.

Brittas Grinsen verschwand, und sie blickte zu Boden. »Nein, hätte ich nicht. Dein werter Herr Freund hat ja auf der Party mit seinen Kumpels da weiter gemacht, womit er hier bei uns im Flur angefangen hat.«

*Oh!* Endlich verstand Astrid, warum ihre kleine Schwester eben so schnippisch gewesen war. Die Erkenntnis sackte ihr schwer in den Magen. »Okay. Ich hab's verstanden. Mofa ist doof. Und seine Kumpels sowieso. Ich rede mit ihm, ja? Aber erst mal muss ich richtig wach werden.«

Britta musterte sie einen Augenblick mit zusammengepressten Lippen. Astrid kannte ihre Schwester gut genug, um zu wissen, dass sie genau in diesem Moment eine Entscheidung treffen würde und nicht vorhersehbar war, wie diese ausfallen würde. Mit einem schnalzenden Geräusch entspannte Britta ihre Lippen, und Astrid wusste, dass es heute zu ihren Gunsten war.

»Ich mach uns beiden einen Kaffee, okay?«

Astrid nickte dankbar und unterdrückte ein neues Gähnen.

»Einen extra starken«, sagte Britta. »Um sicherzugehen.«

*

Edith stellte den alten Karton neben ihrem Schreibtisch ab. Sie hatte den Entschluss gefasst, dass ihre Vergangenheit ihr nicht mehr im Weg stehen durfte, jetzt musste sie es endlich in die Tat umsetzen. Deshalb hatte sie den erstbesten Karton genommen, den sie hatte finden können. Sie nahm vor dem Schreibtisch Platz. Er war aus dunklem Holz und hatte einen Aufbau mit kleinen Schubladen und Regalfächern. Auf der Tischplatte lagen Rechnungen, Zeitschriften und Werbeblättchen. Edith nahm sie, sortierte sie und legte sie in die entsprechenden Fächern ab, bevor sie die oberste Schublade aufzog, in der sie Pauls Briefe verwahrte. Mit zitternden Händen griff sie hinein und holte einen der Umschläge heraus. Das tat sie sonst nur spät abends, bevor sie zu Bett ging. Sie wollte den Briefbogen schon hervorziehen, doch dann legte sie den Umschlag zurück in den Karton. Sie atmete ein tief durch, dann griff sie ganze Packen, schaute sie nicht mehr einzeln durch. Erst als die Schublade so leer war, dass eine kleine Schachtel zum Vorschein kam, hielt sie inne. Ihr Herz schlug mit einem Mal hart gegen ihre Brust. Sie zog die Schatulle hervor und öffnete sie. Da, auf einem Samtbett, lag er: der schmale Ring, mit dem Paul ihr den Antrag gemacht hatte. Sie nahm ihn heraus. So lange hatte sie ihn nicht mehr angesehen. Während sie ihn zwischen den Fingern drehte, sah sie Paul deutlich vor sich. Sein markantes Kinn, das dunkle Haar, die dunklen Augen, die geleuchtet hatten, als sie Ja gesagt hatte. Edith schluckte, und sie bemerkte, dass ihre Finger wieder zu zittern begonnen hatten. Rasch steckte sie den Ring zurück. Dann schloss sie die Schachtel und legte auch diese in den Karton. Sie musste nach vorn blicken! Musste mit der Erinnerung an Paul abschließen. Natürlich wusste sie, dass sie niemals jemand anderen so sehr würde lieben können, wie sie ihn geliebt hatte und immer noch liebte, aber genau dieses Wissen, dieses Festhalten an der Vergangenheit, zog sie hinunter.

Edith atmete einmal tief ein, und aus und dann legte sie auch die letzten Briefe in den Karton und verschloss ihn, indem sie die vier Klappen gegengleich ineinander verhakte.

Jetzt musste sie das Ganze nur noch auf den Speicher bringen. Wegwerfen kam nicht infrage. Sie wollte zwar in die Zukunft schauen und befreit sein von der Last der Erinnerungen, doch ihre Vergangenheit in den Müll entsorgen, das ging ihr zu weit.

Als sie mit dem Karton in den Flur gehen wollte, hörte sie ihre Töchter. Sie spähte durch die geöffnete Tür und sah sie in Astrids Zimmer auf dem Boden sitzen. Offenbar tranken sie Tee oder Kaffee. Es freute Edith, dass die beiden sich so lebhaft unterhielten. Oft genug stritten sie. Etwas, von dem Edith gehofft hatte, es würde nach der Teenagerzeit weniger, was aber nicht der Fall gewesen war.

Edith ging zurück in ihr Zimmer und stellte den Karton neben der Tür ab. Sie würde ihn morgen hinauf auf den Speicher bringen, wenn die beiden nicht im Haus waren. Dann musste sie keinen Fragen zum Inhalt aus dem Weg gehen.

*

*Es ist erstaunlich*, dachte Joachim, als er neben Frank die Rheinallee hinunterschritt, *wie aufgeregt ich auch nach so vielen Jahren der Beziehung bei jedem Treffen bin.* Wie zufällig berührten sich ihre Hände, und Joachims Herz tat einen noch aufgeregteren Sprung. Mit Frank war alles so viel intensiver, so viel tiefgehender. Das war kein Vergleich zu dem, was er damals für Petra empfunden hatte. Mit ihr war es anders gewesen. Damals war er von ihrer filmgleichen Schönheit geblendet gewesen. Jung und unerfahren war er gewesen, das wusste er heute.

Joachim musterte Frank von der Seite. Vor ein paar Wochen war er fünfzig geworden, doch das sah man ihm nicht an.

»Warum schaust du so?«, fragte Frank.

Joachim lächelte. »Ich muss doch sehen, ob das Sakko noch gut sitzt, schließlich hast du es jetzt schon eine Weile.«

»Mein lieber Herr Graf, das Sakko sitzt ausgezeichnet, wie alle Kleidungsstücke aus Ihrer Hand.«

»Für meinen besten Kunden gebe ich alles.«

»Soso«, antwortete Frank und zwinkerte ihm zu, »ich bin also nur dein bester Kunde.«

»Der beste Kunde und überhaupt der Beste«, entgegnete Joachim und hob anzüglich die Augenbrauen.

Franks Lächeln verschwand sofort. Hektisch blickte er sich um. »Du weißt doch, dass wir aufpassen müssen!«

»Wir gehen spazieren und unterhalten uns dabei.«

»Trotzdem! Da kann man nicht vorsichtig genug sein.«

»Du meinst, *du* kannst es nicht.«

»Joachim …«

»Ja, ja, ich weiß. Deine Karriere, die Politik und so weiter und so fort.«

»Sei nicht eingeschnappt, lass uns lieber den Abend genießen«, sagte Frank beschwichtigend.

»Na gut«, lenkte Joachim ein.

Sie hatten das Ende der Allee erreicht und gingen zum Rhein hinunter. Die Dämmerung hatte Einzug gehalten und tauchte das Rheintal in ein sanftes Licht. Früher hätte er diese Stimmung mit der Kamera eingefangen. Hätte versucht, sie in einem selbst gewählten Ausschnitt auf einem Bild für die Ewigkeit festzuhalten. Aber jetzt wusste er, dass diese Ewigkeit nur eine Illusion war. Mit der Fotografie hatte er nichts festhalten, sich nichts aufbauen können. Eine leichte Brise kam auf, wehte die letzte Wärme dieses Julitages hinfort.

Joachim blickte nach links und nach rechts. Die Rheinpromenade lag verlassen da. Er griff nach Franks Hand. Für einen Moment zuckte dieser zurück, wollte die Hand wegziehen. Aber bevor er noch einmal sagen konnte, dass sie aufpassen mussten, sagte Joachim ruhig: »Hier ist niemand. Wir sind allein.«

Er merkte, wie Frank einen Augenblick zögerte. Doch dann entspannte sich seine Hand und erwiderte den sanften Druck. Sie spazierten die Promenade entlang. Schweigend. Hand in Hand. Joachim genoss jede Sekunde. Es war nur eine kleine Geste, aber für ihn bedeutet sie viel. Und dass Frank es zuließ, obwohl sie sich unter freiem Himmel befanden, machte es noch schöner.

Die Dämmerung schritt weiter voran, und es wurde immer

dunkler. Plötzlich machte Frank sich von seiner Hand los. Joachim dachte, es wäre ihm zu viel geworden oder er hätte vielleicht einen Passanten ausgemacht, als Frank ihn kurzerhand zu sich heranzog und ihn küsste. So küsste, wie er es sonst nur im Verborgenen tat. Joachim war überrascht, und zu der Aufregung gesellten sich zahlreiche Schmetterlinge in seinem Bauch. Der Reiz des scheinbar Verbotenen trug seinen Teil dazu bei. Joachim fühlte sich wie im Rausch. Aus dem Augenwinkel meinte er, etwas aufblitzen zu sehen. Ganz kurz nur. Joachim versteifte sich.

Frank ließ überrascht von ihm ab. »Was ist los?«

»Ich weiß nicht. Da war was. Eine Reflexion oder so.« Joachim kniff die Augen zusammen, bei dem Versuch, in der voranschreitenden Dunkelheit etwas erkennen zu können. Aber außer der verlassenen Rheinpromenade, den Bäumen und Sträuchern konnte er nichts ausmachen. »Ach, das hab ich mir vielleicht nur eingebildet«, sagte er schließlich.

»Was?«, fragte Frank und lächelte. »Das hier hast du dir nur eingebildet?« Und damit zog er Joachim mit Schwung zu sich heran und küsste ihn noch einmal.

# 6

*Juli, Bonn-Bad Godesberg*

Gähnend saß Astrid in ihrem Zimmer an der Nähmaschine. Dank Brittas extrastarkem Kaffee war sie auch gestern Nacht erst spät zur Ruhe gekommen. Wenigstens hatte sie so Zeit zum Nachdenken gehabt. Und eins war ihr dabei klar geworden: Sie musste sich von Mofa lösen! Sie war doch nur aus Gewohnheit mit ihm zusammen. So war es früher gewesen, so war es heute. Sie hing an dem Gewohnten – es gab ihr Sicherheit und inneren Frieden, selbst wenn es sie auf Partys führte, zu denen sie nicht wollte, und dann um ihren Schlaf brachte.

Noch einmal kontrollierte sie, ob sie die Falten des Tüllrocks gleichmäßig an die abgeschnittenen Kante des Jeanshemdes gesteckt hatte, bevor sie den Nähfuß herunterließ und die Maschine startet. Sie nähte einmal rundherum, bis der Rock komplett festgesteppt war, dann schnitt sie die Fadenenden ab und zog das Oberteil hervor. Mit ausgestreckten Händen hielt sie es vor sich und war selbst davon begeistert, wie gut ihre Vorstellung in der Realität aussah. Ihr erstes Kollektionsstück, es nahm Form an. Wunderbare Form! Zum ersten Mal seit Langem hatte sie das Gefühl, dass sie es schaffen konnte! Wenn erst einmal die gesamte Kollektion fertig war, würde der Rest von allein funktionieren. Sie würde den Mut für den großen Schritt aufbringen und sich in die USA nach New York zu wagen. Sie sagte es sich immer und immer wieder wie ein Mantra vor: *New York, ich komme!*

Sabine mochte recht damit haben, dass Astrid über ihren eigenen Schatten springen musste. Aber sie hatte nicht vor, nach Berlin zu springen, sie würde direkt über einen ganzen

Ozean springen. Ganz oder gar nicht! Wenn sie etwas in ihrem Leben erreichen wollte, das wurde ihr jetzt bewusst, dann musste sie groß träumen und ihren Träumen Taten folgen lassen.

Sie stand von der Nähmaschine auf und streckte sich. Es war fast Mittag, und ihr Magen knurrte. Gleich würde auch der Rest der Familie aus der Schneiderei zum Essen nach Hause kommen. Bevor Astrid sich dann wieder die üblichen Litaneien darüber anhören musste, dass sie nicht ihren Teil beitrug, beschloss sie, hinunterzugehen und das Mittagessen vorzubereiten. Was ihre Mithilfe anging, hatte nur Onkel Joachim Verständnis für sie. Aber das brachte er nie vor den anderen zum Ausdruck. Da hielt er sich heraus. Das war nach Astrids Meinung auch der Grund, warum er nicht verheiratet war: Er hielt sich so sehr aus allem heraus, dass er sich auch gleich aus einer Ehe herausgehalten hatte. Dabei waren die ganzen Damen, die zu den Kundinnen der Schneiderei zählen, sehr bezaubert von ihm, da hätte er Chancen gehabt, soweit Astrid das beurteilen konnte.

Sie trat aus ihrem Zimmer. Im Flur bemerkte sie, dass die Tür zum Zimmer ihrer Mutter offen stand. Das war seltsam. Sie ging hinüber, um sie zu schließen. Dabei bemerkte sie den alten Karton. Er stand direkt an der Tür. Astrid warf einen Blick in den Raum und bemerkte, wie aufgeräumt der Schreibtisch aussah. Ihre Mutter hatte ausgemistet, so schien es. In dem Karton befand sich bestimmt Altpapier. Kurzerhand nahm Astrid ihn auf den Arm und zog die Tür zu. Sie würde nicht nur das Mittagessen vorbereiten, sie würde auch gleich noch den Müll rausbringen. Damit wären dann auch alle Litaneien für heute im Keim erstickt. Von wegen, sie trug ihren Teil nicht bei!

Sie ging durch den Flur zur Treppe und hatte gerade zwei Stufen genommen, als sie spürte, wie der Boden des alten Kartons sich löste. Sie wollte mit ihrer Hand nachfassen, doch er kam ins Rutschen, und Astrid verpasste die nächste Treppenstufe – und dann ging alles ganz schnell: Der Boden des Kartons klappte auf, alles fiel heraus und flatterte die Treppe hinunter. Astrid konnte sich gerade noch im letzten Moment am Geländer festhalten, bevor auch sie die Treppe hinuntergestürzt wäre. Sie fluchte, während sie auf das Papierchaos auf der Treppe sah. Briefe, jede Menge Briefe. Sie blickte auf den Karton, den sie immer noch in der einen Hand hielt. Er war nicht mehr zu gebrauchen. Sie hielt ihn über das Geländer und ließ ihn in den Flur fallen. Dann bückte sie sich, um die Briefe aufzusammeln. Die ersten suchte sie achtlos zu einem Stapel zusammen, bis ihr ein Umschlag ins Auge fiel, der die leicht krakelige Handschrift ihrer Mutter trug. Ein weder verschlossener noch frankierter Brief, der an einen Paul Lange bei Uwe Matussek in Ost-Berlin adressiert war. Astrid hielt den Atem an. Ost-Berlin! Noch nie hatte ihre Mutter erwähnt, dass sie Kontakte in der DDR hatte. Sie ließ sich auf eine der Treppenstufen sinken und drehte den Brief in den Händen. Ihre Mutter hatte ihn geschrieben, dann aber nicht abgeschickt. Warum wohl? Sie klappte die Umschlaglasche zur Seite und zog ein gefaltetes Blatt hervor. Es fühlte sich seltsam verboten an. Sie wusste, dass dieser Brief nicht für sie bestimmt war, dass es nicht richtig war, ihn zu lesen. Aber sie konnte nicht anders. Sie faltete den Bogen auseinander und begann zu lesen.

*Friesdorf, Juli 1978*
*Mein über alles geliebter Paul,*
*was ist geschehen, dass Du mir nicht mehr antwortest? Ich muss fürchten, dass Dir etwas zugestoßen ist ... Anders kann ich es mir nicht erklären. Bitte, bitte, antworte endlich! Antworte mir auf diesen Brief, damit ich weiß, dass alles gut bei Dir ist, dass alles gut mit Dir ist! So gut eben, wie es sein kann. Es zerreißt mich, dass ich kein Lebenszeichen von Dir bekomme.*

*Ach, Paul, ich vermisse dich. So unvorstellbar sehr.*
*Mit Heinz streite ich nur noch, und wenn ich dann an unsere glücklichen Stunden im Kottenforst denke, damals, dann wird es mir ganz schwer ums Herz.*
*Bitte schreibe mir!*
*Ich liebe Dich. Vergiss das nicht. Nie!*
*In unendlicher Liebe, Edith*

Paul. Ihre Mutter liebte jemanden namens Paul, der in Ost-Berlin wohnte. Mit einem Mal musste Astrid wieder an den Tag denken, an dem sie den Streit ihrer Eltern durch das dünne Holz ihrer Zimmertür gehört hatte. Dieser Paul und dieser Brief mussten der Grund für den Streit gewesen sein.

*

Als sie in die Dürenstraße einbog, waren Ediths Schritte leicht. Normalerweise schlossen sie die Schneiderei über Mittag und gingen alle zusammen zum Essen nach Hause, aber es zeichnete sich immer deutlicher ab, dass diese Geschäftspraxis nicht mehr zeitgemäß war, denn auch heute war noch ein Kunde in der Schneiderei gewesen, den sie nicht hatten hinauskomplimentieren wollen. Und so waren Joachim und Britta dortgeblieben, und Edith war allein gegangen. Das war ihr nur recht gewesen. Wenn Astrid, wie sonst auch oft, unterwegs war, hätte Edith die Villa für sich und könnte in aller Ruhe den Karton auf den Speicher bringen. Bei dem Gedanken wurden ihre Schritte noch etwas leichter. Es war gut gewesen, gestern die Briefe auszusortieren. Sie hatte es schon in der Nacht gespürt, und auch der heutige Tag war wunderbar gewesen. Sie fühlte sich freier, befreiter. Als hätte jemand eine große Last von ihren Schultern genommen. Das tat gut. Sie konnte nicht mehr in der Vergangenheit leben. Wollte nur noch in die Zukunft blicken. Sie hatte in ihrem Leben schon so viel erreicht, da konnte sie nicht mehr länger immer nur auf der Stelle treten. Sie stand beinahe in der Mitte ihres Lebens, und hatte noch so viel vor sich. So viele Jahre! Von denen sie jedes Einzelne genießen würde, ohne ständig im Selbstmitleid zu versinken oder sich nach den glücklichen Tagen mit Paul zu sehnen. Ihre Liebe für ihn, sie war immer da, aber das würde sie von jetzt an nicht mehr daran hindern, ihren Kopf freizumachen und glücklich zu sein.

Sie war doch eine Frau, die mitten im Leben stand, sie war unabhängig. Hatte es nach der Scheidung allein geschafft und würde es auch jetzt allein schaffen. Und während sie die Stufen zur Villa hinaufging, war sie sich plötzlich sicher, dass sie genau das endlich konnte.

Rasch schloss sie die Tür auf und blieb dann abrupt stehen. Im Flur lagen drei Briefe, die kleine Schachtel mit dem Ring und der alte Karton. Ihr Blick glitt zur Treppe und dort saß Astrid, inmitten der restlichen Briefe, in der Hand mehrere beschriebene Papierbögen. Ihre Blicke trafen sich, und Edith wurde schlagartig klar, dass Astrid die Wahrheit über ihren Vater herausgefunden hatte.

Sie suchte noch nach Worten, aber da sprach ihre Tochter schon: »Papa ist nicht mein Vater?« Ihre Stimme klang dünn.

Edith konnte es ihr so gut nachfühlen. Sie selbst hatte auch erst so spät erfahren, dass ihre Eltern nicht ihre waren. Und nun hatte also ihre Tochter erfahren, dass ihr Vater nicht ihrer war. Edith schloss die Tür hinter sich, bevor sie zwischen den Briefen die Treppe hinauf zu ihrer Tochter stieg, und sich neben sie setzte. Sie konnte nun deutlich sehen, dass Astrids Augen in Tränen schwammen. Sie wollte ihre Tochter in den Arm nehmen, aber die rutschte zur Seite.

»Astrid …«

»Hast du Papa wirklich nur geheiratet, weil sonst niemand da war?« Die Worte ihrer Tochter stachen tief in Ediths Herz.

Sie suchte Astrids Blick. »So war das nicht.«

»Und wie war es dann? Wie? Ich hab genug von den Briefen hier gelesen, um zu wissen, dass es genau so war! Du hast Papa nie geliebt.«

»Ich habe Heinz geliebt!«

»Aber nicht wie ihn.« Beinahe anklagend deutete ihre Tochter mit der freien Hand auf die Briefe.

»Nein, nicht wie ihn«, bestätigte Edith.

Astrid ließ den Kopf hängen. »Ich kann verstehen, dass Papa es irgendwann nicht mehr ausgehalten hat«, murmelte sie.

»Astrid! Das kannst du doch nicht sagen!«, entgegnete Edith empört. Dass ihre Tochter so dachte, schmerzte sie noch mehr. Ihre Scheidung von Heinz … es war kompliziert. Sie sah ihre Tochter an, die noch immer vornübergebeugt neben ihr saß und auf die Briefe in ihrer Hand starrte. Vorsichtig streckte sie ihre Hand aus und strich ihr über den Rücken. »Du musst das verstehen. Die Zeiten damals waren anders als heute. Eine unverheiratete Frau, die schwanger ist, das durfte es damals nicht geben. Und nicht ich hatte die Idee, Heinz zu heiraten. Er hat es vorgeschlagen. Er wusste, woran er war. Und eine Zeit lang sah es auch gut mit uns beiden aus. Aber dann …«

»Mehr brauchst du nicht zu erzählen«, fuhr Astrid kalt dazwischen. »In der Kiste war noch mehr als nur die Wahrheit über meinen Vater.«

»Noch mehr?«, fragte Edith verwirrt.

»Was ist hiermit?« Ihre Tochter sortierte die Papierbögen, die sie immer noch in der Hand hielt, und zog einen heraus.

Edith nahm das Blatt entgegen, und als sie realisierte, was es war, lief ihr ein kalter Schauer über den Rücken. Es war einer der Briefe, die zu der Recherche-Korrespondenz gehörte, die sie mit dem Jüdischen Museum geführt hatte.

Edith blickte auf und sah ihrer Tochter in die Augen. Sah dort den gleichen Schmerz und das gleiche Unverständnis, das sie selbst vor so vielen Jahren empfunden hatte, als sie von Richard und Helene Graf erfahren hatte, dass sie nicht ihr leibliches Kind war und wer ihre Eltern waren. Und aus der damaligen Erfahrung wusste sie, dass es keinen guten Weg gab, so etwas zu offenbaren. Also sagte sie es geradeheraus: »Ich bin das Kind jüdischer Eltern.« All die Jahre hatte sie über ihre Herkunft geschwiegen, um ihre Töchter, ihre Familie und auch sich selbst zu schützen. Vor den Anfeindungen und dem Hass, den es immer noch gab.

»Onkel Joachim ist …?«, fragte ihre Tochter nüchtern.

»Nicht mein Bruder. Also nicht blutsverwandt.«

Astrid nickte. »Ruth und Aaron Stern waren deine Eltern, das habe ich richtig gelesen?«

»Ja.«

»Und wie war dein Name?«

»Esther Stern.« Edith konnte es nur flüstern. Der Name, unter dem sie geboren worden war, er war ihr auch nach all diesen Jahren noch immer fremd.

Ihre Tochter zog sich am Geländer hoch, und sah sie mit einem Blick an, den Edith nicht deuten konnte. »Wer bist du eigentlich?«, fragte sie dann.

»Ich weiß es nicht«, entgegnete Edith leise.

*

Astrid blickte von ihrer Mutter zu dem Briefchaos um sie herum. Vor einer halben Stunde hatte sich darüber gefreut, dass ihr erstes Kollektionsstück so wurde, wie sie es sich vorgestellt hatte – und jetzt? Jetzt war nichts mehr so, wie sie es sich vorgestellt hatte.

Als ihre Eltern sich vor zehn Jahren Knall auf Fall hatten scheiden lassen, war ihre Welt zum ersten Mal auseinandergebrochen. Aber heute musste sie feststellen, dass es nichts gewesen war, gegen das, was sie gerade erfahren hatte. Ihr Vater war nicht ihr Vater! Ihr Vater war jemand namens Paul, der in Ost-Berlin wohnte und der den Kontakt zu ihrer Mutter abgebrochen hatte. Aber das war ja noch nicht alles. Ihre Mutter war nicht die Tochter von Oma Helene. Und nicht die Schwester von Onkel Joachim.

Astrid hatte die ganze Zeit in einem Kartenhaus gewohnt. In einem Kartenhaus, das jetzt in sich zusammenfiel, weil nicht nur eine, sondern gleich mehrere Karten herausgezogen worden waren. Ihr ganzes Leben – es war auf Lügen aufgebaut!

Sie hatte nicht nur einen anderen Vater, sie hatte auch andere Vorfahren! Astrid hatte mit einem Mal das Gefühl, dass alles um sie herum zu eng wurde, in ihrem Kopf überschlugen sich die Gedanken. Es war zu viel. Sie musste hier raus. Nicht nur an die frische Luft, ganz raus. Raus aus diesem Leben, das gar nicht ihres war.

»Was ist denn hier los?«

Astrid fuhr herum und sah Britta im Flur stehen. Und durch die geöffnete Tür konnte sie hinter ihrer Schwester auf der Straße Mofa sehen, wie er gerade eine Reisetasche in den Kofferraum seines Autos warf.

»Britta«, sagte ihre Mutter. »Ich erkläre es dir nachher, lass mich gerade noch mit deiner Schwester sprechen, ja?«

Aber Astrid wollte nicht mit ihrer Mutter reden. Sie hatte genug gehört. Durch die offene Tür beobachtete sie, wie Mofa um das Auto herumging und die Fahrertür öffnete. Was hatte er noch gesagt, wo er hinfahren wollte? Nach Sylt zum Abschlusskonzert der Ärzte?

»Astrid, hörst du? Ich möchte dir …«

Sie hörte ihrer Mutter nicht zu. Sie musste hier raus, musste weg. Sie wirbelte zu ihrer Mutter herum: »Ich will es nicht hören, ich kann es nicht. Ich … ich muss weg!« Und damit rannte sie die Treppe hinunter und an ihrer Schwester Britta zur Tür der Villa hinaus, direkt vor Mofas Ford Fiesta, der gerade anfahren wollte.

»Mensch, bist du verrückt?«, rief er, »ich hätte dich fast überfahren!« Durch die geschlossene Autotür klang seine Stimme dumpf.

Sie umrundete den Wagen, und als sie die Beifahrertür öffnen wollte, fiel ihr auf, dass sie noch die Briefbögen in der Hand hielt. Sie knüllte sie zusammen und stopfte sie in die Hosentasche, bevor sie die Tür aufzog und sich auf den Beifahrersitz fallen ließ.

»Du willst jetzt doch mitkommen, Schnecke?«, fragte Mofa.

Mit der linken Hand griff sie nach dem Gurt. »Sitz ich in deinem Auto, und schnalle mich gerade an?«, fragte sie genervt. Sie ließ das Gurtschloss mit einem lauten *Klick* einrasten.

»Erste Sahne!« Mofa startete den Fiesta, fuhr aus der Dürenstraße, einmal quer durch Bonn-Bad Godesberg und kurz vor Bonn schließlich über den Rhein und auf die Autobahn.

Als sie Köln hinter sich gelassen hatten, bemerkte Astrid, dass die Anspannung in ihrem Körper nachließ. Erst da wurde ihr bewusst, dass sie überhaupt nicht für eine Reise gerüstet war. Das Einzige, was sie mitgenommen hatte, waren die Briefe. Sie musste plötzlich lachen.

»Was?«, fragte Mofa.

»Das hier ist total durchgeknallt«, antwortete Astrid.

»Du sagst es.« Mofa grinste und drehte den Lautstärkeknopf des Kassettendecks auf volle Pulle. Astrid schloss die Augen, während ihr aus den Lautsprechern *Westerland* entgegendröhnte.

Das hier war gut. Durchgeknallt und gut. Sie hatte weggewollt. Jetzt war sie weg.

# 7

*Juli, Ost-Berlin*

Paul stolperte mehrere Schritte in den Raum hinein. Der Wärter hatte ihn so heftig vom Flur hineingestoßen, dass er Mühe hatte, das Gleichgewicht auf dem gesunden und dem verletzten Bein zu halten. Am Ende des länglichen Raums befand sich eine weiße Trennwand, davor stand ein Stuhl, der mit den Beinen auf einer Platte montiert war.

Paul kannte das schon. Er war – wieder einmal! – für einen Fototermin abgeholt worden.

Ohne dass die Wachmänner etwas sagen mussten, nahm er auf dem Stuhl Platz. Er wusste, dass man ihn um 90 Grad zu jeder Seite drehen konnte. Für Aufnahmen von vorn und im Profil von links und von rechts. Auffällig war nur, wie oft neue Fotografien von ihm benötigt wurden. Als wenn er sich in den Wochen und Monaten seit den letzten Aufnahmen so verändert hätte. Auch das gehörte für Paul zu den vielen Arten der perfiden Folter, die man in der Untersuchungshaftanstalt Hohenschönhausen anwendete.

Und es lief immer gleich ab: Ohne Vorankündigung wurde er aus seiner Zelle durch die Gänge bis zu diesem Raum gezerrt, musste sich auf den Stuhl setzen und warten. Stundenlang warten, ohne sich zu bewegen. Begleitet nur von einem monotonen Brummen, das hinter ihm, hinter der weißen Trennwand ertönte. Als würde dort ein Stromaggregat oder Ähnliches laufen.

Das setzte ihm zu. Dieses unbewegte Warten, das tiefe Brummen, am Rande des Hörbaren. Manchmal hatte er das Gefühl, es nicht nur zu hören, sondern auch physisch zu spüren. Dann machte sich ein kaum zu beschreibendes, unangenehmes Gefühl in seinem Nacken breit. Das machte ihn halb wahnsinnig. Und dazu die Grundlosigkeit der neuen Fotos, die nach der langen Wartezeit am Ende gemacht wurden. Was bezweckten sie damit? Wollten sie lediglich den Verfall der Häftlinge sorgfältig dokumentieren?

In der langen Zeit des Wartens versuchte er, sich wegzuträumen. Versuchte, den Schmerz in seinem Bein zu ignorieren, der mit der langen Zeit des Sitzens, des Verharrens, schlimmer wurde. Es war nicht auszuhalten, also schob er sein Bein ein winziges Stückchen nach vorn. Die Bewegung verschaffte ihm kaum Erleichterung, erinnerte ihn nur wieder deutlich an den schicksalhaften Tag im August 1961. Seine letzte Fahrt von Bonn nach Berlin hatte es sein sollen. In Gedanken hatte er bereits im Zug zurück ins Rheinland gesessen – und war unachtsam gewesen. Die rote Ampel, der Kleinlaster, das Krachen von berstendem Glas und Metall … Als er nach einer Woche aus der Bewusstlosigkeit in der Charité wieder erwacht war und sein bester Freund und Arzt Uwe Matussek ihm erzählt hatte, dass quer durch Berlin eine Mauer errichtet worden war, hatte er es nicht glauben können. Er hatte gedacht, Uwe hätte einen Witz gemacht. Aber dann hatte er einsehen müssen, dass es war, wie es war: Ost-Berlin war mit einer Mauer vom Westen abgetrennt. Und genauso war er abgetrennt worden. Von seinem Glücksbringermädchen, seinem Leben.

Wenigstens war Edith mit Astrid glücklich vereint, dieser Gedanke spendete ihm Trost. Es ging ihnen gut. Sie waren im Westen. Frei und unbeschwert. Ohne große Sorgen, ohne den täglichen Kampf mit sich selbst, mit Mithäftlingen und dem Wachpersonal.

*

Edith war tief in Gedanken versunken, als sie zurück in die Schneiderei eilte. Sie war spät dran. Nachdem Astrid die Villa verlassen hatte, hatte Edith sich allen Fragen von Britta gestellt. Dabei hatten sie beide lange in der Küche gesessen, aber das Mittagessen vergessen. Ihre jüngere Tochter war mit jedem Wort einsilbiger geworden. Die Offenbarung, dass Oma und Opa Graf nicht Ediths leibliche Eltern gewesen waren, hatte ihre jüngere Tochter kaum interessiert. Sie war nur darauf angesprungen, dass Astrid ihre Halbschwester war. Hatte Edith an den Kopf geworfen, dass sie nun verstehen würde, warum Astrid immer bevorzugt würde. Dann war Britta auf ihr Zimmer verschwunden, und Edith hatte noch eine Zeit lang nachdenklich allein am Küchentisch gesessen. Dabei war ihr bewusst geworden, dass sie so lange auf den richtigen Moment gewartet hatte, um ihren Töchtern endlich die Wahrheit zu erzählen – und es all die Jahre doch nicht getan hatte. Aber die Wahrheit hatte sich ihren Weg gesucht, sie hatte nicht mehr länger gewartet und sich ans Licht gedrängt. Und das war gut so. Es erleichterte Edith. Die Geheimnisse für sich zu behalten, hatte sie viel Kraft gekostet.

Sie überquerte die Moltkestraße und lief weiter in die Alte Bahnhofstraße. Joachim fragte sich bestimmt schon, wann sie endlich wiederkommen würde.

Eigentlich hätte auch Britta wieder mit ihr in die Schneiderei kommen müssen, aber Edith wusste, dass es jetzt besser war, sie in Ruhe zu lassen. Sie kannte ihre Tochter: In den nächsten Tagen würde sie unterkühlt zu ihr sein, und dann wäre alles wieder in Ordnung. So war es bisher immer mit ihr gewesen. Astrid hingegen … Da machte Edith sich Sorgen. Ihre Reaktion war anders als sonst. Sie war so ruhig gewesen, nüchtern, beinahe abgeklärt, um dann wie von der Tarantel gestochen einfach wegzulaufen und zu Moritz von Falk ins Auto zu springen. Das passte nicht zu ihr.

Edith bog vom Theaterplatz in den Michaelshof ein, und da sah sie den Menschenauflauf vor dem Schaufenster der Schneiderei. Sofort vergaß sie alles, was sie eben noch beschäftigt hatte. Es musste etwas passiert sein! Etwas mit Joachim. Zielstrebig steuerte sie auf die Schneiderei zu. Einer der Männer aus dem Pulk drehte sich um, und da sah sie es: Kameras, Mikrofone, Aufnahmegeräte. Es waren Reporter.

Sofort war sie umringt, und Fragen prasselten von allen Seiten auf sie ein.

»Wollen Sie zur Schneiderei Graf?«

»Sind Sie Kundin der Schneiderei, oder arbeiten Sie hier?«

»Wie bitte?«, fragte Edith.

»Wollen Sie zur Schneiderei, arbeiten Sie da?«, wiederholte der Mann zu ihrer Linken.

Edith nickte und bahnte sich einen Weg durch die Menge. Sie versuchte, einen Blick durch das Schaufenster zu werfen. Waren die Lichter aus?

»Kennen Sie Herrn Graf?«, fragte jemand.

Es sah so aus, als wäre die Ladentür verschlossen. Was war hier los?

»Hören Sie, kennen Sie Joachim Graf?«

»Was?« Edith sah erstaunt auf, geradewegs in das Gesicht des Mannes, der zuletzt gesprochen hatte. Seine Stirn war von einem Schweißfilm überzogen. »Ja, ja. Das ist mein Bruder«, antwortete sie abwesend, während sie immer noch versuchte, einen guten Blick in den Laden zu erhaschen.

»Wussten sie von seiner homosexuellen Beziehung zu Frank Lindemann?«, hakte der Pressemann nach.

*O Gott!* Ediths Magen zog sich zusammen. Mit einem Mal wurde sie sich all der Reporter, die dicht um sie drängten, unangenehm bewusst. Die Presse hatte also Wind davon bekommen. Sie machte einen Schritt zurück. Das erklärte den Auflauf, und es erklärte auch, dass der Laden geschlossen war.

Die Fragen prasselten von allen Seiten gleichzeitig auf sie ein:

»Wie lange ging das schon mit den beiden?«

»Haben Sie durch Lindemann Vergünstigungen erhalten?«

»Oder hat er nur für neue Kundschaft gesorgt?«

»Gab es noch mehr Männerbeziehungen?«

»Waren weitere Personen, weitere Männer involviert?«

Edith senkte den Kopf und drängte sich seitlich an der Menge vorbei, ohne auf eine weitere Frage zu antworten. Schob sich an den Leuten vorbei, bis zum Hintereingang. Mit klopfendem Herz kramte sie den Schlüssel aus ihrer Handtasche. Schloss die Tür rasch auf und huschte hindurch, ehe ihr jemand folgen konnte. Sie lehnte sich mit immer noch klopfendem Herzen gegen die geschlossene Tür, hörte gedämpft die Rufe der Reporter hinter sich. An der Nähmaschine im Arbeitszimmer saß Joachim. In sich zusammengesunken. Er hob nur kurz den Blick, und Edith konnte sehen, dass er geweint hatte.

»Du weißt es schon?«, fragte sie überflüssigerweise.

Joachim erwiderte nichts.

»Und was ist mit Frank?«

# 8

*Juli, Auf der Autobahn kurz vor Hamburg*

Alles an dem kleinen Ford Fiesta klapperte und rappelte, und je schneller er fuhr, desto schlimmer wurde es. Dabei konnte Astrid das über die laute Musik aus dem Kassettendeck kaum hören, sie fühlte es: Alles vibrierte, alles wackelte, während Farin Urlaub *2000 Mädchen* anrief.

Langsam begann sie sich zu fragen, ob es wirklich eine gute Idee gewesen war, mit Mofa zu fahren. Aber dann sah sie wieder ihre Mutter vor sich, die Treppe, die Briefe. Die Lügen!

Da war eine Fahrt nach Sylt besser, auch wenn in ihrem Zimmer das erste Kollektionsstück wartete.

Sie sah aus dem Fenster, ließ die trostlose Landschaft neben der Autobahn an sich vorbeirauschen. Nicht mehr lange, und sie würden an Hamburg vorbeikommen.

Astrid kurbelte das Fenster ein Stück herunter und streckte die Hand durch den so entstandenen Spalt. Der Luftwiderstand fühlte sich an, als würde sie ihre Finger in fließendes, kaltes Wasser tauchen. Sie schloss die Augen und versuchte, den Moment zu genießen, auch wenn Mofa schief zur Musik mitsang und sie Angst haben musste, dass der alte Fiesta gleich auseinanderbrach.

Ihr Leben war nur ein Konstrukt aus Lügen, das ihre Mutter gebaut hatte, indem sie ihr die Wahrheit vorenthalten hatte. Die Wahrheit über ihren Vater und über ihre Herkunft. Das machte Astrid wütend. Als sie nach dem Streit aus der Villa gelaufen war, hatte sie einfach nur weggewollt. Und das war sie ja auch. Aber mit Mofa zu dem Konzert nach Sylt zu fahren, war keine Lösung auf Dauer. Es war nur ein Spiel auf

Zeit. Sie musste sich etwas überlegen, sich Gedanken darüber machen, wie es in ihrem Leben weitergehen sollte. In ihrer Hosentasche drückten die zerknüllten Briefe gegen ihr Bein, als würden sie sie auffordern, sie herauszunehmen und noch einmal zu lesen.

Sie ließ ihre Hand auf- und abgleiten, tauchte mit den Fingern durch den Windzug, als die laute Musik abrupt verstummte und plötzlich nur noch die rappelnden und klappernden Geräusche zu hören waren. Astrid riss die Augen auf und sah zu Mofa hinüber, sah, dass er wie ein Verrückter den Zündschlüssel im Schloss drehte bei dem Versuch, den Wagen neu zu starten.

»Scheiße! Der springt nicht mehr an!«, schrie er, und Astrid hatte mit einem Mal das Gefühl, alles wie in Zeitlupe zu erleben. Sie blickte nach vorn. Sah die drei Fahrspuren der Autobahn. Sah so viele andere Autos, Lkw, einen Bus. Alle rechts von ihr. Nur langsam sackte die Erkenntnis zu ihr durch: Sie fuhren mit fast 120 Stundenkilometern auf der Autobahn, auf der Überholspur, und im Moment bewegten sie sich nur noch mit der Schwungkraft des Wagens fort, weil der Motor seinen Geist aufgegeben hatte.

»Du musst rechts ranfahren. Auf den Seitenstreifen. Scheiße! Auf den Seitenstreifen! Mach doch endlich!«, brüllte Astrid. Ihr Herz schlug hart gegen ihre Brust, und in ihren Ohren rauschte es laut.

»Versuch ich doch!«, brüllte Mofa zurück und riss das Lenkrad herum.

Astrid sah die anderen Fahrzeuge, hörte das laute Hupen, das von allen Seiten zu kommen schien. Sie schlug sich die Hände vor das Gesicht und betete, dass es gut ausging.

*

Joachim schlug die Abendausgabe des *EXPRESS* auf und schob sie wortlos zu Edith hinüber. Dabei vermied er den Blick auf das Foto. Er ertrug es nicht, es noch einmal anzusehen. Das Bild, dass ihn und Frank in inniger Umarmung zeigte. Als er die Zeitung das erste Mal aufgeschlagen hatte, hatte er gedacht, er würde ein Trugbild vor sich sehen. Aber da war wirklich ein Foto von ihm und Frank. Eines, das sie beide am Rheinufer zeigte. Joachim hatte genau erkannt, dass es bei Dunkelheit ohne Blitz aufgenommen worden sein musste, so sehr nachbearbeitet sah es aus. Das kurze Aufblitzen, das er gesehen hatte, als er mit Frank am Rhein spazieren gewesen war, musste die Reflexion einer Kameralinse gewesen sein. Anders konnte er es sich nicht erklären.

Er sah zu Edith hinüber. Sah, wie sich ihre Augen weiteten und sie die Hand vor den Mund schlug, während sie den Artikel überflog. Er kannte die Worte, die sie las, kannte die Überschrift: *SKANDAL*, in großen Lettern. Der Magen wurde ihm schwer, und er schluckte fest gegen den Kloß in seinem Hals an.

An diesem Abend am Rhein war er so glücklich gewesen, so unbeschwert … und nun? Er stützte die Ellenbogen auf den Tisch und verbarg sein Gesicht in den Händen.

Ein lautes Rascheln ließ ihn aufsehen. Edith faltete den *Express* zusammen, eine tiefe Sorgenfalte auf der Stirn.

»Hast du mit Frank gesprochen?«, fragte sie.

Joachim schüttelte den Kopf.

»Dann komm, ruf Frank an. Ich geh rüber ins Anprobenzimmer, damit du Ruhe hast. Ich würde ja rausgehen, aber …« Edith brach ab. Joachim verstand, was sie sagen wollte. Draußen warteten die Reporter. Er sah ihr hinterher. An der Tür blieb sie stehen und drehte sich noch einmal zu ihm um. »Versuch, es als Chance zu sehen«, sagte sie. Dann ging sie hinüber zum Anprobenzimmer.

*Den Skandal als Chance sehen?*, dachte Joachim. Fast hätte er aufgelacht. Was sollte daran eine Chance sein, jetzt, wo es alle wussten? Obwohl … Es wussten nun alle … Edith hatte recht: Es war eine Chance. Frank und er, sie mussten sich nicht mehr verstecken. Kein Doppelleben mehr führen. Es wussten doch jetzt alle!

Mit diesem guten Gedanken eilte er zum Telefon und wählte Franks Geheimnummer, die er auswendig kannte.

Es tutete. Einmal, zweimal, dreimal, viermal. Endlich meldete sich Frank: »Lindemann.«

Obwohl seine Stimme angespannt klang, erleichterte es Joachim, ihn zu hören. Er lächelte. Ihre Chance. Das hier war ihre Chance! »Frank«, begann er hastig zu sprechen, »wie gut, dass ich dich erreiche, ich …«

»Bist du verrückt, bei mir anzurufen?«, unterbrach Frank ihn sofort. Seine Stimme klang mit einem Mal gedämpft, als würde er den Hörer mit einer Hand abschirmen.

»Frank, ich …«

»Spar es dir. Es war nie was«, erwiderte Frank abweisend.

»Es war nie was?«, wiederholte Joachim verwirrt.

»Ich muss nach vorn schauen. Retten, was zu retten ist.« Frank klang immer noch dumpf und zudem gehetzt.

»Retten? Was willst du retten? Frank, das ist unsere Chance! Wir können endlich zusammen sein. Für alle sichtbar zusammen sein.« Joachim atmete durch. »Endlich Schluss mit der ganzen Heimlichtuerei.«

»Da hast du recht«, erwiderte Frank, und Joachim spürte Freude in sich aufwallen. Ihre Chance! Sie würden sie zusammen ergreifen. »Es ist Schluss«, fuhr Frank fort, »und zwar mit uns beiden.«

Joachims Herz setzte aus. »Aber …«

»Du verstehst es nicht, oder?«, fuhr Franks Stimme scharf dazwischen. Schnitt ihm tief durchs Herz und durch seine Seele. »Meine Karriere steht hier auf dem Spiel.«

»Aber … ich liebe dich.« Joachims Stimme war dünn geworden.

»Davon kann ich mir nichts kaufen.« Franks Worte sackten eiskalt durch Joachims Körper.

»Frank …«

»Es ist aus. Aus und vorbei. Für immer, verstehst du?«

»Aber …«, setzte Joachim verzweifelt an.

»Ruf mich nicht mehr an.« Mit diesen Worten legte Frank auf, und Joachim hörte nur noch das Tuten in der Leitung.

*

*Autobahnraststätte an der A7*

Es war laut, die Luft war erfüllt von Abgasen, und alles war dreckig. Vielleicht kam Astrid die Autobahnraststätte aber auch nur so vor, weil der Schrecken immer noch so tief saß.

Eine Stunde war es her, dass sie mit dem kleinen Fiesta um Haaresbreite an zwei herandonnernden Lkw und mehreren Pkw vorbeischlitternd auf dem rettenden Seitenstreifen der Autobahn zum Stehen gekommen waren. Sie hatten im Auto gesessen und nichts gesagt. Geradeaus gestarrt. Astrid hatte nur das laute Pochen ihres Herzens in den Ohren gehört, während der Fiesta, immer wenn ein anderes Fahrzeug vorbeirauschte, sanft hin und her schaukelte.

Als sie wieder klar denken konnte, hatte sie Mofa angeschrien, und er hatte zurückgeschrien. Bis keine Worte mehr da waren. Danach hatten sie das Auto über den Seitenstreifen bis zu dem Rasthof geschoben. Nie im Leben hätte sich Astrid so etwas ausmalen können!

Und jetzt war Mofa in der Tankstelle verschwunden, um Gott weiß was zu kaufen, mit dem er die alte Kiste wieder zum Laufen bringen wollte. Als wenn er den Fiesta wirklich einfach so reparieren könnte.

Sie lehnte sich gegen die Motorhaube und verschränkte die Arme. Bislang war sie noch nie in einer Situation gewesen, in der sie um ihr Leben hatte fürchten müssen – bis zu dem Moment auf der Autobahn. Da hatte sie gedacht, dass es jetzt mit ihr vorbei sein würde.

Man sagt, dass in einem solchen Augenblick das eigene Leben wie ein Film an einem vorbeiziehe. Astrid hatte keinen Film gesehen. Das Einzige, woran sie hatte denken können, war: *Es darf noch nicht vorbei sein! Ich hab doch gerade erst die Wahrheit erfahren!*

Jetzt, wo sie hier stand und ihren Blick über den Parkplatz der Raststätte schweifen ließ, wurde ihr bewusst, dass diese ganze Sache auf der Autobahn zu etwas gut gewesen war. Denn ihr war endlich klar, was sie als Nächstes tun musste: nach Berlin gehen!

Sie steckte die Hand in die Tasche und umfasste die zerknüllten Briefe. Ihr ganzes Leben war auf Lügen aufgebaut, es war an der Zeit, dass sie der Wahrheit auf den Grund ging. Dass sie ihr Leben endlich selbst in die Hand nahm. Zu lange hatte sie sich schon von anderen abhängig gemacht. Hatte immer gedacht, dass sie das Vertraute brauchte, die Sicherheit. Aber so konnte es nicht mehr weitergehen. Sie war kein Kind mehr!

Astrid musste plötzlich an ihr Telefonat mit Sabine denken. Ihre Freundin hatte ihr auf den Kopf zugesagt, dass sie endlich über ihren Schatten springen müsse. Und hier war sie, bereit zu springen. Kein langes Nachdenken mehr, kein Grübeln, kein Wenn und kein Aber.

Astrid zog das Papierknäuel hervor und stich die Blätter auf der Motorhaube glatt. Ihr leiblicher Vater war in Berlin. Es war der richtige Ort, um mit ihrer Wahrheitssuche anzufangen. Und es war laut Sabine der richtige Ort, um neue Trends und Inspirationen in der Mode zu finden. Und für Astrid war klar: Es war ihr neuer Ort.

Sie faltete die Briefe ordentlich und drehte sich wieder um. Am unteren Ende des Parkplatzes führte eine Fußgängerbrücke über die vierspurige Autobahn und verband so diesen Rasthof mit dem auf der gegenüberliegenden Seite. Dort drüben fuhren die Autos und Lkw Richtung Köln und Bonn. Sie musste nur hinübergehen und sich eine Mitfahrgelegenheit suchen, dann wäre sie ganz schnell wieder zu Hause, konnte packen und nach Berlin fahren.

Sie reckte den Kopf. Genau das würde sie tun!

# 9

*Juli, Autobahnraststätte an der A7*

Langsam ging Astrid an den Autos vorbei. Die gefalteten Briefe in ihrer Tasche raschelten bei jedem Schritt. Der Parkplatz war beinahe eine identische Kopie des Rastplatzes auf der anderen Seite. Als sie eben am Fiesta gelehnt hatte, war ihr die Idee großartig vorgekommen, aber im Moment war sie alles andere als das. Sich eine Mitfahrgelegenheit zu suchen, war nicht so einfach, wie es klang.

Astrid musterte die Wagen und die Menschen. Während es auf der anderen Seite meist Familien gewesen waren, waren es hier überwiegend einzelne, ältere Männer. Sofort musste sie an die zahlreichen Folgen der Fernsehserie *Aktenzeichen XY … ungelöst* denken, die sie im Familienkreis im Wohnzimmer der Villa gesehen hatte. Schon hörte sie die Stimme von Moderator Eduard Zimmermann im Ohr: »In den frühen Abendstunden des 8. Juli 1988 begibt sich die sechsundzwanzigjährige Astrid Müller auf dem Parkplatz einer Autobahnraststätte auf die Suche nach einer Mitfahrgelegenheit …« So fingen diese Beiträge doch alle an, und später wurde nach »sachdienlichen Hinweisen« gesucht und eine Belohnung dazu ausgeschrieben. Die Härchen in ihrem Nacken stellten sich auf. So wollte sie bestimmt nicht enden. Nach Hause zu Trampen war eine Scheißidee. Aber eine andere Möglichkeit gab es nicht, denn zurück zu Mofa würde sie mit Sicherheit nicht gehen. Sollte er doch sehen, wie er mit seinem kaputten Fiesta weiterkam.

Sie machte noch ein paar Schritte und blieb dann unschlüssig stehen. Da war sie einmal in ihrem Leben impulsiv gewesen, und was hatte es ihr gebracht? Im wahrsten Sinne des Wortes war sie am Ende des Tages auf einem Autobahnrasthof gestrandet. Astrid ließ die Schultern hängen, als ein lautes Geräusch sie erschrocken herumfahren ließ: Ein Lkw kam genau neben ihr zum Stehen, knallrot lackiert mit einem gelben Streifen quer über der Front. Hektisch sah sie nach links und rechts, aber es war klar, dass der Laster wegen ihr anhielt. Astrid überlegte. Mit einem Lkw trampen, war das eine gute Idee? Sollte sie es wirklich wagen, bei einem Brummifahrer einzusteigen? War das nicht die direkte Fahrkarte zu *Aktenzeichen XY*? Auf der anderen Seite hatte sie nicht viel Auswahl. Die Tür der Fahrerkabine wurde von innen aufgeschoben. Halb erwartete Astrid einen fleischigen, behaarten Arm, aber stattdessen kam eine kleine Hand in Sicht, gefolgt von einem roten Lockenkopf.

»Willste mitfahren, oder warum stehste hier so allein rum?«, fragte eine Frauenstimme.

»Ja«, antwortete Astrid.

»Und wo willste hin?«, fragte der Lockenkopf.

»Nach Bonn?«, antwortete Astrid.

»Weißte selber nicht, wo du hin willst, oder warum musste das fragen?«

Astrid atmete einmal tief ein und aus und sagte mit einem Seufzen: »Ich will eigentlich nach Berlin.«

»Ja, was denn jetzt? Berlin oder Bonn?«

»Erst Bonn, dann Berlin.«

»Das ist von hier aus ein Umweg, das weißte schon?«

»Ja. Aber ich muss erst mal nach Bad Godesberg. Ich hab mein Gepäck vergessen.«

»Dann immer rein in die gute Stube.« Der Lockenkopf verschwand wieder im Inneren des Lkws.

Astrid kletterte in die Fahrerkabine.

»Das Gepäck vergessen, soso«, brummte die Fahrerin. »Da

biste aber weit bis nach oben in den Norden gekommen, so ganz ohne.«

Astrid nickte.

Die Fahrerin streckte ihr die Hand hin. »Annemarie. Aber du kannst Anni sagen.«

»Astrid.« Sie schlug ein.

Während sie sich anschnallte, startete Anni den Motor und fuhr unter lautem Brummen an. Langsam zunächst und dann, als es auf die Ausfahrt der Raststätte zuging, immer schneller.

Astrid sah aus dem Fenster. Grüne Wiesen mit Kühen und Pferden flogen an ihr vorbei. Sie knetete ihre Finger.

»Gab Stress zu Hause, hab ich recht?«, fragte Anni unvermittelt. Sie hatte den Kopf abgewandt, sah über ihre Schulter zum Fenster hinaus, scheinbar um den Verkehr hinter sich zu prüfen.

Astrid zögerte. Was sollte sie darauf erwidern?

»Also hab ich recht?«, fragte Anni. Sie manövrierte den LKW auf die linke Spur und blickte kurz zu ihr.

Astrid nickte.

Anni schlug sich mit der flachen Hand auf den Oberschenkel. »Dann ist heute dein Glückstag!«, rief sie.

Erstaunt sah Astrid sie an.

Die zierliche Lkw-Fahrerin grinste spitzbübisch unter ihrer roten Lockenmähne. »Doktor Anni hat heute ein offenes Ohr für Probleme aller Art.«

*

*Bonn-Bad Godesberg*

Joachim wusste nicht, wie lange er nun schon mit dem Telefonhörer in der Hand einfach so dagesessen hatte. Er wollte weinen, aber es kamen keine Tränen mehr.

Frank wollte nichts mehr von ihm wissen. Er hatte ihn einfach so abserviert, hatte alles weggeworfen, was je zwischen ihnen gewesen war! Weil ihm die Karriere wichtiger war. Wichtiger als er.

Er zuckte zusammen, als ein Geräusch aus dem Ladengeschäft ertönte. Doch dann wurde ihm klar, dass es Edith sein musste. Er hatte ganz vergessen, dass sie hinüber ins Anprobenzimmer gegangen war, um ihm den Raum und die Privatsphäre zu geben, in Ruhe mit Frank zu telefonieren.

Joachim sprang auf und wandte sich zur Hintertür. Er wusste, dass er Edith unrecht tat, aber er konnte jetzt nicht mit ihr sprechen. Er musste das Ganze erst einmal für sich selbst begreifen und bewältigen, bevor er es ihr oder jemand anderem erzählen konnte.

Rasch schlüpfte er durch die Tür und war froh, dass keiner der Reporter mehr zu sehen war. Und während er über den Michaelshof auf den Theaterplatz eilte, wusste er selbst nicht, ob er wirklich nach Hause gehen würde.

*

*Auf der Autobahn*

»Dann bist du also mitgefahren, um erst mal etwas Abstand zwischen dich und alles andere zu bringen?« Anni sah mit einem ernsten Blick zu Astrid herüber. Aus dem Radio drang leise *I promised myself* von Nick Kamen. Anderthalb Stunden war es her, dass sie zu Anni in den Lkw gestiegen war, und seitdem hatten sie geredet. Astrid hatte Anni ihr Herz ausgeschüttet. Es war ihr erstaunlich leichtgefallen. Vielleicht, weil Anni eine Fremde war? Vielleicht aber auch, weil sie die richtigen Fragen stellte?

»Möglich«, entgegnete sie. »Ich habe gar nicht so viel

nachgedacht, ich wusste nur, ich muss weg. Und als Mofa ins Auto gestiegen ist …«

»… hast du eine Möglichkeit gesehen, jedem Streit und jeder richtigen Konfrontation aus dem Weg zu gehen, richtig?« Hätte jemand anderes diese Worte zu Astrid gesagt, sie wäre vermutlich wütend geworden oder hätte sich gekränkt gefühlt, aber Anni hatte es nicht als Vorwurf formuliert, sondern als reine Zusammenfassung. Völlig neutral.

»Ja«, gab Astrid zu. »Da könnte was dran sein. Es war so viel auf einmal. Ich meine: Mein Vater ist nicht mein Vater, und die Familie meiner Mutter ist nicht ihre. Das muss ich erst mal verdauen.«

»Und wenn du fertig verdaut hast, was ist dann?«

»Ich werd nach Berlin gehen und versuchen, Kontakt mit meinem leiblichen Vater aufzunehmen.«

»Ah! Jetzt versteh ich endlich, was du eben gemeint hast, als ich dich aufgegabelt hab.« Anni grinste. »Und was ist mit deinem Freund, wie hieß der noch mal, Moped?«

»Mofa.« Astrid lachte. »Der will seinen Fiesta reparieren und dann weiter nach Sylt.«

»Was denn? Ohne seine Freundin?«

Astrid nickte. »Er will unbedingt zu dem Konzert von den Ärzten.« Sie blickte zu Anni hinüber und konnte sehen, wie die zierliche Frau die Augenbrauen hob. »Bist du sicher, dass es eine gute Idee ist, mit ihm zusammen zu sein?«, fragte sie.

»Ach, Mofa und ich … wir kennen uns schon so lange. Wir sind Nachbarn, seit meine Mutter mit mir und meiner Schwester in die Villa gezogen sind. Als ich ihn kennengelernt hab, war er so süß. Er kann Gitarre spielen, weißt du. Da werd ich immer schwach.«

»Und dann?«

Astrid stöhnte. »Ich kann dir gar nicht sagen, wie oft wir zusammen waren und wieder getrennt und wieder zusammen und …«

»Weißt du«, sagte Anni nachdenklich, »wenn ich eins im Leben gelernt habe, dann, dass eine klare Linie wichtig ist.«

»Eine klare Linie?«, fragte Astrid.

»Ja, immer geradeheraus. Immer sagen, was man denkt. Immer tun, was man möchte. Immer gerade bleiben, sich nicht verbiegen. Wenn du du bist, kann dir nix passieren.«

Astrid ließ die Worte auf sich wirken, während sie aus dem Fenster sah. *Eine klare Linie.*

»Weißte«, fuhr Anni fort und stupste Astrid ans Bein, damit sie zu ihr hinübersah, »Missverständnisse, die entstehen nur, wenn man nicht klar ist.« Sie tippte sich mit dem Zeigefinger an die Schläfe. »Hier«, sagte sie und tippte sich dann auf die Brust, auf Höhe des Herzens, »und hier.«

Unwillkürlich hob auch Astrid die Hand zum Herzen. *Klar sein. Im Kopf und im Herzen. Immer sagen, was man denkt.* Anni hatte recht. Wenn man klar war, gab es keine Geheimnisse. Keine Väter, von denen man nichts wusste, keine neue Herkunft, die man erst einmal entdecken musste.

*

*Bonn-Bad Godesberg*

Der knallrote Lkw fuhr an, und Astrid sah ihm hinterher, wie er die Moltkestraße in Richtung der B9 verließ. Sie wusste, dass diese Begegnung mit Anni zu denjenigen gehörte, die sie in ihrem Leben nie vergessen würde.

Sie drehte sich zum Bad Godesberger Bahnhofsgebäude um. Die letzten Stunden hatte sie zum Nachdenken genutzt und generalstabsmäßig alles durchgeplant. Der Reihe nach – ganz klar: Sabine anrufen, packen und dann eine Zugverbindung nach Berlin buchen. Es war eigentlich ganz einfach. Und ihre Nähmaschine musste auch mit. Ohne ging es nicht.

Sie machte sich auf den Weg, die Rüngsdorfer Straße hinunter. Obwohl es schon Nacht war, umgab sie immer noch die stickige und drückende Sommerhitze. Zum Glück war es bis zur Villa in der Dürenstraße nicht mehr weit.

Mit jedem Schritt, in der von Straßenlaternen nur spärlich erleuchteten Dunkelheit, wurde ihr bewusst, dass die klare Linie nicht nur für ihr Leben gut war, sie musste dieses Prinzip auch auf ihre Kollektion anwenden. Was sie bisher geplant hatte, war zu verspielt. Das würde sie herausnehmen und auf die klaren, zum Teil auch strengen, Formen der Herrenmode gehen. Mit betonten, starken Schultern. Für starke, selbstbewusste Frauen, wie sie selbst eine sein würde. Wie sie schon eine war! Astrid lächelte in die Dunkelheit, die drückende Hitze kam ihr mit einmal Mal gar nicht mehr so stickig vor.

Klare Linien, in Jeans gefasst, kombiniert mit Nuancen farbenfroher Verspieltheit. Akzente nur. Ganz reduziert. Damit es für die Frau von Welt tragbar war. Astrid konnte es gar nicht mehr erwarten, zu Hause anzukommen. Sie wollte alles aufzeichnen, in ihrem Skizzenbuch festhalten und am liebsten sofort umsetzen, auch wenn sie erschöpft von der Reise war. Sie beschleunigte ihre Schritte, unter der Bahnunterführung hindurch und in die Dürenstraße hinein. Endlich war sie an der Villa angekommen.

Sie schloss die Tür auf und zog sie leise hinter sich ins Schloss. Als sie durch den Flur ging, erblickte sie durch die offene Wohnzimmertür im Dunkeln einen Schemen am Fenster. Da saß jemand still und unbewegt. Zögernd trat Astrid ein paar Schritte näher und tastete nach dem Lichtschalter. Als das Licht den Raum erhellte, hob die Gestalt abwehrend die Hände, und Astrid erkannte, wer dort saß.

»Mama?«, fragte sie ungläubig. »Warum sitzt du denn hier im Dunkeln? Hast du auf mich gewartet?«

»Ich wusste nicht mal, ob du überhaupt wiederkommst«, entgegnete ihre Mutter. Ihre Stimme klang ungewohnt fremd.

Astrid holte Luft. *Eine klare Linie.* »Ich bin wieder da«, sagte sie ruhig.

»Ja, wenigstens du.« Ihre Mutter nahm die Hände herunter, und Astrid sah, dass ihr Gesicht ganz grau war.

Ein ungutes Gefühl breitete sich in ihrem Magen aus. »Wie meinst du das? Ist was mit Britta?«, fragte sie.

Ihre Mutter schüttelte langsam den Kopf. »Dein Onkel … also Joachim. Er ist weg.«

»Wie, weg?«

Ihre Mutter sah auf ihre Hände. »In der Presse sind Fotos von ihm und Frank Lindemann aufgetaucht.«

»Lindemann?« Astrid kam der Name bekannt vor. Sie überlegte. »Der von der FDP? Der ist doch einer unserer Stammkunden, oder nicht?«

Ihre Mutter nickte.

»Warum ist das dann schlimm, wenn es Fotos mit dem gibt? Ich verstehe das nicht.«

»Astrid. Joachim und Frank … sie hatten eine Beziehung.«

»Ja klar, wir haben zu jedem unserer Kunden eine Beziehung.«

»Nein, mein Kind, keine Geschäftsbeziehung. Sie hatten eine richtige Be-zieh-ung.« Ihre Mutter sprach das letzte Wort langsam und mit Betonung aus, und endlich fiel der Groschen bei Astrid. Endlich ergab es einen Sinn, dass der Onkel nicht verheiratet war. Er hatte sich nicht herausgehalten, wie sie bisher gedacht hatte, er hatte es geheim gehalten. Und jetzt war er weg, aus demselben Grund.

»Wo ist er hin?«, fragte Astrid.

»Ich weiß es nicht.« Ihre Mutter sah zum dunklen Fenster hinaus.

Schweigen legte sich über das Wohnzimmer. Astrid verharrte einen Moment, dann wandte sie sich zum Gehen. Oben in ihrem Zimmer wartete das Skizzenbuch darauf, mit den neuen Ideen gefüllt zu werden. Sie durfte sich nicht von den neuesten Ereignissen rund um ihren Onkel davon abbringen lassen. Sie hatte einen Plan gefasst.

»Astrid, warte«, sagte ihre Mutter.

Astrid drehte sich zu ihr um, blickte sie fragend an.

»Du bist einfach so verschwunden, nachdem du … du weißt schon, nachdem du alles erfahren hast. Mit deiner Schwester habe ich lange gesprochen, ihr alles erklärt. Wenn du auch reden willst, alles wissen willst … ich würde es dir gern erzählen.«

Astrid zögerte. Aber nur kurz. Was gab es da zu erzählen und zu erklären? Sie hatte die Briefe gelesen. »Jetzt nicht, okay?«, sagte sie. Und damit verließ sie das Wohnzimmer.

# 10

*Juli, Bonn-Bad Godesberg*

Astrid wartete am Treppenabsatz, bis Britta und ihre Mutter die Villa verlassen hatten. Die beiden hatten heute Morgen nur die nötigsten Worte miteinander gewechselt, und auch Astrid gegenüber war ihre kleine Schwester reservierter gewesen als sonst. Astrid konnte es verstehen, die Wahrheit war für alle nicht einfach – und dass Onkel Joachim gestern die Schneiderei verlassen und nicht nach Hause gekommen war, machte es nicht besser.

Sie ging die Treppe hinunter ins Wohnzimmer und nahm sich den Telefonapparat von dem kleinen Beistelltisch. Dann setzte sie sich im Schneidersitz auf das Sofa und stellte das Telefon auf ihre überkreuzten Füße. Während sie Sabines Nummer wählte, freute sie sich wie ein kleines Kind am Weihnachtsabend. Das Freizeichen ertönte zehn Mal, aber dann war ihre Freundin am Apparat: »Ruhland«, kam es verschlafen aus dem Hörer.

»Steht das Angebot mit der Couch noch?«, fragte Astrid ohne Umschweife.

Es dauerte einen kurzen Moment, aber dann war Sabine plötzlich hellwach: »Astrid?«, fragte sie. »Bist du das?«

»Ja, das bin ich«, antwortete sie und lächelte.

»Und versteh ich das richtig, dass du endlich nach Berlin kommen willst?«

»Ja, will ich«, bestätigte Astrid.

»Du nimmst mich auf den Arm, oder?«

»Ich nehme dich *in* den Arm, und zwar wenn ich in Berlin ankomme.«

»Ich fass es nicht! Astrid Müller, dass ich den Tag noch erleben darf. Das streich ich mir rot im Kalender an.«

»Ich freu mich auch.«

»Und wie kommt es zu dem plötzlichen Sinneswandel?«, fragte Sabine. »Das letzte Mal, als wir telefoniert haben, war das noch anders.«

Astrid zögerte einen Moment, dann sagte sie schnell: »Mein Vater ist in Berlin. Im Ost-Sektor.«

»Dein Vater? In der DDR? Bitte, Süße, erklär mir das alles noch mal von Anfang an. Ich bekomm das gerade nicht zusammen. Als wir zusammen in Hamburg studiert haben, hast du mir erzählt, dass dein Vater Bäcker in Bonn-Bad Godesberg ist, und jetzt erzählst du mir, dass dein Vater in Ost-Berlin ist? Wie hat er das denn hingekriegt?«

»Mein leiblicher Vater ist in der DDR.«

»Dein leiblicher Vater?« Sie konnte hören, wie ihre Freundin theatralisch nach Luft schnappte. »Du kriegst die Tür nicht zu! Süße! Wieso erzählst du denn erst jetzt, dass der Bäcker nicht dein Vater ist?«

»Ich hab es selbst gerade erst erfahren«, antwortete Astrid.

»Und was ist mit deiner Schwester?«

»Die ist meine Halbschwester.«

Sabine schwieg einen Moment. Dann sagte sie: »Mensch, Süße. Das ist ja ein Ding!«

Astrid nickte, auch wenn Sabine das nicht sehen konnte. »Ja«, sagte sie, »und das ist noch nicht alles: Meine Großeltern sind gar nicht meine Großeltern, weil meine Mutter nicht deren leibliches Kind ist.«

»Ist das bei euch in der Familie so 'ne Tradition, oder was?«, fragte Sabine.

Astrid musste lachen. Es tat einfach gut, mit Sabine zu telefonieren. Mit ihr war immer alles unkompliziert und leicht. »Ja, scheint fast so«, antwortete sie, immer noch lachend.

»Echt krass, deine Familie«, sagte Sabine.

»Bei Licht betrachtet ist es gar nicht meine …«

»Süße, Familie ist Familie. Das muss nicht alles mit Blut besiegelt sein. Glaub mir das.«

Astrid musste lächeln. »Wenn das so ist, dann bist du auch Familie.«

»Genau!«, stimmte Sabine ein. »Und jetzt red nicht länger, pack deine Sachen und komm schnell her. Ich bezieh die Couch, und dann ist alles für dich bereit, Schwester.«

*

»Wie ich es Ihnen schon einmal gesagt habe: Kein Kommentar! Und jetzt lassen Sie uns bitte durch!« Edith drängte sich durch die Journalisten, Britta folgte ihr. Schon wieder belagerten die Reporter die Schneiderei. In der Hoffnung, dass Edith oder Britta doch etwas über Joachim oder Frank Lindemann preisgeben würden.

Edith schloss die Hintertür auf und schob Britta hinein, bevor auch sie eintrat. Dann zog sie die Tür schnell hinter sich. Sie horchte. Das Gerede draußen ebbte nicht ab.

Nachdem Edith ihre Handtasche an den Haken neben der Tür gehängt hatte, ging sie nach vorn ins Ladengeschäft und begann ihren allmorgendlichen Rundgang. Überprüfte die Musterregale, öffnete im Anprobenzimmer das Fenster zum Lüften. Sie schaute nach, ob alles an seinem Platz war, und füllte nach, was fehlte. Rückte hier und da etwas zurecht.

Sie mochte diese stillen Minuten am Morgen. Wenn die Welt noch zu schlafen schien und sie die Ruhe genießen konnte.

Als sie wieder ins Nähzimmer kam, saß Britta schon an der Nähmaschine. Konzentriert führte sie den Stoff unter dem Nähfuß her. Wie Edith es vorhergesagt hatte, war sie etwas unterkühlt zu ihr. Aber im Gegensatz zu ihrer älteren Schwester nahm sie die Enthüllungen rund um ihre Familie mit einem nüchternen Pragmatismus auf. Der Alltag musste weitergehen. Edith fragte sich, ob sie diese Eigenschaft von ihrem Vater Heinz hatte.

»Die vergrätzen uns noch die ganze Kundschaft«, sagte Britta, die neben Edith im Laden erschienen war. Sie deutete zur Tür.

Edith nickte. Aber nicht nur die Reporter waren ein Problem. Schon der Skandal allein würde dafür sorgen, dass einige der Kundinnen und Kunden ausbleiben würden.

Sie sah auf die Uhr. Sie müssten gleich öffnen. Edith straffte die Schultern. Dann ging sie nach vorn, schloss auf und schob die Ladentür weit auf. Sofort war sie wieder von den Reportern umringt.

»Meine Herren«, sagte sie mit lauter Stimme, »wenn ich Sie für einen maßgefertigten Anzug begeistern kann, dann kommen Sie gern herein. Ansonsten wüsste ich nicht, warum sich ein Aufenthalt hier noch länger für Sie lohnen würde.«

Die Schneiderei Graf hatte schon ganz andere Krisen gesehen und bewältigt, da würde sie auch dieser hier standhalten. Edith würde dafür sorgen!

*

Gleich nach dem Telefonat mit Sabine war Astrid zum Bahnhof gegangen und hatte ein Zugticket für den nächsten Morgen gekauft. So hatte sie heute noch Zeit, in Ruhe zu packen. Es war auch schon alles so weit verstaut, nur der Reißverschluss ihres Koffers wollte sich nicht schließen lassen. Astrid klemmte sich die Haare hinter die Ohren und versuchte es noch einmal. Die Schneekugel war das Problem. Sie hatte sie mit mehreren Lagen von Luftpolsterfolie umwickelt, damit sie nicht zu Bruch ging, aber dadurch nahm sie in dem Koffer viel zu viel Platz ein. Aber Astrid wollte sie nicht hierlassen.

Es klopfte, und ihre Mutter kam zur Tür herein. Samstags

schloss die Schneiderei Graf schon am frühen Nachmittag, und Astrid wurde bewusst, wie lange sie schon zum Packen benötigt hatte. Sie zerrte an dem Reißverschluss.

»Was hast du vor?«, fragte ihre Mutter ungläubig.

Astrid sah auf. »Ich gehe nach Berlin. Mein Zug fährt morgen früh.«

Ihre Mutter zog die Augenbrauen zusammen und fuhr sich mit der Hand über die Stirn, während ihr Blick zwischen der Reisetasche, die Astrid bereits gepackt hatte, dem Koffer und der Nähmaschine hin und her schweifte. »Berlin? Warum Berlin? Und ist das nicht ein bisschen plötzlich? Wo willst du denn da wohnen? Und …«

Astrid kniete sich mit einem Bein auf den Koffer. »Ich ziehe zu Sabine. Und nein, es ist nicht plötzlich. Es ist eher viel zu spät. Mama, ich bin schon lange kein Kind mehr.«

Ihre Mutter nickte, die Augenbrauen immer noch zusammengezogen. »Das verstehe ich, aber … Berlin.«

»Ja, Berlin«, sagte Astrid mit Nachdruck. Endlich schaffte sie es, den Reißverschluss zuzuziehen. Sie ließ sich neben ihren Koffer auf den Boden sacken. Mit den Armen umschlang sie ihre Beine.

»Und Sabine? Wer ist noch mal Sabine?«, fragte ihre Mutter schließlich.

»Sabine Ruhland, meine Kommilitonin, mit der ich zusammen in Hamburg studiert habe. Die Sabine, die aus Berlin kommt und in Berlin wohnt«, erkläre sie und konnte einen leicht genervten Unterton nicht verhindern. Sie hatte ihrer Mutter so oft von Sabine erzählt.

»Du musst das verstehen, es ist im Moment alles viel für mich. Mit Joachim und dem Skandal und der Sorge, weil er einfach verschwunden ist.«

»Nimm mir das nicht übel«, entgegnete Astrid. »Aber für mich ist es gerade auch viel. Mit all dem, was ich jetzt erfahren hab.«

»Astrid …«

»Nein! Der Mann, von dem ich mein Leben lang gedacht hab, er wäre mein Vater, ist es nicht. Die Familie, von der ich mein Leben lang dachte, sie wäre meine, meine Oma, mein Onkel, sie sind es nicht. Das ist viel. Das ist richtig viel! Und wenn es dir nichts ausmacht … ich will jetzt fertig packen.«

# 11

*Juli, Bonn-Bad Godesberg*

Edith saß auf der Bettkante und starrte in die Dunkelheit ihres Zimmers. Der Boden unter ihren Füßen fühlte sich kalt an. Die Straßenlaternen in der Dürenstraße waren bereits vor einer halben Stunde erloschen, und so umgab sie tiefe Finsternis.

Joachim war noch immer nicht zurückgekommen, und Astrid würde morgen früh auf und davon ziehen. Nach Berlin. Ohne die ganze Geschichte von ihr gehört zu haben. Jedes Gespräch, das Edith mit ihr darüber anfangen wollte, hatte sie im Keim erstickt. Immer mit den Worten, dass sie bereits genug gehört habe.

Obwohl heute Samstag war, war in der Schneiderei heute nicht viel zu tun gewesen. Nicht einmal die Kunden, die einen festen Termin gehabt hatten, waren aufgetaucht. Ob es an dem Skandal lag, der wie ein Lauffeuer in fast jeder der lokalen Zeitungen verbreitet wurde, oder an der Pressemeute vor der Tür, konnte Edith nicht mit Bestimmtheit sagen. Sicherlich war es eine Mischung aus beidem. Und sie hoffte, dass dieser Zustand nicht anhalten würde! So oder so musste sie sich etwas einfallen lassen.

Sie dachte daran, wie es gewesen war, als sie mit Joachim zusammen die Schneiderei nach dem plötzlichen Tod von Richard Graf übernommen hatten. Damals hatte die Schneiderei auf der Kippe gestanden. Aber sie hatten es geschafft. Sie und Joachim zusammen – und weil Edith auf die Idee gekommen war, Rita um Hilfe zu bitten. Ihre beste Freundin war eine hervorragende Schneiderin, und ohne sie hätten sie es damals beinahe nicht geschafft. Was würde Edith nur dafür geben, wenn Rita jetzt da wäre! Sie vermisste ihre Freundin, mit der sie früher ihre Träume und ihre Sorgen hatte teilen können und die sie immer zum Lachen gebracht hatte. Aber Rita war in Italien. Und Joachim? Der war verschwunden. Sie hoffte sehr, dass er bald wiederkommen würde, und sie nicht mit der Schneiderei und allem anderen im Stich ließ.

Edith rutschte ins Bett und schob ihre kalten Füße tief unter das Plumeau. Sie wusste nicht genau, wie das Telefonat zwischen Joachim und Frank verlaufen war. Aber nachdem sie gestern das Nähzimmer der Schneiderei verlassen vorgefunden hatte, und heute in der Presse davon gelesen hatte, dass Frank Lindemann alles abstritt, konnte sie es sich denken. Sie hätte nicht mit Joachim tauschen wollen. Frank behauptete in jedem Interview, das Foto sei eine Montage gewesen. Alles eine abgefeimte Kampagne gegen ihn. Zur Unterstreichung dieser Lügen gab es Bilder von ihm und seiner Familie. Ganz der vorbildliche Familienvater mit Frau und Kindern.

Ein kleines bisschen konnte Edith da verstehen, warum Joachim verschwunden war. Aber dass er ohne ein Wort gegangen war … das verletzte sie. Sie hatten doch immer eine starke Bindung gehabt, waren in dem Glauben aufgewachsen, Zwillinge zu sein. Sie hoffte, dass er bald wieder auftauchen würde.

*

*Ost-Berlin*

Das Geräusch ließ Paul hochschrecken. Wieder der Schlüssel, wieder stellten Walter und er sich an der Wand auf.

Es hatte den ganzen Tag geregnet, und in der engen Zelle war es schwül. Pauls Bein schmerzte. Er musste mit sich kämpfen, um es ruhig zu halten. Aus dem Augenwinkel blickte er zu seinem Zellengenossen hinüber. Walters Stirn glänzte schweißnass, und Paul konnte sehen, dass ihm das Herz bis zum Halse schlug.

Nachdem sie ihn mitgenommen hatten, war Walter fünf Tage nicht in der gemeinsamen Zelle gewesen, und seitdem schwieg er. Paul hatte nicht gewagt, zu fragen, was ihm genau widerfahren war. Da Walter gerade erst wieder hier war, konnte das nur eines bedeuten: Jetzt war er dran. Diese Erkenntnis drang nur langsam in Pauls Gehirn ein und kam gleichzeitig mit der Bestätigung an: »3497 mitkommen!« Es war, als hätte jemand die Zeit angehalten. Wie in Trance löste Paul sich aus der Starre und trat einen Schritt auf den Wachmann zu. Mit eisernem Griff umschloss dieser seinen rechten Arm und zerrte ihn aus der Zelle. Das Blut rauschte laut in Pauls Ohren. Wo würden sie ihn hinbringen? Was hatten sie mit ihm vor? Hatte er sich etwas zuschulden kommen lassen? Etwas Falsches gesagt oder getan? Hatte es mit Walter zu tun? Hatten sie ihn so lange in Gewahrsam gehabt, bis er einfach mit dem Finger auf den Nächstbesten gezeigt hatte, nur damit es vorbei war? Er wollte einen Blick zu seinem Mithäftling werfen, um nach einer Regung Ausschau zu halten, nach einem Anhaltspunkt, der seinen Verdacht bestätigte oder widerlegte. Aber in diesem Moment wurde auch sein anderer Arm gepackt, und er wurde durch die Gänge der Untersuchungshaftanstalt gezogen. Durch vergitterte Türen, durch Flure, die genauso aussahen wie alle anderen. Treppen hinunter, an verschlossenen Hafträumen vorbei und durch noch mehr Gittertüren.

Was hatten sie diesmal mit ihm vor? Ein weiterer, zermürbender Fototermin?

Sie machten vor einer Tür halt. Einer der beiden Wachmänner öffnete sie, der andere schob ihn hindurch.

Paul hob den Kopf und sah den Verhörraum vor sich. Er

schluckte. Heute also eines von den endlosen Verhören mit den immer gleichen Fragen. Was hatte Walter ihnen nur erzählt?

# 12

*Juli, Bonn-Bad Godesberg*

Es war ein grauer Tag. Der Himmel war grau, die Straßen waren grau, selbst die Bäume und Sträucher sahen grau aus, als Astrid mit ihrem Gepäck zum Bahnhof ging. Obwohl es Sommer war, hatte sie ihren Parka aus dem Kleiderschrank ausgegraben und trug den Wollschal, den Oma Helene zu ihren Lebzeiten gestrickt hatte. Als Jugendliche hatte sie dieses Ungetüm aus rosa und lila Wolle gehasst, aber mittlerweile mochte sie ihn gern. Er erinnerte sie an die guten Zeiten, als die Großmutter noch gelebt hatte. Damals, als sie noch in Friesdorf gewohnt hatten und ihre Welt heil gewesen war.

Der Abschied in der Villa war kühl gewesen. Britta hatte nur gemeint, dass ja alle einfach abhauen würden – und damit auch Onkel Joachims Verschwinden gemeint –, während ihre Mutter immer noch Bedenken wegen Berlin hatte. Ihre Mutter. Seit Astrid die Wahrheit kannte, war sie ihr fremd. Als hätte sich all die Jahre ein anderer Mensch hinter einer Fassade versteckt und wäre nun zum Vorschein gekommen. Erst jetzt wurde ihr so richtig bewusst, dass das Verhältnis zwischen ihr und ihrer Mutter immer durchwachsen gewesen war. Und Astrid ahnte, dass sie unterbewusst gespürt haben musste, dass etwas nicht stimmte.

Es war gut, jetzt zu gehen. Bad Godesberg den Rücken zu kehren. Sie musste sich selbst neu finden, ihre eigene Wahrheit, bevor sie sich wieder mit der Wahrheit ihrer Mutter auseinandersetzen konnte.

*

Klappernd fiel die leere Bierflasche auf den Boden. Joachim stöhnte und presste sich die Hände auf die Ohren. Es war so laut in seinem hämmernden Kopf. Sein Mund war trocken, seine Zunge geschwollen. Im Zimmer war es heiß und stickig, und obwohl die Vorhänge vor dem Fenster zugezogen waren, erschien ihm der enge Raum viel zu hell. Dazu kam der Lärm der Eisenbahn, der Lärm der Busse und S-Bahnen. Mit seinem schweren Kopf war es unerträglich. Ächzend rollte er sich zur Bettkante. Betrachtete durch halb zugekniffene Augen die Bierflaschen und -dosen. Alle leer. Wann hatte er die getrunken? Gestern? Joachim rollte sich aus dem Bett auf die Beine. Langsam ging er in das kleine Badezimmer und wusch sich dort das Gesicht mit kaltem Wasser, trank aus seinen Händen. Das Wasser rann an seinem Kinn herunter. Der Spiegel an der Wand hatte einen Sprung, und so blickte ihm ein verzerrtes und nasses Gesicht entgegen. Fahl, mit trüben Augen. Joachim lachte freudlos auf. Der Spiegel zeigte einen gebrochenen Mann. Ungeliebt. Verlassen. Allein.

Er ging zurück zum Bett und ließ sich darauf fallen. Alles in dem kleinen Raum war schäbig und in die Jahre gekommen, und er wollte gar nicht darüber nachdenken, wann die Bettlaken das letzte Mal gewechselt worden waren. Ob man sie je gewaschen hatte.

Nachdem Frank ihn am Telefon so harsch zurückgewiesen hatte, war bei Joachim eine Sicherung durchgebrannt. Frank hatte ihre Beziehung einfach so weggeworfen. Und als Joachim danach die Schneiderei verlassen hatte, war ihm klar geworden, dass er auch Bad Godesberg verlassen musste. Alles dort erinnerte ihn an Frank. An ihre gemeinsamen Stunden, an ihre Liebe, von der er geglaubt hatte, sie würde ewig währen.

Er war so blauäugig und naiv gewesen.

Liebestrunken.

Bei dem Gedanken stieß er ein weiteres freudloses Lachen aus. Ja, er war liebestrunken gewesen, und nun musste er mit einem Liebeskater leben lernen. Etwas, dass ihm in Bad Godesberg unmöglich vorgekommen war. Deshalb hatte er seinen Koffer gepackt, war zum Bahnhof gegangen. Hatte selbst nicht gewusst, wo die Reise hingehen würde. Nur weg. Das war sein einziger Gedanke gewesen. So viele Kilometer wie möglich zwischen sich und Frank zu bringen. Der Mann am Schalter hatte nicht schlecht gestaunt, als Joachim ihm gesagt hatte, dass ihm das Ziel egal sei. Schließlich hatte der Mann ihm mehrere Städte vorgeschlagen, unter anderem West-Berlin. Joachim war noch nie in Berlin gewesen. Aber er hatte einiges von der Stadt der vielen Möglichkeiten gehört. Einer Stadt, in der man nicht so engstirnig dachte, offen war für andere Lebensweisen. In Berlin gab es eine große Szene für Schwule und Lesben. Er wollte seine Liebe nicht mehr im Verborgenen ausleben. Er wollte angenommen werden, für jeden sichtbar angenommen werden. Auch wenn er sich nicht sicher war, ob er jemals wieder die Liebe würde finden können. Also hatte er nicht gezögert und ein Ticket nach West-Berlin gekauft. Nur Hin. Kein Zurück. Für ihn gab es kein Zurück mehr.

Nach der langen Zugfahrt war er in das erstbeste Hotel gegenüber des Bahnhofs gegangen und hatte sich ein Zimmer gemietet. Als er allein in dem schäbigen Raum gesessen hatte, war plötzlich alles so trostlos gewesen, und der Kummer über die verlorene Liebe hatte ihn übermannt. Also hatte er getrunken. Um wenigstens für ein paar Stunden alles vergessen zu können.

Joachim rieb sich die Augen. Sein Blick glitt über den winzigen Schreibtisch, den man in die Ecke unter das Fenster gedrängt hatte. Es war eine einfache Konstruktion aus Sperrholz, kein Vergleich zu seinem Schreibtisch in der Villa in Bad

Godesberg. Sein Schreibtisch – in dessen unterer Schublade noch immer seine alte Kamera lag. Die Zeiss Ikon Nettar II. Nachdem sein Traum von einem eigenen Fotostudio geplatzt war, hatte Petra ihn abserviert. Das hatte seine Liebe zur Fotografie getrübt. Die Kamera hatte er nur noch ein einziges Mal wieder hervorgeholt: um damit Fotos von der Hochzeit von Edith und Heinz zu machen. Danach hatte er sie in der Schublade verstaut und nicht mehr angerührt, auch wenn er oft an das magische Gefühl von Glück und Freude hatte denken müssen. Das Gefühl, wenn er die Welt durch den Sucher sah, wenn er das Vertraute *Klick* hörte, das ertönte, wann immer er den Auslöser betätigt hatte.

Joachim wälzte sich stöhnend auf dem Bett. Nein, mit der Fotografie war es vorbei. So, wie es mit Petra vorbei gewesen war – und wie es jetzt mit Frank vorbei war. Petra hatte ihn fallengelassen, Frank hatte ihn fallengelassen und verleugnete ihn zudem öffentlich. Lag es an ihm, oder meinte es das Schicksal einfach nicht gut mit ihm?

Joachim musste sauer aufstoßen und verzog angeekelt das Gesicht. Sich zu verstecken und Alkohol zu trinken, brachte ihn nicht weiter. Es half nicht mal gegen den Liebeskater – es half überhaupt nicht. Letztlich hatte er sich für Berlin entschieden, weil er eine neue Chance haben wollte. Im Leben, in der Liebe. Die bekam er nicht, wenn er in einem billigen Hotelzimmer hockte und trank.

Er setzte sich ruckartig auf, und die Bewegung wurde mit stechenden Kopfschmerzen und leichtem Schwindel quittiert. Unwirsch schüttelte er den Kopf. Er musste klar denken. Duschen und saubere Kleidung anziehen. Und dann musste er sich eine ordentliche Bleibe suchen. Und endlich seine Chance ergreifen!

*

Der Bahnhof war riesig. Dabei hatte Astrid schon gedacht, der Bonner Hauptbahnhof wäre groß. Aber Berlin stellte alles in den Schatten. Die Reisetasche über der linken Schulter, den Tragegriff ihrer Nähmaschine in der einen und dem Koffer in der anderen Hand, kämpfte sie sich über den Bahnsteig. Der Riemen der Reisetasche rutschte ihr ständig von der Schulter, und sie musste ihn immer wieder hochzerren. Niemand schien auf sie zu achten, nirgends sah sie ein freundliches Gesicht oder aufmunterndes Lächeln. Die Menschen um sie herum wirkten mürrisch. Hatten keine Zeit, eilten mit gesenkten Köpfen an ihr vorbei. Endlich hatte Astrid die Bahnhofshalle erreicht. Es roch nach einer Mischung aus Zigarettenqualm, Alkohol und Urin. Astrid fing schon an zu bereuen, sich für Berlin entschieden zu haben, als sie Sabines vertraute Stimme hörte: »Astrid! Astriiiiiiid! Hier drüüüübeeen!«

Sofort musste Astrid lächeln. So war das mit ihrer besten Freundin immer: Man hörte sie, bevor man sie sah. Erneut zerrte sie die Reisetasche hoch und orientierte sich an den Rufen. Ging zielstrebig darauf zu. Und endlich hatte sie Sabine erreicht. Sie sah genauso aus wie immer: kurze, blonde Strubbelhaare, die in alle Richtungen abstanden, Sommersprossen und Stupsnase. Sie trug eine Jeanslatzhose und ein neonpinkes T-Shirt, dazu riesige Plastikohrringe und Armreifen, beides auch in grellen Neonfarben. Und auf den Lippen knallroten Lippenstift. So knallrot, dass Astrid es sich für sich selbst niemals vorstellen konnte. Aber an Sabine sah es klasse aus.

»Mensch, Astrid!«, rief Sabine und sprang an ihr hoch. Krallte die Hände in Astrids Nacken und zog sie zu einer Umarmung zu sich nach unten. Die Reisetasche sackte wieder herunter, und Astrid musste einen Ausfallschritt nach vorn machen, damit sie beide von dem Gewicht nicht umgerissen wurden. Und noch einen; und noch einen: Zusammen stolperten sie durch die Halle. Und lachten dabei. Alle Bedenken, die Astrid kurz zuvor gehabt hatte, waren über Bord geworfen. Sie war ihrer klaren Linie nach Berlin gefolgt. Geradewegs zu Sabine. Und bald würde sie auch zu ihrem Vater finden. Das hier war genau richtig.

Sabine ließ wieder von ihr ab. »Mensch, Astrid«, sagte sie noch einmal, »ich hätt es fast nicht für möglich gehalten. Aber da biste ja wirklich.«

»Ja, bin ich. Live und in Farbe«, erwiderte Astrid stolz.

»Dann komm, gibt mir das mal«, sagte Sabine, und mit einem Grinsen nahm sie ihr den Koffer ab, »bevor du's dir wieder anders überlegst, und in den nächsten Zug zurück steigst.« Und damit winkte sie ihr mit der Hand, als Geste, ihr zu folgen. »Zur U-Bahn geht's hier lang.«

»U-Bahn?«, fragte Astrid erstaunt. Sie stellte die Nähmaschine vor sich auf dem Boden ab. »Können wir denn nicht laufen?«

»Süße, wir sind hier am Bahnhof Zoo.« Sabine tippte sich mit dem Finger an die Stirn. »Hast du überhaupt eine Ahnung, wie weit es bis Steglitz ist?«

Astrid zuckte mit den Schultern. »Ich glaube, ich muss mich erst mal dran gewöhnen, dass Berlin eine große Stadt ist.«

»Det gloob ick ooch!«, rief Sabine im breitesten Berlinerisch, und Astrid musste wieder lachen. »Und nu komm, meine Mutti ist schon ganz gespannt auf dich.«

Keine Sekunde später wieselte Sabine los, und Astrid musste sich beeilen, ihr zu folgen, so mühelos schlängelte ihre Freundin sich zwischen den Menschen hindurch, obwohl sie doch Astrids schweren Koffer trug. Astrid kam mit Reisetasche und Nähmaschine gar nicht so schnell hinterher, während Sabine einfach voraneilte, ohne auf sie zu warten. Schnell war ihr Vorsprung so groß, dass Astrid sie nicht mehr sehen konnte. Sie wollte ihre Schritte beschleunigen, ihre Freundin wiederfinden, als plötzlich ein Ruck durch ihren Arm fuhr und sie zurückgerissen wurde. Erschrocken drehte sie sich um und blickte geradewegs in ein Paar tiefblauer Augen.

»Nicht so stürmisch, junge Frau!«

Ein Lächeln gesellte sich zu den blauen Augen, und Astrid bemerkte, wie nah sie ihrem Gegenüber war. Nur wenige Zentimeter trennten ihre Gesichter. »Was?«, fragte sie verdattert und blickte auf die braunen Haare, die dem jungen Mann in die Stirn fielen. Astrid hielt den Atem an. Sie wusste nicht, was gerade passiert war, aber eines wurde ihr gerade deutlich bewusst: Der junge Mann sah aus wie ihr Lieblingsschauspieler Michael J. Fox! Nur, dass er deutlich größer war. Sie konnte sein Aftershave riechen. Es duftete frisch nach Minze. Astrid atmete tief ein und versank in den blauen Augen, die sie immer noch unverwandt ansahen. Sie vergaß die Menschenmenge und das ganze Bahnhofstreiben um sie herum, vergaß, dass sie just ihre Freundin im Gedränge verloren hatte. Für diesen Moment gab es nur sie und ihn. Ihr Herz begann, schneller zu schlagen, und freudige Aufregung machte sich in ihrer Brust breit.

Mit einem Grinsen drehte ihr Gegenüber sich ein wenig zur Seite, und endlich sah Astrid den Grund für ihr abruptes Zusammentreffen und die ebenso unerwartete wie angenehme Nähe: Er hatte sich mit seinem Arm in einem der beiden Tragehenkel ihrer Reisetasche verfangen, kein Wunder, wo die Tasche doch alle Nase lang vom Arm rutschte. Im Gedränge musste er mit seinem Arm hineingeraten sein, anders konnte Astrid es sich nicht erklären. Entschuldigend zog sie die Schultern hoch und lächelte zaghaft, während er sich mit einer langsamen Bewegung aus dem Henkel befreite und diesen dann mit einer ebenso langsamen Bewegung zurück auf ihre Schulter schob. Astrid bemerkte, dass er kräftige Hände mit langen, feingliedrigen Fingern hatte. Schöne Hände. Hände, die sie sofort dazu brachten, sich vorzustellen, wie sie sich auf ihrer Haut anfühlen mussten. Astrid spürte, wie ihr die Röte ins Gesicht schoss.

»Na, das ist aber jetzt kein Grund, rot zu werden«, sagte der Mann. Er legte den Kopf zur Seite und grinste. Eine Strähne seines Haars fiel ihm wieder in die Stirn.

Astrids Wangen wurden noch wärmer, während sie fieberhaft überlegte, was sie Geistreiches erwidern könnte. Musste sie überhaupt etwas sagen? Kurz entschlossen beugte sie sich vor und drückte ihrem Gegenüber ein Küsschen auf die Wange. »Danke«, sagte sie und sah die Überraschung in seinen Augen. Dabei wusste sie selbst nicht, was in sie gefahren war. Der Zauber des Augenblicks? Bevor sie länger darüber nachdenken konnte, bevor der Mann etwas sagen konnte, tauchte Sabine plötzlich neben ihr auf. »Mensch! Wo steckst du denn?«, rief sie und ergriff Astrids Hand. »Zur U-Bahn müssen wir hier lang.« Mit einem Ruck zog sie Astrid hinter sich her, die gar nicht wusste, wie ihr geschah.

Über die Schulter blickte Astrid sich um, suchte die tiefblauen Augen – und fand sie: Der Mann stand inmitten der Menschen in der Bahnhofshalle und blickte ihr hinterher. Er hatte die Hand an seine Wange gehoben, an die Stelle, die sie soeben geküsst hatte, und sah – immer noch erstaunt – zu ihr herüber. Ein Lächeln umspielte seine Lippen, und Astrid spürte, wie sich zu der Wärme in ihren Wangen ein Kribbeln in ihrem Bauch gesellte. Es fühlte sich gut an.

Sabine zog sie um eine Ecke, und der Blickkontakt brach ab. Astrid wandte sich nach vorn. Sie fühlte sich mit einem Mal leicht und frei. Sie war über ihren Schatten gesprungen, war in Berlin angekommen. In einer Metropole. Hatte gerade einen Wildfremden geküsst! Hier war alles möglich.

Sie war bereit, ein neues Kapitel in ihrem Leben aufzuschlagen. Ein wunderbares und erfolgreiches. Eins mit einer klaren Linie. Und sie war sich sicher: Nichts würde sie aufhalten können!

# 13

*August, Bonn-Bad Godesberg*

Den Stift in der Hand stand Edith über die Ladentheke gebeugt da und blätterte die Seiten des Auftragsbuches hin und her, bei dem Versuch, noch einen freien Fleck zu finden.

In den ersten Tagen nach dem Skandal war kaum Kundschaft in der Schneiderei erschienen. Aber dann hatte sich das schlagartig gewandelt. Die vielen Berichte in der Presse mochte einen Teil der Stammkundschaft abgeschreckt haben, aber andere hatte es neugierig gemacht. Natürlich gab es einige, die nichts kaufen wollten, sondern lediglich auf Klatsch und Tratsch aus waren, aber die meisten wollten etwas Maßgefertigtes, etwas aus der »Skandal-Schneiderei« in Bonn-Bad Godesberg. Und so quoll das Auftragsbuch beinahe über. Aber irgendwo musste es noch eine Lücke geben, in die sie die Bluse für die junge Frau Meyer auf der Heide schreiben konnte. Ihr Vater war zu seinen Lebzeiten ein Stammkunde von Richard Graf gewesen, oft hatte Edith Botengänge mit Kleidungsstücken zu ihm in die Deutschherrenstraße gemacht. Da konnte sie dessen Tochter nicht vertrösten. Vielleicht musste sie nur die anderen Aufträge etwas verschieben, dann ginge es. Konzentriert las sie noch einmal alle Einträge durch, als die Türglocke ertönte. Ohne vom Auftragsbuch aufzusehen, sagte Edith: »Ich bin gleich für Sie da.«

»Das will ich aber auch hoffen!«, erwiderte eine vertraute Stimme.

Edith sah auf. »Ach, Trude, du bist es.«

»Ja, ich bin es«, wiederholte Trude. Sie klang verschnupft.

So kannte Edith ihre Freundin gar nicht. »Ist etwas passiert?«, fragte sie deshalb und legte den Stift auf dem geöffneten Buch ab.

»Das könnte ich dich fragen«, entgegnete Trude spitz.

»Wie meinst du das?«

»Ich habe drüben im Insel-Café gesessen und auf dich gewartet.« Gespielt übertrieben hob Trude den Arm und sah auf die Uhr. »Eine geschlagene Dreiviertelstunde lang.«

Edith schlug sich die Hand vor den Mund, während sie mit den Augen das Datum von heute im Auftragsbuch suchte. Natürlich! Trude. Das Insel-Café. Sie waren zum Kaffee verabredet gewesen. Seit mehreren Wochen hatte sie ihre Freundin nicht mehr gesehen, da diese Urlaub am Meer gemacht hatte.

»Trude! Es tut mir leid. Ich hab es völlig vergessen. In der Schneiderei ist im Moment so viel los, seit … du weißt schon, seit dem Skandal mit …«

»… deinem Bruder und Frank Lindemann von der FDP«, fiel Trude ihr ins Wort. »Ich hab es gelesen. Steht ja gerade in jeder Zeitung. Selbst im *Ostfriesischen Kurier* haben sie es gebracht!«

Edith wischte sich mit der Hand über die Stirn. »Zuerst haben uns die Reporter belagert, und jetzt sind es die neuen Kunden.« Sie hob das Auftragsbuch an. »Hier, schau es dir an. Alles voll. Ich muss noch eine Stammkundin unterbringen, und ich weiß nicht wo.« Edith holte tief Luft. »Ach, Trude … es ist gerade wirklich viel.«

»Kopf hoch, Edith. Das wird wieder. Du hast in deinem Leben schon so viel geschafft, da wirst du auch jetzt alles im Griff behalten.«

»Das ist es ja gar nicht allein«, sagte Edith.

»Was denn noch?

»Joachim ist seit einem Monat verschwunden.«

*

Es wurde dunkel, als Joachim das Hotel verließ. Viel Gepäck hatte er nicht dabei. Die Straßen waren bevölkert von Menschen jeden Alters. Überall gab es Leuchtreklamen. Musik drang aus den Geschäften, aus den Restaurants und Häusern. Eine Gruppe Punks kam an ihm vorbei. Mit bunten Irokesenfrisuren. Einer trug einen großen Kassettenrekorder auf der Schulter. Die laute Musik überdröhnte für einen Moment alle anderen Geräusche, bis die Punks in der nächsten Straße verschwanden.

Joachim selbst war leger gekleidet. Als er in Bad Godesberg seinen Koffer gepackt hatte, war es ihm nicht richtig vorgekommen, die feinen Hosen, Sakkos und Anzüge einzupacken. Also hatte er alles Übrige mitgenommen, darunter zwei Stoffhosen, drei Poloshirts, einen Pullover und eine Strickjacke. Die war zwar, im Gegensatz zu den 1950er-Jahren, nicht mehr in Mode für Männer, aber Joachim trug sie gern. Sie war bequem und warm. Auch jetzt trug er sie. Und bislang hatte er noch keinen Kommentar dazu gehört. In Berlin störte es niemanden, wenn man modemäßig aus der Zeit gefallen war. Joachim lächelte. In Berlin war überhaupt alles so anders als in Bad Godesberg. Und das war gut so. Sein ganzes Leben lang hatte er nur zurückgesteckt. Hatte sich den Umständen gefügt. Ja, es war ihm jeweils richtig vorgekommen, und rückblickend würde er sich nie anders entscheiden, aber jetzt hatte er zum ersten Mal das Gefühl, eine Richtung eingeschlagen zu haben, die sich auch in der Zukunft als gut erweisen würde.

Berlin war die Stadt der vielen Möglichkeiten. Es war an der Zeit, nach vorn zu blicken, einen Plan zu schmieden. Den ersten Schritt hatte er schon getan, indem er sich ein Zimmer zur Untermiete bei einer alten Dame in Berlin-Spandau gemietet hatte. Dorthin war er jetzt unterwegs. Der nächste Schritt war, sich eine Arbeit zu suchen.

Er war an der nächsten Straßenecke angekommen. An der gegenüberliegenden Seite stand eine gelbe Telefonzelle. Das brachte Joachim auf eine Idee. Er kramte in seiner Hosentasche und fand einige Münzen. Schnell überquerte er die Straße. Bei all seiner Freude über seinen Neuanfang in Berlin hatte er eines bislang beiseitegeschoben: Er war ohne ein Wort des Abschieds aus Bad Godesberg abgereist. Hatte so spontan gehandelt, dass er niemanden ins Vertrauen gezogen hatte. War einfach gegangen, und das war nicht richtig. Das hatte seine Familie und vor allem Edith nicht verdient. Er musste sie endlich wissen lassen, was mit ihm war, wo er sich überhaupt aufhielt.

Joachim trat in die Telefonzelle und quetschte sein Gepäck in die Ecke, während er das Münzgeld aus seiner Tasche zog. Zwei Mark und dreißig Pfennige. Nicht viel für ein Überlandgespräch.

Er klemmte sich den magentafarbenen Hörer zwischen Kopf und Schulter und warf die Münzen in den dafür vorgesehenen Schlitz. Schließlich wählte er auf dem silbernen Tastenfeld die vertraute Bonner Nummer.

Das Freizeichen ertönte. Einmal, zweimal. Dann meldete sich eine Stimme: »Britta Müller.«

»Britta. Du bist es.«

»Onkel Joachim?«, fragte Britta überrascht. »Wo bist du? Geht es dir gut? Mama macht sich große Sorgen.«

»Ist Edith zu Hause? Kannst du sie mir mal geben?«

»Mama ist noch in der Schneiderei«, sagt Britta. »Jetzt sag mir doch, wo du bist? Wann kommst du wieder?«

Er räusperte sich. »Ich … ich komme vermutlich nicht so schnell wieder, ich bin in Berlin.«

»In Berlin? Das ist jetzt nicht wahr! Alle sind in Berlin!«, rief seine Nichte.

»Wer ist denn noch in Berlin?«, fragte Joachim.

»Na, Astrid. Anscheinend wohnt ihr leiblicher Vater auch da.«

»Paul ist aber im Osten«, erwiderte Joachim.

»Wieso wundert es mich nicht, dass du weißt, wer Astrids Vater ist.«

»Natürlich weiß ich das. Seit wann weißt du es?«

»Astrid hat einen Karton mit Briefen gefunden und den die Treppe runtergeworfen.«

»Sie hat einen Karton geworfen?«, fragte Joachim erstaunt.

»Lange Geschichte. Seitdem ist jedenfalls die Katze aus dem Sack. Na ja, eigentlich sind es Katzen. War ja mehr als nur ein Geheimnis.« Britta sagte es, als sei es keine große Sache.

»Dann weißt du auch, dass Edith und ich gar nicht …«

»Ja, weiß ich«, unterbrach seine Nichte ihn.

Eine unangenehme Stille entstand.

Schließlich kam Joachim ein Gedanke, und er sprach ihn laut aus: »Warum ist Edith denn noch in der Schneiderei? Es ist doch schon spät.«

»Weil in der Schneiderei gerade die Hölle los ist! Seit dem … dem Skandal rund um dich und … du weißt schon. Mama und ich, wir können uns kaum noch vor Aufträgen retten und deshalb …« Britta verstummte, und die Erkenntnis sackte schwer in Joachims Magen.

»Kannst du Edith sag…« Das Gespräch brach ab, die Münzen waren aufgebraucht. Aus dem Hörer drang nur noch ein langes Tuten an Joachims Ohr. Es kam ihm unnatürlich laut vor.

Während er sein Gepäck schulterte und aus der Telefonzelle hinaus auf die Straße trat, um seinen Weg nach Spandau fortzusetzen, wurde ihm bewusst: Er hatte die Schneiderei Graf, hatte Edith, hatte seine Familie im Stich gelassen.

# 14

*September, Bonn-Bad Godesberg*

*Er hält ihr die Hand hin, damit sie aussteigen kann. Ihre Hände treffen sich. Sie spürt einen Blitzschlag. Sie lächelt. Sie ist glücklich.*

*Gemeinsam gehen sie den Waldweg entlang. Liegen nebeneinander auf der Wiese. Hand in Hand. Sie sieht einen Bussard, oben hoch am Himmel, wie er seine Kreise zieht. Sie zählt. Eins, zwei, drei, vier …*

*Sie kann seine Hände auf ihrer Haut spüren, seine Lippen. Kann seinen Herzschlag hören. Es ist schön, so wunderschön. Die Sonne scheint hell. Die Vögel zwitschern.*

*Mit einem Mal wird es finster. Dunkle Gestalten greifen nach ihm, zerren ihn von ihr weg. Er streckt die Arme nach ihr aus. Will bei ihr bleiben.*

*Und plötzlich sind da Steine. Viele Steine. Stein auf Stein, singt eine Kinderstimme. Stein auf Stein, die Mauer wird bald fertig sein. Seine Hände krallen sich an die Mauer. Er will hinaus, will zu ihr, doch die dunklen Gestalten, sie halten ihn fest, reißen ihn zurück …*

Schweißgebadet schreckte Edith hoch. Ihr Herz klopfte schnell und hart in ihrer Brust, und es brauchte einen Moment, bis sie verstand, dass sie nur geträumt hatte. Zum Glück! Aber dann wurde ihr bewusst, dass es zwar ein Traum gewesen sein mochte, aber einer, der viel Wahres beinhaltet hatte. Die schönen Bilder im Wald, sie hatte sie wirklich mit Paul erlebt. Die Steine: Paul war in Ost-Berlin, hinter der Mauer.

Edith wischte sich die schweißnassen Locken aus der Stirn. Es war das erste Mal seit langer Zeit, dass sie von ihm geträumt hatte, und sie fragte sich, ob das damit zusammenhing, dass Astrid nach Berlin gegangen war. Auch wenn sie nicht mehr wirklich mit ihrer Tochter gesprochen hatte, bevor sie abgereist war, so war Edith sich sicher, dass Paul der Grund für sie war, in die geteilte Stadt zu gehen. Und auch Joachim hatte es dorthin verschlagen.

Edith schob das Plumeau zur Seite. Sie schwitzte noch immer. Mit einem Mal hatte sie das Gefühl, versagt zu haben. Joachim vertraute ihr offenbar so wenig, dass er ohne ein Wort gegangen war. Und dass er in Berlin war, hatte sie nur durch Britta erfahren. Astrid wiederum … sie wusste gar nicht genau, was mit Astrid war. Dass sie ihr die Frage gestellt hatte, wer sie überhaupt wäre, hatte Edith mehr erschreckt, als sie zugeben wollte. Vielleicht, weil es eine Frage war, die sie selbst gar nicht beantworten konnte. Und jetzt war auch Astrid gegangen.

*

*Ost-Berlin*

Noch gute vier Monate. Einundzwanzig Wochen. Das waren 147 Tage. 3528 Stunden. So wenig, nichts gegen die Zeit, die Paul bisher schon in der Untersuchungshaftanstalt Berlin-Hohenschönhausen abgesessen hatte. Die Freiheit war mit einem Mal so nah, so unglaublich nah. Und mit dem Tag, die sie näher rückte, stieg die Angst in Paul. Was, wenn etwas dazwischenkäme? Was, wenn er es sich mit einem Mithäftling verscherzte? Was, wenn noch jemand den Wachmännern Gott weiß was über ihn erzählte? Die letzte Befragung war zermürbend gewesen. Immer die gleichen Fragen. Tonlos vorgetragen, Stunde um Stunde.

Paul rutschte auf der Pritsche hin und her, versuchte, eine bequeme Position zu finden, obwohl er genau wusste, dass es nicht möglich war. Sein Bein schmerzte heute besonders stark, wie immer, wenn er angespannt war und sich große Sorgen machte.

Er sah zu Ronny, seinem neuen Zellengenossen, hinüber. Der junge Mann war erst vor Kurzem inhaftiert worden und hatte noch nicht gelernt, wie der Hase lief. Innerhalb von drei Wochen hatte er es bereits zweimal geschafft, in die Arrestzelle gebracht zu werden. Paul lächelte traurig. Ronny war zu naiv, zu offen, zu leichtgläubig. Paul fragte sich, wie lange noch. Und vor allem fragte er sich, ob ihm das am Ende schaden würde. Er hoffte sehr, dass es nicht so kommen würde.

Walter hatte man in ein anderes Gefängnis überführt. In den letzten Tagen war er beinahe manisch gewesen. Hatte sich ständig nervös gekratzt, war bei jedem noch so kleinen Geräusch zusammengezuckt und hatte mitunter einfach nur wimmernd auf seiner Pritsche gekauert. Paul wollte sich gar nicht erst ausmalen, wie es ihm jetzt wohl ging. Er musste das alles von sich fernhalten. Sich davon loslösen. Es musste ihm egal sein, sonst würde er selbst auch den Verstand verlieren. Hier konnte man nur durchhalten, wenn man abstumpfte, wenn einem alles egal wurde. Alles, außer einem selbst. Wenn man sich selbst egal wurde, dann hatte man verloren.

Am schlimmsten aber war, dass er in gewisser Weise nicht nur Angst hatte, dass ihm in der verbleibenden Zeit noch etwas im Gefängnis dazwischenkommen konnte, er hatte auch Angst vor der Freiheit selbst. War er überhaupt in der Lage, ein normales Leben zu führen? Nach so vielen Jahren in Haft? Was sollte er tun? Früher war er Chauffeur gewesen. Eine Ausbildung oder etwas anderes hatte er dafür nie gemacht. Wie sollte er da jetzt eine Anstellung finden, als Ex-Knacki?

Er stöhnte, was Ronny sofort dazu veranlasste, sich ihm zuzuwenden.

»Sind die Schmerzen wieder schlimm?«, fragte er, so unfassbar mitfühlend, dass Paul beinahe ein schlechtes Gewissen hatte, als er zurückschnauzte: »Das geht dich gar nichts an!«

# 15

*September, Bonn-Bad Godesberg*

»Ja … ja, natürlich … ja, das verstehe ich … ich … nein, ich weiß auch nicht wie … ja … ja … ich melde mich. Ja, ich kümmere mich darum … machen Sie es gut, Frau von Hohenstein.« Edith legte den Telefonhörer auf die Gabel und starrte für einen Moment darauf. Das war die dritte verärgerte Kundin diese Woche, so konnte es nicht weitergehen.

Edith blies die Backen auf und ließ die Luft lautstark wieder entweichen, bevor sie sich umdrehte und die Tür zum Nähzimmer öffnete. »Britta!«, rief sie über den Lärm der Nähmaschine hinweg. »Warum hast du heute Vormittag Frau von Hohenstein weggeschickt? Ist die Bluse noch nicht fertig?«

Ihre Tochter stoppte die Maschine und wandte sich zu ihr. »Ich nähe so schnell, wie ich kann«, antwortete sie gereizt. »Es ist zu viel! Das weißt du ganz genau.«

»Frau von Hohenstein ist eine unserer ältesten Kundinnen, die können wir nicht warten lassen! Bei aller Liebe«, entgegnete Edith.

»Wie du siehst, können wir es doch! Und wir müssen es sogar. Guck dich doch mal um!« Britta gestikulierte zum Zuschneidetisch, der so voll lag, dass man nicht erkennen konnte, wo er anfing und wo er aufhörte. »Ich komme kaum hinterher.«

»Ich weiß, aber …«, begann Edith.

»Also, wenn *ich* Aufträge annehme, weise ich gleich auf die lange Fertigungszeit hin«, unterbrach Britta sie schnippisch.

»Ach, mein Kind. So können wir keine Schneiderei führen.

Dann musst du ja bald sagen, dass man die fertigen Kleidungsstücke erst im neuen Jahr abholen kann.«

Britta zuckte mit den Schultern. »Ja, ist dann halt so. Kann ja jeder selbst entscheiden.«

»Britta …«

»Nein! Hier gilt Angebot und Nachfrage. Wir können nicht jeden überall dazwischenschieben. Dann leiden nämlich am Ende alle Kunden! Du sagst, wir können Frau von Hohenstein nicht vertrösten, aber die anderen Kunden sollen wir dann vertrösten? So funktioniert das nicht«, sagte Britta spitz.

Edith seufzte. »Willst du etwa die Auftragserfassung und die Buchführung und alles übernehmen, wo man planen und vorausschauen muss?«, fragte sie. »Das ist ganz schön viel Arbeit. Mehr, als man sieht.« Tatsächlich gehörte das zu den Tätigkeiten in der Schneiderei, die Edith selbst überhaupt nicht gern erledigte, die aber essenziell wichtig waren. Wenn Edith könnte, würde sie nur nähen. Dass Britta das nicht sehen wollte.

»Ehrlich?«, antwortete ihre Tochter. »Das will ich machen.«

Für einen Moment verschlug es Edith die Sprache. Als sie es eben gefragt hatte, war es nur eine rhetorische Frage gewesen, und nun wollte ihre Tochter das wirklich? »Bist du dir sicher?« Sie sah ihre jüngere Tochter forschend an.

»Ja, bin ich«, antwortete Britta mit Nachdruck. Sie stand von der Maschine auf. »Lass uns direkt tauschen.«

»Jetzt?«, fragte Edith perplex. »Aber du weißt doch gar nicht …«

»In der Berufsschule haben wir da schon einiges gelernt. Vermutlich mehr als du damals. Und ich bin schon erwachsen, Mama. Vergiss das nicht. Ich kann das. Lass es mich versuchen. Willst du nicht lieber nähen? Ich seh doch immer, wie du schaust, wenn ich an der Maschine sitze. So wehmütig, als würde dir etwas fehlen.«

*Wehmütig, als würde etwas fehlen*, dachte Edith. Mit ihrer nüchternen Art hatte ihre Tochter es auf den Punkt gebracht. Aber hier ging es um ihr Erbe. Ihr doppeltes Erbe. Von ihren leiblichen Eltern und ihren Zieheltern. Konnte sie das wirklich aufs Spiel setzen für ein verrücktes Tausch-Experiment? Jetzt, wo Joachim der Schneiderei den Rücken gekehrt hatte?

*

*West-Berlin*

»Ich versteh immer noch nicht, warum du mich am Bahnhof nicht aufgehalten hast.«

»Du warst zu schnell, und ich selbst war zu überrumpelt.«

»Selbst überrumpelt davon, einen süßen Typen geküsst zu haben?« Sabine grinste breit.

»Es war nur ein Küsschen, ganz unschuldig«, sagte Astrid schnell.

»Unschuldig, ist klar.«

Sie saßen in Sabines kleinem Zimmer. Astrids Reisetasche und Koffer standen geöffnet neben der Couch und von der ehemaligen Ordnung, die bei der Abreise darin geherrscht hatte, war nichts mehr zu sehen. Kleidungsstücke lagen kreuz und quer in einem Wust. Auf Sabines Schreibtisch dahinter quetschten sich ihre beiden Nähmaschinen nebeneinander.

Astrid machte eine wegwerfende Handbewegung. »Es ist eh besser so. Was soll ich jetzt mit einem Freund? Mein großes Ziel ist New York, da komme ich besser hin, wenn ich unabhängig bin. Außerdem hab ich mich gerade erst von Mofa getrennt.«

»Davon weiß der aber noch nichts, oder?«

»Ja … nein.« Astrid ließ ihre Hände in den Schoß sinken.

»Astrid, Astrid! Du bist mir eine.«

»Ich hab ihn an einer Autobahnraststätte stehen lassen

und bin dann nach Berlin gefahren. Der wird sich schon seinen Teil denken können.«

»Meinst du nicht, du solltest es richtig machen? Ihn anrufen oder ihm meinetwegen schreiben.«

»Mofa ist doch selbst kein Kind von Traurigkeit.«

»Das mag ja sein, aber du bist nicht wie er.«

»Ja, du hast recht.« Astrid dachte an die Briefe ihrer Eltern, die in der Reisetasche lagen. Schreiben war gar keine so schlechte Idee. Sie wollte doch auch ihrem Vater schreiben, da konnte auch gleich ein paar Zeilen an Mofa verfassen. Sabine hatte recht, sie sollte es richtig machen. Sie sah ihre Freundin an. »Okay. Ich schreibe ihm, aber erst meinem Vater.«

*Lieber Paul,*
*ich habe jetzt wirklich lange darüber nachgedacht, wie ich diesen Brief beginnen soll, wie ich Dich überhaupt ansprechen soll? Papa, Vater, Fremder? All das bist Du für mich und dann auch wieder nicht. Deshalb habe ich mich für das schlichte »Paul« entschieden. Ich hoffe, das ist in Ordnung für Dich.*
*Dass es mich gibt – mich, Deine Tochter – das weißt Du ja. Vielleicht möchtest Du aber wissen, warum ich von Dir weiß. Mama hat es mir nicht erzählt. Also nicht wirklich freiwillig. Ich habe Deine Briefe gefunden und dann ... Na ja, das kannst Du Dir bestimmt selbst vorstellen.*
*Ich weiß, dass Du Mama seit über zehn Jahren nicht mehr geschrieben hast. In der Zeit ist viel passiert. Mama und Heinz haben sich scheiden lassen. Ich hab mein Abitur gemacht und Modedesign in Hamburg studiert. Im Moment arbeite ich an meiner ersten Kollektion. Ich bin in West-Berlin, wohne bei meiner Freundin Sabine. Was machst Du? Ich hoffe sehr, dass Du mir antwortest.*
*Viele Grüße,*
*Deine Tochter Astrid*

*

Lieber Mota,

bestimmt kannst Du Dir schon denken, warum ich Dir schreibe. Das mit uns beiden, das funktioniert nicht mehr. Hat es eigentlich auch nie so richtig – und wenn Du mal in Ruhe darüber nachdenkst, wirst Du zum selben Ergebnis kommen. Es tut mir leid, aber es ist aus. Ich bin jetzt in Berlin – und Du bist in Bad Godesberg. Da wir uns nicht mehr gesehen haben, bevor ich abgereist bin, weiß ich nicht, ob Du es letztendlich zum Abschlusskonzert der Ärzte geschafft hast. Ich wünsche es Dir.

So, wie es jetzt ist, ist für uns beide besser. Glaub mir das.

Viele Grüße

Astrid

# 16

*Oktober, West-Berlin*

Joachim wartete, bis Frau Basedow in ihrem Wohnbereich des Hauses verschwunden war, bevor er sich dem Telefon zuwandte. Das Zimmer zur Untermiete war wirklich schön, aber die alte Dame auch überaus anstrengend. Sie war neugierig. Und hatte Ohren wie ein Luchs. Jeden Abend wartete sie im Hausflur auf ihn und stellte die gleiche Frage: »Herr Graf! Haben Sie heute Arbeit gefunden?« Und jeden Abend musste er das verneinen und sich dann ihre Sorgen darüber anhören, ob er denn wirklich sein Zimmer würde bezahlen können. Tatsächlich hatte die Basedow mit ihrer Sorge nicht unrecht. Das Geld wurde ihm knapp. Er hatte noch nie große Ersparnisse gehabt. Alles war in die Schneiderei Graf geflossen und in die Villa in der Dürenstraße. Er hatte sich nie viele Gedanken darüber gemacht, wie es im Alter einmal sein würde. War einfach davon ausgegangen, dass er bis zur Rente und noch etwas darüber hinaus in der Schneiderei arbeiten und in der Villa wohnen würde, bis zu dem Tag, an dem er sterben würde. Und jetzt war er hier in Berlin-Spandau und musste jede D-Mark dreimal umdrehen und sorgfältig überlegen, was er sich kaufte. Er brauchte wirklich dringend eine Arbeit.

Er nahm den moosgrünen Hörer des Telefons ab und wählte die Nummer, die er sich am Vormittag aus dem Telefonbuch herausgesucht hatte. Das Freizeichen ertönte dreimal, dann meldete sich eine Stimme: »Toms Schneiderei, wie kann ich dir helfen?«

Joachim räusperte sich. »Hallo, ich bin Joachim Graf. Ich suche Arbeit.«

»Dann willst du bei uns als Schneider anfangen?«

»Genau.«

»Hast du das Handwerk gelernt?«

»Ja, ich bin Schneidermeister«, antwortete Joachim.

»Cool. Du, dann komm doch einfach morgen rein und stell dich vor.«

Joachim fasste Mut. Bei den anderen Stellen, um die er sich beworben hatte, war er nicht einmal so weit gekommen. Meist hatte es direkt eine Absage gegeben, die Stelle sei schon besetzt, nichts zu machen. Nur an das ungefragte Duzen würde er sich noch gewöhnen müssen. In Bad Godesberg war das in seiner Altersklasse nicht üblich. »Um wie viel Uhr passt es denn?«, fragte er.

»Wir machen um zehn Uhr dreißig auf.«

»Gut, dann sehen wir uns morgen früh!« Joachim verabschiedete sich und legte auf. Sein Herz klopfte. Es ging endlich aufwärts! Er hatte morgen ein richtiges Vorstellungsgespräch.

So beflügelt griff er wieder nach dem Hörer und wählte die Nummer der Villa in Bad Godesberg. Er musste endlich mit Edith sprechen. Niemand nahm ab. Er wählte die Nummer der Schneiderei Graf, aber auch hier war keiner zu erreichen. Als er durch den Flur zu seinem Zimmer ging, öffnete sich die Tür zum Wohnbereich seiner Vermieterin.

»Morgen also endlich die Aussicht auf eine Arbeit, Herr Graf? Das wäre ja gut.«

Da hatte die alte Basedow doch schon wieder gelauscht.

*

Sabine war heute den ganzen Tag in der Stadt unterwegs, und so hatte Astrid endlich einmal das kleine Zimmer nur für sich allein. Sie hatte sich vorgenommen, in Ruhe an ihrer Kollektion weiterzuarbeiten. Die letzten Wochen in Berlin waren wie im Flug an ihr vorbeigezogen. Ihre Freundin hatte recht gehabt: Berlin war der perfekte Ort, um neue Trends kennenzulernen und Inspirationen zu sammeln! Das Leben in dieser großen Stadt war unglaublich vielfältig. Astrid hatte schon so viele neue Ideen in ihr Skizzenbuch gezeichnet, dass ihr langsam die freien Seiten ausgingen.

Heute wollte sie einen Rock nähen. Einen Minirock, passend zu der Bluse, der sie in den letzten Tagen den letzten Schliff verpasst hatte. Sie nahm sich die Teile aus Jeansstoff, die sie bereits zugeschnitten hatte, und setzte sich an die Nähmaschine. Sie würde den Rock später auch mit einer dezenten Tüllrüsche am Saum versehen, damit er zur Bluse passte. Wie immer kontrollierte sie zunächst Ober- und Unterfaden und stellte dabei fest, dass die Unterfadenspule nur noch wenig Garn hatte. Sie nahm sie heraus, löste den Fadenrest und spulte sie dann mit der Maschine neu auf.

Astrid hatte gerade die Spule wieder in die Maschine eingesetzt und nahm die Stoffteile zur Hand, als sie den Schlüssel in der Wohnungstür hörte und kurz danach die Stimme von Sabines Mutter: »Astrid? Es ist ein Brief für dich gekommen.«

Astrid ließ die Stoffstücke auf den Boden fallen und sprang auf. Sie eilte in den engen Wohnungsflur. »Ein Brief für mich? Ist er … ist er von drüben?«, fragte sie atemlos.

Heike Ruhland stellte die vollen Einkaufstaschen, die sie in einer Hand trug, im Flur ab und streckte ihr dann mit der anderen einen Umschlag entgegen. »Ja, von drüben«, bestätigte sie.

Astrids Herz klopfte fest in ihrer Brust vor Aufregung. Ein Brief aus der DDR! Der konnte doch nur von ihrem Vater sein. Sie griff nach dem Umschlag und drehte ihn um. Doch ein Blick auf den Absender ließ ihr Herz nach unten sinken: Der Brief war von Uwe Matussek, nicht von Paul Lange.

Was bedeutete es, dass ihr Herr Matussek schrieb und nicht ihr Vater? Es war ein schlechtes Zeichen. War ihrem Vater am Ende etwas zugestoßen und er hatte ihrer Mutter deshalb nie mehr geantwortet … War es so? Ihre Finger zitterten, als sie den Umschlag aufriss und einen gefalteten Bogen herauszog.

*Liebe Astrid,*
*es scheint mein Schicksal zu sein, Hiobsbotschaften zu überbringen … Dein Brief an Deinen Vater Paul ist bei mir angekommen, aber leider muss ich Dir mitteilen, dass er nicht mehr bei mir wohnt. Ich habe schon lange nichts mehr von Paul gehört. Das letzte Mal habe ich ihn vor bestimmt zehn Jahren gesehen, danach nicht mehr. Ehrlich gesagt war ich davon ausgegangen, dass er einen Weg zu Edith gefunden hätte. Da Du den Brief an meine Adresse geschickt hast, ist es wohl nicht so …*
*Ich wünschte, ich könnte Dir etwas anderes mitteilen, aber so ist es nicht.*
*Es grüßt, Uwe*

Astrid ließ den Brief sinken. Ihr Vater war verschwunden. Es war ihm doch etwas zugestoßen. Anders konnte es nach diesen Zeilen nicht mehr sein. Alles passte zusammen: Er hatte ihrer Mutter nicht mehr geschrieben, und sein bester Freund Uwe wusste nicht, wo er war. Tränen stiegen Astrid in die Augen.

»Schlimme Nachrichten?«, fragte Heike Ruhland mitfühlend.

Astrid blickte von dem Brief auf, als würde sie aus einer Trance erwachen. Sie hatte ganz vergessen, dass die Mutter ihrer besten Freundin noch mit ihr im Flur stand. Wie betäubt nickte sie. Und nahm nur noch am Rande wahr, dass Heike Ruhland sie in die Arme schloss.

# 1989

## 17

*Februar, West-Berlin*

Astrid wartete, bis der Bus die Haltestelle verlassen hatte, bevor sie die breite Straße überquerte. Es war noch nicht ganz hell an diesem kalten Februarmorgen, und daher war es nicht verwunderlich, dass außer ihr kaum Passanten unterwegs waren. Vielleicht war es hier, am Rande West-Berlins, aber auch generell nicht so bevölkert wie in Steglitz, oder gar im Zentrum selbst. Astrid musste zugeben, dass sie das sehr angenehm fand. Sie brauchte etwas Ruhe für sich, abseits vom Gedränge der Großstadt.

Sie war auf dem Weg zu dem jüdischen Friedhof in der Heerstraße. Seit sie aus den Briefen die ganze Wahrheit erfahren hatte, war sie zunächst vollkommen auf ihren leiblichen Vater Paul fixiert gewesen. Sie hatte ganz außer Acht gelassen, dass es da noch etwas gab, mit dem sie sich befassen sollte: Ihre Mutter hatte jüdische Eltern, damit hatte auch sie – Astrid – jüdische Wurzeln. Wurzeln, von denen sie nichts wusste.

Was wusste sie denn über das Judentum und die Juden? Dass sie die Thora lasen, koscher aßen, für sie der Samstag der heiligste Tag der Woche war und sie an Weihnachten Chanukka feierten und im Spätsommer das Versöhnungsfest Jom Kippur. Das hatte sie einmal in der Schule gelernt und es war nicht gerade viel.

Fünf Monate war sie nun schon in West-Berlin, wohnte mit Sabine in ihrem kleinen Zimmer und teilte sich mit ihr und ihrer Mutter Heike die nicht viel größere Wohnung. Auf die Dauer konnte das nicht so weitergehen, denn die Ruhland'sche Wohnung war nur auf zwei Personen ausgerichtet, nicht auf drei. Der Gedanke, dass sie sich etwas suchen musste, plötzlich allein in der großen Stadt leben sollte, belastete sie. Natürlich hatte sie darüber nachgedacht, in eine WG zu ziehen oder es ihrem Onkel Joachim nachzutun, und sich ein Zimmer zur Untermiete zu suchen. Aber es fühlte sich für Astrid nicht richtig an.

Sie war froh, dass es ihren Onkel auch nach Berlin verschlagen hatte. Schon immer hatte er ein offenes Ohr für sie gehabt, wenn ihre Mutter es nicht hatte. Er verstand sie, und sie verstand ihn. Jetzt trafen sie sich regelmäßig. Gingen spazieren, oder einen Kaffee trinken, manchmal sogar Pommes und Currywurst essen.

Der jüdische Friedhof an der Heerstraße lag in einer Waldfläche, und so musste Astrid noch ein Stück laufen. Es war merkwürdig, im Herzen in einer so großen Stadt wie Berlin plötzlich im Wald zu stehen. Inmitten von Bäumen, zwischen denen es frische Luft gab und auch die typisch idyllischen Waldgeräusche: das Rauschen der Blätter im Wind, Vogelstimmen, hier und da ein Knacken und Knarzen, während ihre eigenen Schritte vom Schnee auf der Straße gedämpft wurden. Astrid zog ihren Parka enger um sich. Bei einem Friedhof sprach man doch von der letzten Ruhestätte, und genauso kam es ihr hier vor: ruhig. Das gefiel ihr.

Sie ging langsam, hatte heute alle Zeit der Welt – und das war gut. Seit einigen Wochen jobbte sie als Verkäuferin im KaDeWe, dem Kaufhaus des Westens, stieg jeden Morgen in Steglitz in die U9, fuhr bis zur Uhlandstraße, stieg dort in die U3 um, und fuhr zum Wittenbergplatz in Schöneberg. Die Arbeit im KaDeWe war eintönig und langweilig. Sie musste Ware nachräumen, von Zeit zu Zeit an der Kasse aushelfen. Dennoch hatte der Job dort natürlich auch Vorteile. Vor allem, weil sie endlich wieder eigenes Geld zur Verfügung hatte. Aber durch den Mitarbeiterrabatt blieb jeden Monat ein Großteil ihres verdienten Gehaltes im KaDeWe, weil sie sich wieder neue Stoffe und Kleidung gekauft hatte. Es war einfach zu verlockend. Und so war sie ihrem großen Ziel New York noch immer nicht viel näher gekommen. Es ging alles nicht so schnell, wie Astrid es sich vorgestellt hatte.

Sie erreichte den Friedhof und spazierte im Schnee über die breiten Wege zwischen den Gräbern hindurch. Dabei machte sie bedächtige und vorsichtige Schritte, wie es ihr für diesen Ort angemessen erschien.

Auf den meisten Grabsteinen waren hebräische Schriftzeichen zu sehen, die Astrid nicht lesen konnte, aber auf einigen standen die Namen zusätzlich in lateinischer Schrift.

*Rosenthal, Steinberg, Gold, Liebermann, Friedland.*

Die Namen klangen vertraut in ihren Ohren. Und natürlich fand sie auch ein Grab mit dem Familiennamen *Stern.* Astrid blieb davor stehen. Las die Inschriften. *Jakob Stern, geboren 23. März 1875, gestorben 14. Oktober 1957. Rahel Stern, geb. Kaufmann, geboren 11. Mai 1879, gestorben 30. Januar 1959.*

Astrid ließ die Namen und Daten auf sich wirken. Hatten die beiden ihre Großeltern Ruth und Aaron gekannt? Waren diese aus Berlin an den Rhein gekommen? Und obwohl sie wusste, wie unwahrscheinlich dieser Gedanke war, hatte die Vorstellung, dass Ruth und Aaron Stern Jakob und Rahel Stern gekannt haben könnten, vielleicht sogar verwandt waren, etwas Tröstliches.

*

*Ost-Berlin*

Unter lautem Quietschen und Rattern schob sich das Tor des Stasi-Gefängnisses an diesem Februarmorgen zur Seite. Paul sah zu. Zum ersten Mal seit Jahren wieder in seiner eigenen Kleidung. Kleidung, die für diese winterliche Jahreszeit zu dünn war und die obendrein viel zu locker saß. Die Hose schlackerte ihm um die dünnen Beine und rutschte am Bund, obwohl er den Gürtel so eng geschnallt hatte, wie es möglich war. Er würde ein paar neue Löcher hineinmachen müssen, damit er passte. In der linken Hand trug er eine kleine Plastiktüte. Darin waren sein Portemonnaie, seine alte Uhr und ein Stofftaschentuch. Mehr hatte er nicht bei sich getragen, als man ihn geschnappt und inhaftiert hatte.

Endlich war das Tor so weit zur Seite gerollt, dass er hindurchtreten konnte. Er blickte auf die unscheinbare Straße davor. Auf den Schneematsch und auf die Wohnhäuser auf der gegenüberliegenden Seite. Wie hatte nur jemand auf die Idee kommen können, ein Gefängnis inmitten eines Wohngebiets zu errichten? So nah am normalen Leben und doch so weit entfernt.

Paul sah zur Seite, zu dem Wachmann, der regungslos neben ihm stand, bevor er den ersten Schritt auf das Tor zu machte, auf die rettende Freiheit zu. Fast fürchtete er, dass der Wachmann zum Leben erwachen und ihn zurückreißen würde. Dass er laut rufen würde, es sei alles nur ein Versehen, Paul müsse weiter einsitzen! Aber nichts geschah. Paul machte den nächsten Schritt, zögerlich. Immer noch hielt man ihn nicht auf, immer noch stand der Wachmann still an seinem Platz. Und endlich begriff Paul: Das hier war real. Es war echt! Er hatte seine Strafe abgesessen, er durfte wieder in die Freiheit, hinaus aus dem Gefängnis. Er ging schneller. Durch das Tor. Er ging tatsächlich durch das Tor! Nur drei Schritte reichten dafür. Drei Schritte, und er war auf der anderen Seite, war draußen. In der Freiheit. Paul konnte es nicht fassen.

Adrenalin jagte durch seinen Körper, während das Tor wieder zurück an seinen Platz rollte. Es schloss sich hinter ihm, als wäre es das Alltäglichste auf der ganzen Welt. Aber für Paul war es nicht alltäglich. Es war ungeheuerlich! Er war wirklich in der Freiheit. Er bemerkte, wie sein rechtes Bein zu zittern begann. Gleich würde es nachgeben. Dann würde er einfach so vor dem Tor zur Untersuchungshaftanstalt Berlin-Hohenschönhausen zusammenbrechen. Beinahe musste er darüber lachen. Im Gefängnis hatte er sich immer zusammengerissen, aber hier, in der Freiheit war es damit vorbei. Seine Kräfte waren aufgezehrt.

Er ballte die Fäuste und sog tief die kalte Winterluft in seine Lungen. Er würde jetzt nicht nachgeben! Er war Paul Lange! Er hatte in seinem Leben schon so vieles durchgemacht, und gerade hatte er es von einem scheinbar nicht enden wollenden Gefängnisaufenthalt in die Freiheit geschafft! Da würde er verdammt noch mal nicht zusammenbrechen!

Er hob den Kopf und machte einen Schritt nach vorn, dann noch einen und noch einen. Sein Bein zitterte immer noch, aber Paul hörte nicht auf, einen Schritt nach dem nächsten zu tun. Sich langsam, aber stetig vom Untersuchungsgefängnis Berlin-Hohenschönhausen zu entfernen.

Er war wieder ein freier Mann!

*

Berlin-Spandau war wie ein kleines Städtchen. Ein Städtchen mitten in der großen Stadt. Mit seinen alten Häusern und dem Kopfsteinpflaster in der Altstadt war es richtig beschaulich. Joachim saß auf dem Bett in seinem Zimmer. Das Fenster hatte er weit geöffnet, bei dem Versuch, den Lavendelgeruch loszuwerden, der sich hartnäckig in dem Raum hielt.

In den Händen hielt er einen zerknitterten Zettel, auf dem die Telefonnummer der nächsten Schneiderei stand, bei der er sich bewerben wollte. Er musste nur anrufen. Aber diesmal fiel es ihm schwer, sich dazu zu überwinden. Bei seinem letzten Vorstellungsgespräch war er so zuversichtlich gewesen und dann? Als er durch die Tür von *Toms Schneiderei* getreten war, hatte alles noch gut ausgesehen. Er war freundlich begrüßt worden, weil man ihn für einen potenziellen Kunden hielt. Als aber dann klar geworden war, dass er ebenjener Joachim Graf war, der eine neue Anstellung als Schneider suchte, hatte sich das Blatt schnell gewendet. Er sei zu alt, nicht mehr passend für ihr junges Unternehmen. Und damit hatte man ihn eilig wieder zur Tür hinauskomplimentiert.

Die nächste Absage, die sich in die Reihe der vielen Absagen der letzten Zeit eingliederte. Er wusste nicht, wie viele er noch ertragen könnte. Hier zählte scheinbar nicht, dass er das Schneiderhandwerk von der Pike auf gelernt hatte. Hier zählte nur, dass er beinahe die fünfzig erreicht hatte. Wenn das so weiterginge, müsste er einen Aushilfsjob annehmen. Als Lagerarbeiter oder Zeitungsausträger, sonst würde er sich das Zimmer bei der Basedow und sein Leben in Berlin nicht mehr lange leisten können. Und auch wenn ihn der Lavendelgeruch und die neugierige alte Frau manchmal störten, so war alles andere hier besser, als wieder nach Bad Godesberg zurückzukehren. Denn die Wahrheit war: Er traute sich nicht wieder zurück. Wusste nicht, wie er Edith je wieder würde unter die

Augen treten können, wusste nicht, wie er jemals wieder am Rhein würde leben können, mit dem Wissen, dass Frank ihn verleugnete – und dass nicht nur ihm gegenüber, sondern auch der Presse, und damit der ganzen Welt. Und dann wusste er nicht, was er tun sollte, wenn er in Bad Godesberg auf Frank treffen würde. Oder gar auf dessen Frau und Familie. Unvorstellbar. Er wusste, dass er das nicht durchstehen würde.

# 18

*Februar, Bonn-Bad Godesberg*

Edith wollte gerade den Briefkasten aufschließen, als sie hinter sich Schritte hörte. Sie drehte sich um und ließ vor Überraschung und Freude fast den Schlüsselbund fallen.

»Und? Wie ist mir die italienische Sonne bekommen?«

Auf dem Gehsteig vor der Villa, eingepackt in einen dicken Wintermantel, mit einer Sonnenbrille in den blonden Haaren, stand Rita. Ihre beste Freundin Rita!

Edith eilte die Stufen vor der Haustür hinunter und umarmte sie. »Was freu ich mich, dich zu sehen!«, rief sie. »Was führt dich an den Rhein?«

»Neben der Tatsache, dass ich das Rheinland mit all seinen Eigenheiten und meinen Freunden vermisse, meinst du?«

Edith nickte.

»Moment!« Rita trat einen Schritt zurück. Dann kramte sie in ihrer Handtasche und zog schließlich eine Postkarte hervor. Sie reichte sie Edith.

Die Vorderseite zeigte ein italienisches Motiv, auf der Rückseite konnte sie die krakelige Handschrift ihrer Freundin lesen:

*Ciao Bella!*
*Habe von Joachim gehört, hoffe, ihr haltet die Ohren steif. Wenn ich mal wieder in der Heimat bin, komme ich euch besuchen. Vermisse den Rhein!*
*Gruß und Kuss, Rita*

»Weißt du«, sagte ihre Freundin, »ich wollte eigentlich nur die

Karte schicken, aber dann hab ich gedacht: Nein, Rita!, die Grafs brauchen dich jetzt. Also bin ich selbst hergekommen.«

Edith umarmte sie ein zweites Mal. »Es ist wirklich gut, dass du da bist. Du hast mir gefehlt.«

»Du mir doch auch«, entgegnete Rita.

Als sie wenig später beide mit einer Tasse Kaffee am Küchentisch der Villa saßen, dachte Edith, wie schön es doch war, endlich wieder mit Rita zu reden und sich auszutauschen. So vieles hatten sie zusammen erlebt, so oft hatte ihre Freundin ihr mit Rat und Tat zur Seite gestanden. Rita mochte den Rhein vermisst haben, aber Edith hatte Rita vermisst. Und ihre gemeinsamen Spaziergänge am Rheinufer. Umso mehr freute sie sich, dass sie nun hier war. Mit ihr in Bad Godesberg. Während Joachim und Astrid fort waren.

»Dann sind sie also beide nach West-Berlin gegangen?«, fragte Rita nachdenklich.

Edith nickte.

»Und du und Britta, ihr haltet hier in Bad Godesberg die Stellung?«

»So könnte man es nennen. Nach dem Skandal war ganz schön was los in der Schneiderei. Es ist immer noch genug. Eigentlich zu viel für nur zwei.«

Rita trank nachdenklich einen Schluck von ihrem Kaffee. Dabei ließ sie ihren Blick schweifen. »Wo ist denn Britta überhaupt?«

»Noch in der Schneiderei.«

»Näht sie etwa noch Aufträge, während du hier zu Hause sitzt?«, frage Rita. Sie kniff die Augen zusammen. »Das kommt mir doch bekannt vor. Dein Bruder musste früher auch immer länger bleiben.«

»Nein, so ist das nicht«, beruhigte Edith ihre Freundin. »Britta hat sich vorgenommen, die komplette Buchführung auf den Kopf zu stellen. Sie will alles noch einmal prüfen und dann noch alle möglichen Vorgänge zur Planung und zur Abwicklung von Aufträgen verbessern.«

Rita zog die Stirn in Falten. »Ich dachte, das würdest du alles machen.«

»Das war auch bis vor Kurzem so.«

»Und dann?«

»Dann hat meine Jüngste einfach das Regiment übernommen.«

»Na, das klingt aber jetzt …«

»Doch, so war es. Sie hat mich heute nach Hause geschickt.« Edith lachte. »Kannst du dir das vorstellen? Meine Tochter schickt mich heim, damit sie in Ruhe an der Buchführung arbeiten kann.«

Rita fiel in das Lachen mit ein. »Du nimmst mich doch hoch!«

»Nein, genauso war es. Und glaub mir, als sie vor ein paar Monaten den Vorschlag gemacht hat, dass wir unsere Tätigkeiten tauschen sollen, hatte ich wirklich Bauchweh. Du weißt doch, wie viel Arbeit der ganze Papierkram macht und dass man dabei wie ein Luchs aufpassen muss, damit sich kein Fehler einschleicht.«

»Und wie ist es dann doch so gekommen?« Rita lachte immer noch.

Edith zuckte mit den Schultern. »Mit einem Mal hatte ich eine völlig neue Britta vor mir. Sie hat nicht mehr lange gefragt, sie hat einfach gemacht. Und was sie gemacht hat, war gut. Also hab ich sie weitermachen lassen.«

»Na, den Durchsetzungswillen hat sie von dir geerbt.« Rita schmunzelte.

»Das mag sein, aber die Begeisterung für den trockenen Papierkram bestimmt nicht!«

*

Langsam ging Astrid den Weg zurück zur Bushaltestelle. Der Besuch des Friedhofs hatte etwas in ihr ausgelöst. Sie konnte nicht genau sagen, was es war, aber sie war mit einem Mal tief erfüllt von einem Gefühl der Verbundenheit. Sie hatte den ersten Schritt getan, einen Teil ihrer Wurzeln kennenzulernen. Das war gut. Es war richtig. Es gab ihr Bedeutung. Und genau das war es doch, was das Leben ausmachte. Astrid konnte nicht verstehen, warum ihre Mutter all die Jahre nichts davon erzählt hatte. Warum sie ihre jüdische Herkunft seit so langer Zeit geheim gehalten hatte und immer noch geheim hielt.

Ein Bus stand bereits an der Haltestelle und wartete mit offenen Türen. Ein kurzer Blick auf den Fahrplan bestätigte ihr, dass es der Richtige für sie war. Sie stieg ein und nahm am Fenster Platz. Starrte auf ihre Hände, die sie im Schoß gefaltet hatte. Der Bus hatte noch wenige Minuten Aufenthalt, bevor er endlich losfahren würde. Durch die geöffneten Türen kroch die Winterkälte herein. Jemand klopfte an die Scheibe. Astrid sah auf und blickte geradewegs in tiefblaue Augen. Der Fremde vom Bahnhof Zoo stand draußen neben dem Bus.

»Hab ich doch richtig gesehen!«, rief er erfreut. »Du bist das!«

Sofort spürte sie, wie ihr die Röte in die Wangen stieg. Nie hätte sie gedacht, dass sie ihn noch einmal wiedertreffen würde. Genauso, wie sie nie gedacht hatte, einfach einmal einen Fremden zu küssen – auch wenn es eigentlich nur ein Küsschen auf die Wange gewesen war.

»Ich heiße übrigens René!«, rief er und legte den Kopf schief. Eine Strähne seines dunklen Haars fiel ihm ins Gesicht. Das sah niedlich aus. Erst jetzt bemerkte sie, dass er einen Gitarrenkoffer über der Schulter trug. *Ob er wohl so gut spielen kann wie Michael J. Fox in* Zurück in die Zukunft? Bei dem Gedanken musste Astrid lächeln.

Die Türen des Busses schlossen sich.

»Wie heißt du?«, rief René laut von draußen.

»Astrid!«, rief sie zurück. Der Bus fuhr an.

»Wo wohnst du?«, meinte sie ihn noch rufen zu hören, aber da hatte der Bus die Haltestelle bereits verlassen.

Sie sah zurück. René stand einsam und verlassen neben dem Fahrplan und blickte dem Bus hinterher. Eine Hand erhoben, als würde er das Fahrzeug aufhalten wollen. Astrid legte ihre Handfläche gegen die Fensterscheibe. Während René in der Ferne immer kleiner wurde, fragte sie sich mit klopfendem Herzen, ob sie sich noch einmal wiedersehen würden.

*

*Bonn-Bad Godesberg*

Edith verstaute einen Ballen Musterstoff im Ladenregal, als die Türglocke ertönte und Trude Hahn mit wutverzerrtem Gesicht hereingestürmt kam.

»Trude? Was hat dich denn so aufgeregt?«, fragte Edith. Sie schob sich eine Locke ihres kurzen Haars aus der Stirn.

»Was mich aufgeregt hat? Was mich aufgeregt hat, willst du wissen? Dein Bruder hat mich aufgeregt!«, rief Trude empört.

»Mein Bruder?«, erwiderte Edith.

»Ach, eigentlich ist es auch gar nicht dein Bruder, der mich aufregt, sondern die Reaktionen auf deinen Bruder!«

»Worum geht es denn genau?«, fragte Edith.

»Im Bundestag ging es heute um das Thema HIV und Aids, und da kannst du dir vorstellen, was da kam! Da wird nur noch von der Schwulenpest geredet. Und als ich das dementiert und die Rita Süssmuth und ihre hervorragende und vorausschauende Aids-Politik als Gesundheits- und Frauenministerin angeführt habe, da war es ganz vorbei.«

Edith nickte verständnisvoll. Auch nach so vielen Jahren hatten es die Frauen in der Politik nicht leicht.

»Und natürlich wussten die ganzen feinen Herren ganz genau, dass ich ja mit der Schneiderei Graf zu tun habe«, fuhr Trude fort.

»Das hat man dir zum Vorwurf gemacht?«, fragte Edith erschrocken.

»Nicht öffentlich. Aber durch die Blume reden, das können sie ja alle, und ich wusste ganz genau, was sie gemeint haben.«

»Oh, Trude … ich weiß gar nicht, was ich sagen soll.«

»Du musst nichts sagen. Es ärgert mich einfach nur. Diese Borniertheit und Engstirnigkeit in der Politik. Ich fühle mich wie Don Quichotte, kämpfe immer nur gegen Windmühlenflügel.« Trude ließ den Kopf hängen.

Edith legte einen Arm um ihre Freundin. Es war unglaublich, was für Wellen der Skandal rund um Joachim schlug. Dabei sollte es doch eigentlich egal sein, ob sich nun Mann und Frau oder Mann und Mann oder Frau und Frau liebten. Es ging hier um Liebe, und die sollte immer erlaubt sein. Aber die Angst vor Aids führte nicht nur in der Politik, sondern auch in weiten Teilen der Bevölkerung dazu, dass die homosexuelle Liebe verteufelt wurde.

»Wer ist hier Don Quichotte?«, ließ sich plötzlich Rita vernehmen. Sie trat aus dem Arbeitszimmer der Schneiderei nach vorn.

Trude Hahn stieß einen Freudenschrei aus und eilte dann an Edith vorbei, um Rita in die Arme zu schließen. »Ich wusste ja gar nicht, dass du zu Besuch kommst!«, rief sie.

»Ich bin nicht zu Besuch da«, erwiderte Rita.

»Aber hast du mir nicht gesagt, dass du nur zu Besuch kommst?«, wandte Edith erstaunt ein.

Rita lächelte, aber es erreichte ihre Augen nicht ganz. »Gesagt habe ich es nicht. Du hast es auf der Karte gelesen.«

»Das ist doch dasselbe.«

»Nein, ist es nicht. Kurz bevor ich die Karte abschicken wollte, hat sich etwas geändert.«

Edith und Trude sahen Rita fragen an.

»Ich sage es einmal so: *La bella vita* in Italia war zum Schluss nicht mehr so *bella*. Ich plane, mich wieder häuslich im Rheinland niederzulassen.«

# 19

*Februar, Ost-Berlin*

Paul stieg die wenigen Treppenstufen zur Haustür des Stadthauses hinauf. Obwohl schon so viele Jahre ins Land gegangen waren, seit er das letzte Mal hier gewesen war, hatte sich das Haus der Matusseks in Berlin-Treptow nicht verändert. Selbst der Schnee im Vorgarten schien noch derselbe zu sein.

Während er klingelte, fragte er sich, ob Uwe überhaupt zu Hause war. Aber da öffnete dieser schon die Tür.

Einen Moment musterte er Paul schweigend, bevor er sagte: »Paul? Bist du das wirklich?«

Paul lächelte vage. »Eine abgespeckte Version meiner selbst, aber ja.«

»Mensch! Ich glaub's ja nicht.« Endlich grinste Uwe. Sein Haar war mittlerweile licht geworden, und so kamen die abstehenden Ohren noch mehr zur Geltung. »Komm rein, Kerl! Dir muss doch kalt sein. Ich mach uns einen Kaffee. Irgendwo hab ich noch Mocca Fix Gold.« Und damit legte er einen Arm um Paul und schob ihn zur Tür hinein.

»Weißt du, ich war immer davon ausgegangen, dass du irgendwie rüber bist«, sagte Uwe, während er einen Topf mit Wasser auf den Herd stellte. »Dass du schon lange glücklich mit deiner Edith im Rheinland sitzt.«

Paul lehnte an der Küchenzeile. »Gesessen hab ich. Aber eben in Hohenschönhausen.«

»Hohenschönhausen?«

Paul nickte. »Du hast eben nicht ganz falsch gelegen. Ich hab versucht, rüberzukommen. Und dann hab ich eingesessen wegen versuchter Republikflucht und Beihilfe zur Flucht.«

»Hui!« Uwe riss die Augen auf.

»Eine hat es rüber geschafft, Uwe. Eine! Uns hat man gekascht.« Paul fuhr sich mit der Hand übers Gesicht, als könne er die Erinnerung an diesen Tag wegwischen. »Na ja, das ist jetzt Schnee von gestern.« Er versuchte sich an einem Lächeln, aber er sah deutlich in Uwes Augen, dass er ihn nicht damit täuschen konnte. Also ließ er seine Mundwinkel wieder sinken.

Uwe trat zu ihm und legte ihm eine Hand auf den Arm. »Weißt du, ich hab erst vor Kurzem an dich gedacht.«

»Warum denn?«, fragte Paul.

»Deine Tochter hat einen Brief geschickt.«

»Astrid?«

Uwe nickte. »Ja, deine Astrid.«

»Aber … sie weiß doch gar nicht … Edith muss es ihr erzählt haben.«

»Davon würde ich jetzt mal ausgehen.«

»Was hat sie geschrieben?«, fragte Paul.

»Keine Ahnung. Ich hab den Brief nicht geöffnet, er war ja für dich. Warte.« Uwe ging in den Flur.

Paul hörte, wie er an der Kommode hantierte. »Ich hab den Brief hier noch irgendwo«, rief sein Freund.

Pauls Herz schlug fester. Seine Tochter hatte ihm geschrieben!

Uwe kam mit einem Umschlag zurück. »Sie ist in West-Berlin«, sagte er und gab ihm den Brief.

Paul nahm ihn entgegen. Ungeschickt öffnete er ihn und zog einen Bogen Papier hervor. Dann setzte er sich an den Küchentisch und begann zu lesen.

Uwe wartete ab, bis er den Brief sinken ließ. »Was schreibt sie?«

»Edith und Heinz haben sich getrennt. Und meine Tochter hat studiert. Mode. Sie arbeitet in Berlin an ihrer ersten Kollektion.«

»Und was wirst du jetzt tun?«, fragte Uwe.
»Ich schreibe ihr.«
»Astrid oder Edith?«
»Beiden.«

*

*West-Berlin*

Der Stoff war blau. So tiefblau wie Renés Augen. In ihrem Magen kribbelte es. René, der an der Bushaltestelle stehen geblieben war, als ihr Bus losgefahren war. Dem sie nicht mehr hatte sagen können, wo sie wohnte. Immer wieder wanderten ihre Gedanken zu ihm.

Astrid fluchte, als die Maschine den Stoff in den Stofftransporteur einzog. Sie war unaufmerksam gewesen. Wegen Renés blauer Augen. Langsam drehte sie mit dem Handrad die Nadel aus dem Stoff und hob den Nähfuß an. Sie wusste, dass sie jetzt mit höchster Vorsicht agieren musste, bloß nicht an dem Stoff ziehen, sonst lief sie Gefahr, dass er riss und ein hässliches Loch entstand. Sie ruckelte vorsichtig daran – nichts zu machen. Mit einem weiteren Fluch öffnete sie die Klappe zur Unterfadenspule und versuchte, diese zu entnehmen, damit sie den Faden abtrennen und den Stoff von unten durch das Loch im Transporteur hinaufschieben konnte. Sie versuchte die Spule zu entfernen, aber der Faden hatte sich zu sehr festgezogen. Noch einmal fluchte sie. Alles nur, weil sie wieder an René denken musste, an seine tiefblauen Augen und sein Lächeln.

»Mensch, Süße, bist du heute unkonzentriert. Was ist denn los?«

Astrid wusste nicht, wo Sabine so plötzlich hergekommen war. Eigentlich hatte sie gedacht, das kleine Zimmer noch eine längere Zeit für sich zu haben. Sie ließ von dem blauen Stoffstück ab und drehte sich auf dem Stuhl zu Sabine um. »Die Maschine zickt einfach. Das ist los.«

Sabine durchquerte den Raum und begutachtete die Nähmaschine. »Na, na, na, wenn du so mit ihr redest, ist es kein Wunder, dass sie nicht mitmacht.«

»Das ist eine Maschine.«

»... die auch ihre Gefühle hat!«, rief Sabine. Gespielt empört legte sie eine Hand aufs Herz und die andere auf die Nähmaschine.

Astrid lachte. »Okay, okay. Zickig ist sie trotzdem. Du siehst doch, dass sie den Stoff eingezogen hat.« Sie zerrte erneut daran.

Sabine kniff die Augen zusammen und musterte Astrid aufmerksam. »Es liegt nicht an der Maschine. Dich beschäftigt doch was. Was ist es?«

Überrascht ließ Astrid von dem Stoff ab. Sabine mal wieder. Der blieb nichts verborgen. Sie lehnte sich auf dem Stuhl zurück und sagte: »René.«

»René. Soso.« Sabine grinste und ließ sich auf ihr Bett fallen. »Und wer ist René? Und woher kennst du ihn? Hast du ihn etwa im KaDeWe kennengelernt? Hat er Pinkepinke?« Ihre Freundin rieb die Fingerspitzen aneinander.

Astrid verdrehte die Augen.

»Dann jobbt er da nur, so wie du?«, bohrte Sabine weiter.

»Nee. René hat nichts mit dem KaDeWe zu tun. Er ist der Typ vom Bahnhof Zoo.«

Sabine riss die Augen auf. »Wat denn, wat denn, wat denn? Der, den du geküsst hast?«

»Ja.«

»Wo hast du ihn denn wiedergetroffen?«

»An der Bushaltestelle beim jüdischen Friedhof.«

»Dann haste den jetzt zweimal zufällig getroffen? Schicksal also!«, rief Sabine triumphierend. Sie trat einen Schritt zurück und ließ sich auf das Bett fallen.

»Was? Wieso denn Schicksal?«

»Na, weißt du, wie groß Berlin ist? Sich da zweimal zufällig über den Weg zu laufen, da kannste schon von Schicksal sprechen.«

»So groß ist Berlin nun auch wieder nicht«, widersprach Astrid.

»Ich glaub, mein Schwein pfeift! Das ist 'ne Metropole!« Sabine tippte sich an die Stirn.

Astrid hob abwehrend die Hände. »Gut, gut. Berlin ist groß«, gab sie zu. »Aber Schicksal oder nicht, noch mal werde ich ihn bestimmt nicht wiedersehen. Der Zug ist abgefahren. Na ja, eigentlich war es mehr ein Bus, der abgefahren ist: Ich saß drin, und er stand draußen.«

»Ist dann immer noch Schicksal.« Ihre Freundin nickte. »Aber halt Scheiß-Schicksal. Und nu musste ständig an den denken?«

»Ja, muss ich«, antwortete Astrid. »Guck es dir an.« Sie deutete auf den blauen Stoff, der im Transporteur der Nähmaschine steckte. »Der ist hin!«

»Dann schlage ich Folgendes vor: Du lässt den Stoff Stoff sein, und um die Maschine kümmere ich mich gleich, und dann schmieden wir zusammen einen Plan, wie wir dich dazu bringen können, den Typ zu vergessen, bevor deine ganze Kollektion darunter leidet. Klar?«

»Aber …«

»Du hast mir selbst gesagt, dass es im Augenblick für dich besser ist, unabhängig zu bleiben. Wegen New York und so«, sagte Sabine.

Astrid blickte noch einmal auf den blauen Stoff. »Du hast ja recht.«

»Es sei denn«, ließ sich Sabine vom Bett vernehmen, »du siehst ihn noch ein drittes Mal. Dann würde ich sofort alles zurücknehmen und sagen: Aller guten Dinge sind drei …, und das wäre dann definitiv Schicksal! Schönes Schicksal.«

Es war schon spät, als Edith nach Hause kam. Sie hatte den Abend mit Rita und Trude im Weinhaus Maternus verbracht. Sie hatten geredet, gelacht und Wein getrunken. Beinahe war es so wie früher gewesen. Edith hatte sich so unbeschwert gefühlt wie schon lange nicht mehr. Nach der anstrengenden Zeit seit dem Skandal hatte das gutgetan.

Der Wein war ihr ein wenig zu Kopf gestiegen, und so schwankte sie ganz leicht, als sie die Treppe hinaufging. Britta schien bereits zu schlafen, zumindest konnte sie kein Licht bei ihr sehen. Edith versuchte, möglichst leise durch den Flur zu gehen, und kam sich dabei wie ein Kind vor, dass nicht von den Eltern erwischt werden wollte. Bei dem Gedanken musste sie kichern. Vielleicht fühlte sie sich aber auch so, weil ihre beste Freundin Rita endlich wieder im Land war. In den letzten Jahren war ihr gar nicht bewusst gewesen, wie sehr sie ihr tatsächlich gefehlt hatte. Mit ihr war ein großes Stück ihrer Lebensfreude und Unbeschwertheit aus den alten Tagen zurückgekehrt.

Als sie in ihr Zimmer trat, stieß sie mit dem Fuß gegen den kaputten Karton. Immer noch hatte sie es nicht geschafft, ihn auf den Speicher zu tragen. Nach dem Vorfall mit Astrid auf der Treppe hatte sie den Karton notdürftig geflickt, alles wieder zusammengesucht und zurück in ihr Zimmer gestellt. Viel zu lange stand er nun schon wieder dort! Das musste sich ändern. Und zwar noch hier und heute! Kurzerhand packte Edith den Karton und trug ihn in den Flur. Langsam schlich sie an Brittas Zimmertür vorbei, dabei ließ der Wein sie wieder kichern. Sie schwankte, verlor das Gleichgewicht und plumpste mit dem Karton in den Händen auf den Hosenboden. Das Licht in Brittas Zimmer ging an, und dann öffnete ihre jüngere Tochter die Tür. Ihre dunklen Haare waren vom Schlaf zerzaust. Edith musste noch mehr kichern.

»Mama? Was machst du da?«

»Mit meiner Vergangenheit abschließen«, entgegnete sie.

Britta zog die Augenbrauen zusammen. »Kann es sein, dass du ein bisschen angeschickert bist?«

Edith nickte. »Das ist möglich.«

»Und da hast du wirklich gedacht, dass es jetzt die beste Idee wäre den Karton mit den Briefen … wohin wolltest du den bringen?«

»Auf den Speicher.«

»Das hast du für eine gute Idee gehalten?«

Wieder nickte Edith. »Die beste seit Jahren! Es ist endlich an der Zeit, neu anzufangen und nach vorn zu blicken!«

# 20

*April, West-Berlin*

Joachim blieb vor der unscheinbaren Tür in der Häuserflucht stehen. Lediglich ein kleines Schild an der Seite wies darauf hin, dass es ein Durchgang zum Hinterhof und dort wiederum eine Schneiderei zu finden war. Die, bei der er heute nach Arbeit suchen wollte. Auch hierbei handelte es sich wieder um ein junges Unternehmen, von dem man sich unter der Hand erzählte und sich Großes versprach. Joachim versprach sich vor allem eine Anstellung. Diesmal musste es endlich klappen.

Er öffnete die Tür und trat in einen engen Hausflur, der kaum beleuchtet war. Die gegenüberliegende Tür führte hinaus in den Innenhof und stand offen. Mit schnellen Schritten ging er darauf zu. Vorbei an Briefkästen und hohen Wohnungstüren und wieder hinaus ins Freie. Hier im Hinterhof hatte er das Gefühl, sich in einer anderen Welt zu befinden. Es war grün und hell, frühlingshaft. Überall wuchsen Pflanzen und Blumen, und die Sonne schien hinein. Vom Berliner Tram- und Straßenverkehr war kaum noch etwas zu hören. Es wirkte regelrecht friedlich. Joachim drehte sich im Kreis, auf der Suche nach der Schneiderei, und erblickte eine alte Schneiderpuppe, die neben einer Glastür stand, und um die jemand Stücke verschiedener Stoffe gebunden hatte. Er trat näher heran und spähte durch die Tür. Im Inneren sah er Holzkisten, die an der Wand gestapelt waren und in denen Stoffballen lagerten. In der Mitte des Raumes stand ein großer Tapeziertisch, auf dem verschiedene Kleidungsstücke ausgelegt waren, und an der gegenüberliegenden Wand hingen weitere Jacken, Röcke und Hosen an Wandhaken.

Joachim straffte die Schultern, bevor er die Glastür öffnete und eintrat. Das Schrillen einer Fahrradklingel ertönte und aus dem hinteren Bereich war ein »Ich bin gleich da, Moment!« zu hören. Langsam durchquerte er den Raum, musterte die fertigen Teile. Sie waren gut verarbeitet, aber dennoch entdeckte er hier und da kleinere Fehler. Nichts, was einem Kunden auffallen würde, aber er als gelernter Schneidermeister sah es. Joachim musste an seinen Vater denken. Richard Graf wäre bestimmt im Dreieck gesprungen, wenn er diese Fehler entdeckt hätte. Er war ein strenger Lehrmeister gewesen. Manchmal schon ein bisschen zu streng, aber aus heutiger Sicht wusste Joachim, dass er es nur seinem Vater zu verdanken hatte, sein Handwerk so gut zu beherrschen.

Da immer noch niemand im Laden erschienen war, ging Joachim nach hinten und linste durch die Tür, die zum Arbeitsraum führte. Ein junger Mann saß vornübergebeugt an einer Tischnähmaschine.

Joachim wollte gerade etwas sagen, sich bemerkbar machen, als der junge Schneider laut »Verdammt!« fluchte und unwirsch das unfertige Kleidungsstück unter dem Nähfuß hervorzog. »Scheiße! Alles ruiniert!«, rief er und warf es auf den Boden.

Joachim beugte sich herunter und hob es auf. Es war eine Weste.

Jetzt erst bemerkte ihn der junge Mann. »Was willst du denn hier hinten?«, rief er.

»Mich um Arbeit bewerben«, antwortete Joachim und untersuchte die Weste genau. Der Stoff war an einer Stelle gerissen.

Der Schneider musterte ihn von oben bis unten. »Ich weiß nicht … du bist echt schon ein Fossil.«

Innerlich seufzte Joachim. Die nächste Absage, nur weil er mal wieder zu alt war. Er ballte die Fäuste und damit auch die Weste, die er immer noch in der Hand hielt. Einem plötzlichen Impuls folgend, hob er sie hoch und sagte: »Wenn ich das hier retten kann, hab ich dann eine Chance?«

Der Schneider hob eine Augenbraue. »Was willste denn da retten? Das ist hin. Der Stoff ist gerissen, und da gibt's keine extra Nahtzugabe mehr.«

Joachim trat einen Schritt näher und legte die Weste auf den Tisch. »Wenn man hier das Futterteil auslässt«, sagte er und schob den Stoff auseinander, »und die Nahtkanten an beiden Seiten verschiebt, passt es wieder.« Er griff nach einer Schale mit Stecknadeln, nahm einige heraus und steckte sie in die Stoffteile, um zu verdeutlichen, was er meinte.

Der junge Mann rutschte auf seinem Stuhl zur Seite und musterte die Weste mit zusammengekniffenen Augen. »Das ist ja …«, begann er.

»… genial, ich weiß«, vollendete Joachim den Satz mit einem breiten Grinsen.

Der Schneider ließ sich auf dem Stuhl zurücksinken und musterte Joachim noch einmal von oben bis unten. Schließlich grinste er auch. »Okay. Ich nehm alles zurück, was ich vorhin gesagt hab. Kannste sofort anfangen? Ich bin übrigens Stefan.«

*

»Bist du dir sicher, dass das eine gute Idee ist?«, fragte Astrid. Nebeneinander gingen sie von der U-Bahn-Haltestelle in Steglitz zurück zur Ruhland'schen Wohnung.

»Klar, das wird Spitzenklasse!«, antwortete Sabine begeistert.

»Aber … in einem besetzten Haus?«

»Da muss ich nix zahlen. Ich hab doch kaum Asche.«

»Und wie finden die, die das Haus besetzen das?«, fragte Astrid. »Die sind doch bestimmt Links und gegen Konsum und Kapitalismus und alles andere. Und du willst da einen Laden aufmachen?«

»Mensch, Astrid, ich will nicht groß was verkaufen.«

»Wofür dann das Ganze?«

»Damit meine Klamotten bekannt werden, und damit auch ich. Das ist Avantgarde. Voll Underground. Wie Claudia Skoda.«

»Hat die auch einen Laden in einem besetzten Haus eröffnet?«, fragte Astrid.

»Glaube nicht. Aber das spielt keine Rolle. Ich will ja nicht alles eins zu eins kopieren.«

Astrid wusste, dass das für sie selbst nicht der Weg war. Sie wollte nicht in den Untergrund, sie wollte in den Vordergrund! Nach New York und auf die Laufstege der Welt. Aber wenn Sabine für sich beschlossen hatte, dass ihr eigener Weg in die Underground-Szene führen sollte, dann war das eben so. Sie waren schon immer sehr verschieden gewesen, und das war auch gut so.

Sie erreichten das große Wohnhaus und traten durch die hohe Holztür ins Treppenhaus.

»Das wird einfach spitze, glaub's mir, und dann kann ich da meine eigene Modenschau machen, und du kannst deine erste Kollektion zeigen. Das wär doch was, oder?« Sabine stieß sie mit dem Ellenbogen an, als sie die Treppen hinaufstiegen.

»Wenn ich die dann fertig hab«, antwortete Astrid ausweichend.

»Na, klar wirst du das.« Sabine zog den Wohnungstürschlüssel hervor, um aufzuschließen, aber die Tür wurde bereits von ihrer Mutter Heike geöffnet.

»Da seid ihr beide ja! Astrid. Es ist wieder Post von drüben für dich gekommen.«

»Wieder von drüben?«, fragte Astrid.

»Ja, von einem Paul Lange.«

*Liebe Astrid,*
*Du glaubst ja nicht, wie sehr mich dein Brief gefreut hat. Du hast geschrieben, dass in den letzten zehn Jahren viel passiert wäre, und wenn ich das so lese, dann ist es wirklich so. Bei mir ist in den letzten zehn Jahren nicht viel passiert, denn ich habe in Haft gesessen wegen versuchter Republikflucht. Jetzt wohne ich wieder bei meinem Freund Uwe und gewöhne mich langsam an den Alltag in »Freiheit«.*
*Ich freue mich darauf, mehr von Dir zu erfahren. Warum hast Du Dich für Berlin entschieden? Wie wird die Kollektion aussehen?*
*Viele Grüße, Paul*
*PS: Die Anrede Paul ist für mich völlig in Ordnung, bleib also ruhig dabei.*

*

Bonn-Bad Godesberg

*Mein Glücksbringermädchen,*
*ich hoffe, es geht Dir gut? Von unserer Tochter habe ich erfahren, dass Du schon einige Jahre geschieden bist. Auf eine seltsame Art und Weise schmerzt es mich, das zu hören. Heinz war ja einmal mein Freund. Aber dann freut es mich wieder, auch wenn ich mir denken kann, dass die Trennung für Dich bestimmt nicht einfach war.*
*Ich selbst habe die letzten Jahre im Gefängnis verbracht, deshalb habe ich Dir nicht mehr geschrieben. Ich war mir nicht sicher, ob sie die Briefe weiterleiten, und dann wollte ich nicht, dass sie lesen, was ich Dir schreibe. Das geht nur Dich und mich etwas an.*
*Warum ich gesessen habe, fragst Du Dich? Wegen versuchter Republikflucht. Einen Tunnel haben wir gegraben. Unter der Mauer hindurch. Fast wäre ich frei gewesen. Aber das Schicksal war wieder einmal nicht auf meiner Seite gewesen.*
*Die Jahre in Haft haben mich verändert. Aber in meinem Herzen bin*

*ich noch derselbe Paul, der mit Dir durch den Kottenforst spaziert ist. Ich liebe Dich. Du bist und bleibst mein Mädchen. Immer.*
*Ich warte auf Deinen Brief.*
*In Liebe, Dein Paul*

Edith ließ den Brief sinken. Sie stand noch immer im Flur der Villa, so, wie sie eben zur Tür hereingekommen war. Die restliche Post lag vor ihr auf dem Boden. Sie hatte sie fallengelassen, als sie realisierte, dass Paul ihr geschrieben hatte. Ihr Herz klopfte fest in ihrer Brust. Seine alten Briefe hatte sie sicher auf dem Speicher verwahrt, und dann kam nach all den Jahren wie aus dem Nichts ein neuer. Gerade, als sie beschlossen hatte, nach vorn zu blicken und mit der Vergangenheit abzuschließen.

So oft hatte sie sich gefragt, warum Paul nicht mehr geschrieben hatte, hatte sich gefragt, ob ihm etwas zugestoßen wäre, ob er sie vergessen hätte. Manchmal hatte sie sogar gedacht, dass er vielleicht eine andere Frau kennengelernt und in der DDR eine eigene Familie gegründet hatte. Aber niemals war sie davon ausgegangen, dass Paul versucht hatte, aus der DDR zu fliehen und dabei geschnappt worden war. Dass man ihn inhaftiert hatte. Er hatte sie nicht vergessen, und er war auch ganz sicher nicht mit einer anderen Frau glücklich geworden. Wie hatte sie das nur jemals von ihm denken können? Und doch, ihr Herz war verletzt gewesen, als keine Briefe mehr von ihm kamen. Verletzt und gebrochen.

Jetzt, da sie die Wahrheit kannte, konnte sie nicht verstehen, warum es ihr nie in den Sinn gekommen war, dass es einen anderen Grund für Pauls Schweigen geben konnte.

Sie wollte sich gar nicht ausmalen, was er im Gefängnis durchmachen musste. Wenn auch nur die Hälfte von dem stimmte, was man sich über die berüchtigten Stasi-Gefängnisse erzählte …

Ediths Magen wurde schwer, und sie schluckte gegen den Kloß in ihrem Hals an.

Paul hatte geschrieben, dass er sich verändert hätte, und auch sie war nun eine andere, die Mutterschaft, die Scheidung und das Leben selbst hatten sie verändert. Sie war schon lange nicht mehr die junge Frau, die sie einmal gewesen war. Die junge Frau, die mit Paul einen wunderbaren Sommer verbracht hatte. Die junge Frau, die mit ihrer Freundin Rita zum Tanztee gegangen ist und nur davon geträumt hatte, eine Lehre zur Damenschneiderin bei Kurt Klemens Modelle in Mehlem zu machen.

Sie beide hatten sich verändert. Die Vergangenheit konnten sie nicht mehr zurückholen. Aber es gab etwas, dass sie doch wieder vom Speicher herunterholen sollte: die kleine Schachtel mit dem Ring. Auch diese lag in dem Karton mit den alten Briefen.

Edith sammelte die restliche Post vom Boden auf und legte sie zusammen mit Pauls Brief auf die Kommode im Flur. Dann stieg sie die Treppen hinauf zum Speicher.

Wenig später saß sie neben dem Karton auf dem staubigen Boden und hielt den Ring in Händen. Früher hatte sie ihn an einer Kette um den Hals getragen, unter ihrer Bluse verborgen. Damit ihn noch niemand sah, weil sie doch mit Paul zusammen ihrer Familie und ihren Freunden mitteilen wollte, dass sie sich verlobt hatten.

Tränen stiegen ihr in die Augen, als sie daran dachte, wie sie auf dem Bahnsteig auf Paul gewartet hatte, was für große Sorgen sie sich gemacht hatte und wie groß der Schrecken gewesen war, als sie einige Tage später vom Mauerbau erfahren hatte – und dann von ihrer Schwangerschaft.

Edith schob den Ring auf den Ringfinger ihrer rechten Hand. Das Metall war angenehm kühl auf ihrer Haut. Es war an der Zeit, ihn wieder zu tragen. Für sich selbst und für alle sichtbar.

Langsam schlenderte Astrid neben ihrem Onkel Joachim über die Straße des 17. Juni. Es war in diesen letzten Apriltagen schon angenehm warm und so hatte sie wieder ihr Lieblings-T-Shirt mit dem Micky-Maus-Print angezogen und trug eine Karottenjeans dazu. Das Haar hatte sie mit einem Samt-Zopfgummi zu einem seitlichen Zopf gebunden. Immer, wenn sie sich vorbeugte, um sich etwas auf den Flohmarkttischen anzusehen, klimperten die Plastikohrringe, die Sabine ihr geschenkt hatte. Sie waren neonbunt, so wie ihre Freundin es liebte, und Astrid gefiel das gut.

Ein Tisch reihte sich an den nächsten. Der Flohmarkt erstreckte sich schnurgerade über die ganze lange Straße. Wohin das Auge blickte, gab es Nippes und Tinnef. Kinder verkauften alte Puppen, Brettspiele und Rennautos, ältere Damen boten Kristallschalen, -vasen und -aschenbecher an. Es gab Stände mit Kassetten und Schallplatten, an manchen auch Elektrogeräte, Radios, Haartrockner oder Mixer.

Astrid war auf der Suche nach alten und ausgefallenen Stoffen und nach noch mehr alten Kleidungsstücken aus Jeansstoff, die sie für ihre Kollektion wiederverwenden konnte. Aber bislang hatte sie noch nichts Passendes entdecken können. Onkel Joachim wirkte furchtbar gelangweilt, und sie bereute es, überhaupt hierhergekommen zu sein, als ihr an einem Stand Geschirrtücher aus den 1970er-Jahren ins Auge fielen und dazu noch etwas, das wie eine alte Jeanshose aussah. Begeistert trat Astrid näher und beäugte die Auslage von allen Seiten. Vorsichtig griff sie nach einem der Geschirrtücher und hob es an. Es war orange-braun gemustert, und sofort musste sie an ihre Schrankwand in ihrem Zimmer denken und an die Tapete, die ihr Jugendzimmer in Friesdorf geziert hatte.

»Die sind im besten Zustand. Da gibt's hier keine besseren«, sagte eine stämmige Frau, die hinter dem Tisch stand. »Gucken Se.« Sie deutete mit der Hand die Straße hinauf und hinunter. »Nur icke hab so Küchentücher!«

Astrid zögerte. Sie wusste, wie es auf einem Flohmarkt ablief. Wenn sie zu viel Freude zeigte, zu interessiert war, würde sie niemals einen guten Preis aushandeln können. Sie ließ das Geschirrtuch wieder auf den Tisch fallen »Wie viel wollen Sie denn für so eins haben?«, fragte sie und griff nach der Jeanshose. Sie entpuppte sich als Latzhose.

»Zwei Mark pro Küchentuch und fuffzehn für die Hose«, antwortete die Frau resolut.

»Na ja«, sagte Astrid gedehnt und legte die Latzhose zurück, »die sehen aber alle schon ziemlich mitgenommen aus.«

»Mitgenommen? Junge Frau! Haben Se keine Augen im Kopf? Ich sag's noch mal: Topp Zustand! Und die Hose ist wie neu.«

»Ich weiß nicht. Onkel Joachim!«, rief sie. »Du bist doch Schneider. Guck dir das hier mal an.«

Er trat sofort näher und kniff fachmännisch die Augen zusammen.

»Und?«, fragte Astrid. »Was sagst du?«

Ihr Onkel drehte sich zu ihr und zwinkerte ihr so zu, dass nur sie es sehen konnte. Dann sagte er: »Na, ich weiß nicht. Neue Küchenhandtücher bekommst du an jeder Ecke günstiger, und die Hose … also die hat aber bessere Tage gesehen. Komm, lass uns weitergehen.«

Er wollte sich schon abwenden, aber auch die Verkäuferin hatte jetzt Feuer gefangen. »Doch, gucken Se.« Sie hob den Stapel mit den Geschirrtüchern an und begann, die einzelnen Tücher zu entfalten. »So Muster, die gibt's so ja gar nicht mehr neu zu kaufen. Und die Hose erst! Die ist wie neu.«

»Passen Sie auf«, sagte Astrid. »Ich geb Ihnen dreißig Pfennig pro Tuch und fünf Mark für die Hose, und dann wir sind quitt.«

»Dreißig Pfennig?«, rief die Frau empört und sah sie fassungslos an, aber Astrid konnte genau sehen, wie viel Freude in ihren Augen funkelte. Sie schien das Handeln genauso zu lieben wie Astrid.

»Da geb ich Ihnen recht«, mischte sich Onkel Joachim ein, »dreißig Pfennig sind viel zu viel! Und ein Heiermann für die Hose? Das ist alles zu teuer.«

Er sagte es mit solch ernster Miene und Tonfall, dass Astrid sich das Lachen verkneifen musste.

*

Joachim blickte zu seiner Nichte, die voller Stolz eine prallvolle Tasche im Arm trug. Er musste lächeln. Zuerst hatte er die Idee, einen Flohmarkt zu besuchen, gar nicht gut gefunden, aber das Gespräch mit der Verkäuferin eben, das Feilschen hatte ihm Spaß gemacht. Auf insgesamt zwölf Mark und fünfzig Pfennig hatten sie die Verkäuferin runterhandeln können. Für die Latzhose und fünf Küchentücher. Ein echtes Schnäppchen, und es freute Joachim, dass Astrid sich freute.

»Soll ich die Tasche tragen?«, fragte er sie.

»Ach, was«, entgegnete sie mit einem Grinsen, und Joachim musste schmunzeln.

Sie waren am Ende der Straße angekommen, nur noch wenige Tische standen hier. Joachim schaute gar nicht mehr genau, welche Waren und Gegenstände genau feilgeboten wurden, ließ seinen Blick unbestimmt schweifen, bis sein Blick plötzlich an der Kamera hängen blieb. Es war eine Zeiss, das sah er sofort. Er ging näher heran. Es war nicht nur irgendeine Zeiss. Sein Herz machte einen Hüpfer. Es war eine Zeiss Ikon Nettar II! Genauso eine wie die, die in der untersten Schublade seines Schreibtisches in der Dürenstraße in Bonn-Bad Godesberg schlummerte.

»Astrid, warte mal«, sagte er zu seiner Nichte, bevor er

nach der Kamera griff und sie hochhob. Auch sie steckte in einer Ledertasche, die man mit einem Druckknopf verschließen konnte und die einen dünnen Lederriemen zum Umhängen hatte. Alles fühlte sich vertraut an, und Joachim konnte es nicht genau sagen, warum, aber mit einem Mal erfüllte ihn eine freudige Erregung. Er hob die Kamera an und sah durch den Sucher. Es war wieder wie damals, als er seinen Fotoapparat von seinem Patenonkel Willi geschenkt bekommen hatte. Es war sein Geburtstag gewesen. Seiner und Ediths. Sie hatten im Garten hinter der Villa gesessen. Und Joachim hatte das erste Mal durch den Sucher einer Kamera geblickt. Es war magisch gewesen. Und es war auch jetzt magisch.

»Ein schönes Modell«, sagte eine dunkle Stimme.

Joachim wandte sich um, immer noch blickte er durch den Sucher, geradewegs in das Gesicht eines jungen Mannes mit dunklen Augen und Haaren.

*Ein schönes Modell*, dachte Joachim, und er meinte nicht die Zeiss Ikon Nettar II. Seine Mundwinkel zogen sich hoch, und er ließ die Kamera sinken.

»Onkel Joachim«, ertönte Astrids Stimme, und er fuhr beinahe ertappt zu ihr herum. Für einen Augenblick hatte er vergessen, dass er nicht allein hier war.

»Hast du nicht früher fotografiert?«, fragte seine Nichte, der scheinbar nichts weiter aufgefallen war.

Joachim nickte.

Astrid verlagerte die Tasche auf ihren Armen. Er blickte noch einmal kurz zu dem jungen Mann hinter dem Stand. Dann wieder zu Astrid. Plötzlich hatte er eine Idee. »Hör mal, was hältst du davon, wenn du schon mal nach Hause fährst? Du hast doch bestimmt schon was mit der Jeans und den Geschirrtüchern im Sinn, oder? Was sagst du?«

Darüber musste Astrid nicht lange nachdenken. »Eine großartige Idee!«, rief sie erfreut. »Aber du kommst nachher noch vorbei? Ja?«

»Aber natürlich«, sagte Joachim schnell. Seine Augen huschten zu dem jungen Mann zurück, der ihn offen anlächelte.

»Dann bis später«, rief Astrid, sie war bereits in Richtung der Straßenbahnhaltestelle unterwegs.

Joachim winkte ihr mit der Kamera in der Hand nach. Als sie außer Sichtweite war, drehte er sich zum Stand zurück. Der junge Verkäufer lächelte immer noch.

»Ich heiße übrigens Michael, aber du kannst mich Michi nennen«, sagte er.

»Joachim«, erwiderte Joachim, und sein Hals war mit einem Mal merkwürdig trocken.

»Nett, dich kennenzulernen, Joachim.« Michi zwinkerte, und Joachim kam es so vor, als würden ihre Blicke sich ineinander verschränken. Als wäre da etwas zwischen ihnen. »Die Kamera ist ein echtes Sammlerstück«, fuhr der junge Mann plötzlich in geschäftsmäßigem Ton fort. »Gut erhalten und völlig funktionstüchtig. Ich hab hier auch passende Filme.« Er hob zwei kleine Kartons hoch.

Joachim seufzte innerlich. Er hatte wohl etwas zu viel in die Freundlichkeit hineininterpretiert. Der junge Mann wollte doch nichts anderes, als seine Flohmarktware verkaufen.

*

Astrid saß an Sabines Schreibtisch. Sie freute sich wie ein Kind am Weihnachtsabend. Aufgeschlagen vor ihr lag ihr Skizzenbuch. Die letzte halbe Stunde hatte sie damit verbracht, neue Ideen festzuhalten. Ideen, was sie aus der Latzhose und den Geschirrtüchern nähen konnte. Die Hose würde sie für ihre Kollektion nutzen, und aus den Tüchern plante sie Taschen. So lange schon hatte sie immer nur Kleidungsstücke genäht, aber die großen und wilden Muster schrien geradezu nach Umhängebeuteln.

Astrid freute sich darauf, ihrem Onkel gleich ihre Ideen präsentieren zu können. Und was würde Sabine erst sagen, wenn sie die abgefahrenen Küchenhandtücher zu Gesicht bekam? Sie liebte doch alles Bunte und wild Gemixte.

Als es an der Tür klingelte, sprang Astrid geschwind auf und ließ ihren Onkel herein.

»Wo hast du die Kamera gelassen?«, fragte sie mit Blick auf seine leeren Hände.

»Ach …« Er machte eine wegwerfende Geste. »Dazu hab ich im Moment gar keine Zeit.«

Astrid entging nicht, wie er leicht das Gesicht verzog, und sie vermutete, dass da noch mehr dahinterstecken musste.

Bevor sie nachfragen konnte, sagte er: »Und? Was planst du aus deiner Ausbeute zu nähen?«

Sofort vergaß Astrid alles. »Am liebsten hundert Sachen, wenn das nur möglich wäre!«, rief sie begeistert. »Komm mit, ich zeig dir meine Skizzen.« Und damit zog sie ihn durch den schmalen Wohnungsflur und in Sabines Zimmer.

Stolz setzte sie sich an den Schreibtisch und reichte ihm das Skizzenbuch. »Schau!«

Er nahm es und betrachtete die Zeichnungen. »Sehr schön«, murmelte er. »Wirklich sehr schön.«

Er gab ihr das Buch zurück und sah sich im Zimmer um. »Ganz schön klein, und ihr seid zu zweit. Wie macht ihr das?«

Astrid zuckte die Schultern. »Ich weiß nicht, wo ich sonst wohnen soll.«

»Warum?«

»Allein wohnen will ich nicht, und bei einem WG-Zimmer hab ich Angst, dass ich die Leute da nicht mag … Weißt du, mit Sabine würde ich sofort eine WG gründen oder meinetwegen mit dir.«

»Mit mir?«, fragte er erstaunt.

Astrid riss die Augen auf. Eben hatte sie es nur so dahingesagt, aber als ihr Onkel es wiederholt hatte, war ihr bewusst geworden, dass genau das die Idee war! Warum war ihr das nicht schon früher eingefallen? In Bad Godesberg hatte sie auch mit ihm zusammengewohnt. Gut, streng genommen war das keine WG gewesen, aber sie hatten sich eine Wohnung geteilt, warum nicht auch jetzt? »Ja, das ist es: Wir zwei gründen eine WG!«, rief sie freudig aus.

»Wir zwei … eine WG?«

»Ja! Wir können gemeinsam auf Wohnungssuche gehen. Was meinst du? Wenn wir zusammenlegen, können wir uns die Miete für eine Bude leisten.«

Sie sah, dass ihr Onkel ihren Vorschlag durchdachte.

»Du bist doch nicht glücklich bei der alten Basedow. Immer erzählst du mir, wie furchtbar neugierig sie ist«, sagte sie daher schnell. »Und in der Dürenstraße haben wir auch zusammengewohnt«, fügte sie ihren eigenen Gedanken an.

»Das ist …«, begann er langsam, »das ist gar nicht mal so eine schlechte Idee.«

»Ist ja auch von mir«, erwiderte Astrid und grinste.

# 21

*Mai, Ost-Berlin*

Die ersten Minuten nach dem Aufwachen waren die schlimmsten. Dieser kurze Moment, halb im Dämmerschlaf, in dem er dachte, noch in der Gefängniszelle zu sein. Es war jedes Mal so real. Er konnte es hören, es riechen, es beinahe schmecken. Die abgestandene Luft, den Geruch einer Mischung aus Bleiche und Erbrochenem und dann den metallischen Geschmack im Mund. Jeden Morgen fiel er aufs Neue darauf herein. Weil es so unfassbar war, dass er sich in Freiheit befand. Dabei war diese Freiheit gar keine richtige Freiheit: Er war immer noch in Ost-Berlin, in der DDR. Frei wäre er erst, wenn er im Westen war. Frei wäre er erst, wenn er Edith wieder in seine Arme schließen könnte, wenn er seine Tochter – seine erwachsene Tochter! – endlich kennenlernen würde. Sein Kind.

Paul schlug die Bettdecke zur Seite und stand auf. Er hatte mit einem Mal den starken Drang, sich zu bewegen. Er musste raus aus dem Zimmer. Sich vergewissern, dass er den Raum und das Haus verlassen konnte. Jederzeit, wenn er es wollte, und nicht zu vorgegebenen Zeiten wie in der Haft.

Nach seiner Entlassung hatte man ihm nahegelegt, eine Arbeit bei der VEB Akkumulatoren-Fabrik in Oberschöneweide anzutreten. Die DDR war ein Arbeiterstaat, und genau das erwartete dieses Land von seinen Bürgern: Sie sollten arbeiten. Alle in Lohn und Brot stehen. Die Schichtarbeit am Fließband war eintönig. Der Geruch von Batteriesäure beißend. Aber heute hatte er frei. Zum Glück.

Rasch zog er sich an und verließ das Haus, ohne etwas ge-

gessen zu haben. Zu so früher Stunde und nach dem ersten Schreck des Aufwachens war ihm der Magen zu flau für Nahrung. Er würde später etwas essen, wenn er wieder zurück war. Wie so oft ging er hinüber in den Treptower Park. Uwe war schon lange los. Er musste zeitig in der Charité sein, vor allem, seit er die Oberarzt-Stelle hatte. Paul war seinem Freund sehr dankbar, dass er ihn wieder bei sich aufgenommen hatte. Das war nicht selbstverständlich. Aus Sicht der Stasi warf es ein schlechtes Licht auf Uwe, einen ehemaligen Häftling, einen Dissidenten, bei sich aufzunehmen. Bestimmt war er jetzt besonderer Überwachung ausgesetzt, so wie auch Paul.

Im Park war es bunt geworden. Das Gras und die Bäume hatten ein sattes Grün angenommen, und die Blumen streckten ihre leuchtenden Blütenblätter der Sonne entgegen. Paul sog die frische Luft in seine Lungen. Freute sich über die Weite um ihn herum.

Es war friedlich im Park. Vögel zwitscherten, die Spree floss sanft dahin. Hier konnte er für einen Moment alles vergessen und abschalten. Sich vorstellen, dass die Zeit stehen geblieben war. Dass er sich wie früher nur die Zeit vertrieb, bis die nächste Fahrt für Rudolf Schilling nach Bonn anstand. Damals, als alles noch schön und die Zukunft rosig gewesen war.

Er setzte sich auf eine Bank und ließ seinen Blick auf dem Wasser des Flusses ruhen. Es war nun schon eine Weile her, dass er Edith und Astrid Briefe geschickt hatte. Seine Tochter hatte ihm zwischenzeitlich geschrieben und von ihrer Kollektion erzählt, aber von Edith hatte er noch nichts gehört. Er wusste nicht, was das zu bedeuten hatte.

Sein Magen begann zu knurren. Höchste Zeit zu frühstücken. Paul stand auf und ging durch den Park zurück zu Uwes Stadthaus. Er wollte gerade die Haustür aufschließen, als er den Postboten hörte.

»Warten Sie!«, rief dieser. »Ich habe Post für Sie, die können Sie direkt mitnehmen, ja?«

Paul ging die Stufen wieder hinunter, auf den Postboten zu und nahm zwei Briefe in Empfang. Einer war an Uwe adressiert und der andere an ihn. Pauls Herzschlag beschleunigte sich. Er brauchte nicht auf den Absender zu schauen, um zu wissen, von wem dieser Brief war. Dafür kannte er die Handschrift viel zu gut.

Der Brief war von Edith.

*Mein geliebter Paul,*
*ich hatte solche Sorge um Dich. Hatte schon befürchtet, dass Dir etwas zugestoßen sei. Aber wo Du wirklich warst, warum Du so lange nicht mehr geschrieben hast … nicht einmal im Traum hätte ich daran gedacht.*
*Die Trennung von Heinz, ja, sie war nicht einfach. Aber es war die richtige Entscheidung. Ich habe danach endlich meine Lehre zur Damenschneiderin beendet und auch meinen Meister gemacht. Ja, Du liest richtig: Ich bin Schneidermeisterin. (Obwohl auf meinem Meisterbrief »Schneidermeister« steht … eine weibliche Form gibt es nicht. Kannst Du Dir das vorstellen? Wo doch so viele Frauen in diesem Berufsfeld arbeiten?)*
*Die Mädchen, Astrid und Britta, sie haben mir in der schweren Zeit Kraft gegeben. Haben mich durchhalten lassen. Ich musste für sie stark sein, und damit war ich es auch für mich selbst. Jeden Tag aufs Neue. Einen Tag nach dem anderen. Aber das ist vermutlich nichts im Vergleich zu dem, was Du durchgemacht hast. Paul, ich mag mir gar nicht vorstellen, wie furchtbar das gewesen sein muss. Du schreibst, dass Du nun ein anderer bist. Auch ich habe mich verändert, bin nicht mehr die junge Frau von damals. Wenn wir uns nur wiederbegegnen könnten, ich frage mich, wie es wäre. Weißt Du, wenn ich an uns denke, dann sehe ich uns immer im Kottenforst. Als wäre die Zeit stehen geblieben. Dabei wissen wir beide, dass es nicht so war.*

*Wirst Du mir wieder regelmäßig schreiben, wie früher? Was machst Du jetzt, und wie geht es Uwe?*
*Schreib mir bald.*
*Ich liebe Dich, Deine Edith*

*

*Bonn-Bad Godesberg*

»Sie glauben doch nicht, dass ich noch länger darauf warte! Das ist ja wohl ein Witz!«

Die dunkle Stimme war so laut, dass Edith sie über das Surren der Maschine hörte. Sie nahm den Fuß vom Pedal.

»Eins kann ich Ihnen sagen: Mich haben Sie heute zum letzten Mal gesehen!«

Edith lauschte, aber sie konnte nicht verstehen, was Britta darauf erwiderte. Rasch stand sie auf und ging nach vorn ins Ladengeschäft der Schneiderei Graf.

»Das tut mir aufrichtig leid, aber ich kann es nicht ändern. Wir haben jetzt im April besonders viele Aufträge«, sagte Britta gerade in einem ruhigen Ton.

Der Kunde fluchte. Sein Gesicht war rot. »Das Sie überhaupt wagen, sich Schneiderei zu nennen! In jedem Warenhaus in Bad Godesberg bekomme ich heutzutage hochwertigere Kleidung als bei Ihnen. Vor allem schneller!«

»Wenn Sie die Vorzüge der Maßschneiderei nicht zu schätzen wissen, sind sie auf jeden Fall dort besser aufgehoben«, erwiderte Britta mit einem Lächeln.

Edith riss den Mund auf, doch bevor sie etwas sagen konnte, wirbelte der Mann auf dem Absatz herum und stürmte zur Tür der Schneiderei hinaus. Die Glocke ertönte, und Edith hatte das Gefühl, dass sie heute besonders schrill klang.

Für einen Moment stand sie da wie erstarrt, blickte dem Kunden durch das Ladenfenster hinterher, bis er im Gedränge der Menschen auf dem Theaterplatz verschwunden war. Sie drehte sich zu ihrer Tochter. »Britta! Ist das wirklich die Art, wie du unser Geschäft führen willst? Indem du unsere Kunden verärgerst, sodass sie nicht mehr wiederkommen wollen?«

»Glaub mir, dieser Mann gehört nicht zu den Menschen, die wir zu unseren Kunden zählen wollen.«

»Aber …«

»Mama. Er war schon ein paarmal da. Hat jedes Mal um den Preis und die Fertigungszeit feilschen wollen. Es darf für ihn nichts kosten, und dann muss es auch noch schnell gehen. Selbst wenn wir nicht so viele Aufträge hätten wie im Augenblick, wäre das nicht möglich gewesen. Wir stehen für Qualitätsarbeit.«

Edith sah ihre Tochter ehrlich erstaunt an. »Du hast recht«, sagte sie.

»Ich weiß«, erwiderte Britta schlicht.

*

*West-Berlin*

Astrid drehte sich langsam und ließ alles auf sich wirken. Ihr Reich. Ihr eigenes kleines Reich hier in Berlin. Durch das große, deckenhohe Fenster konnte sie die Dächer von Schöneberg sehen, und das Licht fiel wunderbar hell in das Altbauzimmer. An der Wand stand ein Tisch, den sie auf dem Sperrmüll gefunden hatte, und darauf thronte ihre Nähmaschine.

Bei der Wohnungssuche hatten sie einfach großes Glück gehabt. So, wie das im Leben manchmal war. Ohne ein bisschen Glück ging es nicht. Natürlich musste man das meiste selbst dazu tun, von allein fiel einem nichts in den Schoß, aber ganz ohne das Quäntchen Glück ging es nicht.

Nachdem sie beschlossen hatte, mit ihrem Onkel eine WG

zu gründen, hatte sich mit einem Mal alles gefügt. Die Wohnung in Schöneberg war ein Tipp von seinem neuen Arbeitgeber gewesen. Und als sie dort die Zusage bekommen hatten, war alles andere wie von allein hinzugekommen. Der Tisch war so ein Beispiel. Aber auch ihr Regal, dass sie aus alten Obstkisten vom Supermarkt auf der anderen Straßenseite selbst zusammengezimmert hatte und in das sie ihre geliebte Schneekugel mit der Freiheitsstatue gestellt hatte. Neben dem Regal stand das Bett, das sie über Sabines Mutter Heike von einem Bekannten bekommen hatte.

Das Lieblingsstück in ihrem neuen Zimmer aber war die fahrbare Regalstange. Die war im KaDeWe ausgemustert worden, weil eine der Rollen abgebrochen war. Astrid hatte kurzerhand im Baumarkt eine neue Rolle gekauft, und schon war die Stange wieder wie neu. Daran hingen nun ihre ersten drei Kollektionsstücke: eine schmal geschnittene Jeansbluse mit Goldknöpfen auf den Schulterriegeln und einer dezenten Tüllrüsche am Saum, daneben ein zweireihiger Blazer aus Jeans mit betonten Schultern, mit einem Tülleinstecktuch in der Brusttasche und innen gefüttert mit dem tiefblauen Jerseystoff, den die Maschine eingezogen hatte. Und dann noch der Minirock aus Jeansstoff, auch dieser mit einer dezenten Tüllrüsche. Klare Linien, in Jeans gefasst, kombiniert mit reduzierten, bunten Nuancen; und jedes Teil konnte einzeln getragen, aber auch mit den anderen kombiniert werden. Das war Astrid ganz wichtig. Ihre Kleidung sollte vielseitig sein.

Jedes Mal, wenn sie ihre fertigen Stücke an der Kleiderstange ansah, erfüllte sie das mit großem Glück. Ihr eigenes Label, es war jetzt greifbar. Ebenso der große Traum von New York.

Ein weiteres Mal drehte sie sich und betrachtete die Wände ihres Zimmers. Die waren allesamt weiß und nackt. Vielleicht war es an der Zeit, Plakate und Postkarten zu kaufen, mit denen sie sie verschönern konnte. So wie in ihrem Zimmer in der Villa in Bad Godesberg. Ihre Posterwand mit dem Filmplakat von *Zurück in die Zukunft* kam ihr in den Sinn. Und sofort wanderten ihre Gedanken zu René. Und wieder einmal ärgerte sie sich darüber, dass sie ihm nicht noch hatte sagen können, wo sie wohnte.

*

Die Luft war schwer von Zigarettenrauch, und Cyndi Lauper schallte Joachim aus den Lautsprechern entgegen, als er den Club an diesem vorletzten Maiabend betrat.

Bislang hatte er sich nicht in die Schwulenszene getraut. Zu Hause im Rheinland war er nie in den einschlägigen Bars und Clubs gewesen. Von Frank angesteckt, hatte er seine Homosexualität streng geheim gehalten. Jetzt musste er erst lernen, offen damit umzugehen. Und hier konnte er das. In Berlin war man aufgeschlossen gegenüber allem, was in den Augen engstirniger Menschen gegen die Konventionen war. Dennoch hatte er auch hier lange gebraucht, bis er emotional dazu bereit gewesen war, diesen Schritt zu wagen. Sich öffentlich als schwul zu zeigen. Aber heute hatte es ihn gepackt. Seit er endlich eine feste Anstellung als Schneider hatte und mit Astrid in die gemeinsame WG gezogen war, hatte er zum ersten Mal das Gefühl, richtig in Berlin angekommen zu sein. Und deshalb hatte er zur Feier des Tages beschlossen, sich auf das Abenteuer einzulassen, sich in der Szene zu zeigen.

Joachim spürte neugierige Blicke auf sich ruhen, er zögerte, sein Mut wollte ihn verlassen, aber dann ging er entschlossen auf die Theke zu. Er würde wenigstens ein Bier trinken, sagte er zu sich selbst. Ein Bier – und wenn er sich danach immer noch unbehaglich fühlen würde, konnte er wieder gehen. Dann hätte er zumindest den ersten Schritt getan, und das war besser als nichts.

Er nahm auf einem Barhocker Platz und bestellte sich ein

Pils. Während er darauf wartete, nahm er sich einen Bierdeckel und untersuchte ihn von allen Seiten. So war er nicht untätig. Hatte Kopf und Hände beschäftigt und musste sich nicht immerzu fragen, ob ihn gleich jemand ansprechen würde und wie das sein würde. Beinahe musste er über sich selbst lachen. Da stand er in der Mitte seines Lebens und führte sich gerade wie ein unsicherer Teenager auf. Dann aber dachte er, dass das alles hier für ihn so neu war, da hatte er das Recht, sich so aufzuführen.

Das Bier wurde serviert, und Joachim nahm einen großen Schluck. Der herbe Geschmack war wohltuend. Er nahm gleich einen weiteren. Spürte, wie der Alkohol seine Kehle hinunterrann und er sich langsam entspannte.

Er hatte das Glas gerade leer getrunken und überlegte, ob er noch eins bestellen sollte, als er eine dunkle Stimme hinter sich hörte.

»Joachim?«

Er fuhr herum und blickte geradewegs in die dunklen Augen des Flohmarktverkäufers. »Michi?«, fragte er überrascht. Nie hätte er erwartet, hier ein bekanntes Gesicht zu sehen. Und dann sackte Joachim die Erkenntnis in den Magen, dass es nur einen Grund dafür geben konnte, dass Michi hier war, in dieser Bar. Ein zartes Paar Schmetterlingsflügel breitete sich in seinem Magen aus, flatterte aufgeregt hin und her, bei dem Gedanken, dass er sich das auf dem Flohmarkt doch nicht eingebildet hatte.

»Darf ich mich zu dir setzen?«, fragte Michi lächelnd.

Doch, da war etwas, das auch in ihm jetzt wieder da war. Es knisterte. Joachims Herz schlug schneller. Er nickte.

Michi setzte sich auf den Barhocker zu seiner Linken. »Was trinkst du?«

»Pils«, antwortete Joachim, und seine Stimme kam ihm in seinen eigenen Ohren beinahe piepsig vor. Der junge Flohmarktverkäufer zwinkerte ihm zu und bestellte zwei Pils beim Barkeeper.

Nachdem sie angestoßen hatten, fragte Michi unvermittelt: »Und jetzt erzähl mir bitte, was mit der Kamera ist. Du hast die angesehen, als hättest du einen Schatz gefunden, und dann hast du sie doch nicht gekauft. Was steckt dahinter? Ich hätte dich ja auf dem Flohmarkt gefragt, aber du warst plötzlich weg.«

Joachim seufzte und nahm einen großen Schluck von seinem Bier. »Ich hab früher mal fotografiert. Mit genauso einer.«

»Und heute?«, fragte Michi.

Joachim leerte sein Glas und drehte es in den Händen. »Ich hab schon lange nicht mehr fotografiert.«

»Warum nicht?«

»Lange Geschichte.« Joachim versuchte, das Bierglas genau mittig auf dem Bierdeckel zu positionieren.

Michi nahm ihm das Glas aus der Hand. Während er mit einer Geste dem Barkeeper zu verstehen gab, dass er zwei neue Pils haben wollte, sagte er zu Joachim: »Ich hab Zeit.« Wieder lächelte er.

Joachim wurde warm. Michi war so offen und freundlich. Und dann erzählte er ihm jedes Detail seiner vergangenen Fotokarriere.

»Du warst also mal mit einer Frau zusammen«, resümierte Michi, als er geendet hatte.

Joachim nickte.

»Und dann …?«

»… hab ich Frank kennengelernt.«

Michi zog die Augenbrauen hoch. In sein Gesicht trat ein Ausdruck, den Joachim für einen Moment nicht deuten konnte. »Frank?«, fragte Michi, seine Stimme klang belegt. »Dann bist du vergeben?«

Jetzt musste Joachim lächeln. »Nein«, antwortete er, und

er wusste nicht, ob es daran lag, dass er drei Gläser Bier getrunken hatte, oder daran, dass es so angenehm war, sich mit Michi zu unterhalten, aber der Mut packte ihn, und er legte seine Hand auf Michis und sah ihm tief in die Augen.

»Ist das der Grund, warum du in Berlin bist, weil ihr euch getrennt habt?«, fragte Michi. Er legte seine andere Hand auf die von Joachim.

»Ja, das kann man so sagen«, antwortete er ausweichend. Er zog seine Hand zurück.

»Dann gibt es einen anderen Grund?«, bohrte Michi nach.

»Ja, es … es gab einen Vorfall.«

»Vorfall?« Michi nahm zwei neue Gläser Pils in Empfang und reichte eins an Joachim weiter.

»Frank. Er … er ist verheiratet«, sagte Joachim. Schnell nahm er einen Schluck von seinem Bier.

»Das kenne ich gut. Hatte ich auch mal. Aber das ist kein Grund, von zu Hause wegzugehen.«

»Er ist ein Politiker«, sagte Joachim trocken.

»Oh. Kenn ich ihn?« Michi setzte das Glas an die Lippen.

»Möglich. Frank Lindemann.«

Michi verschluckte sich beinah an seinem Bier. »Was? Der Lindemann? Mensch, davon hab ich in der Zeitung gelesen. Das warst du? Aber der hat doch gesagt, das wäre alles nur eine abgekartete Kampagne gegen ihn.«

»Tja, war es nicht«, antwortete Joachim.

»Das ist ja ein Ding!«

»Da sagst du was.«

Michi nahm einen großen Schluck von seinem Bier. Er musterte Joachim. Und endlich sagte er: »Dann verstehe ich endlich die traurigen Augen.«

»Traurige Augen?«, fragte Joachim erstaunt.

»Auf dem Flohmarkt. Du hast so traurige Augen gehabt, als ich mit dir geflirtet hab.«

»Du hast mit mir geflirtet?«

»Ja, was glaubst du denn? Meinst du wirklich, ich würde jeden so ansehen und mit jedem so sprechen?«

Joachim spürte, wie ihm das Blut in die Wangen schoss. »Und jetzt?«

Michi strich kurz über seine Hand. »Okay. Ich sag dir was: Das hier«, er zog einen Stift hervor, nahm sich einen Bierdeckel und notierte etwas, »das ist meine Adresse. Komm doch mal vorbei. Am besten abends ab sechs Uhr.«

»Warum?«, fragte Joachim atemlos.

»Weil ich die Kamera noch hab, und ich denke, du solltest sie bekommen.«

»Das ist alles?« Beinahe war er etwas enttäuscht.

Michi grinste und strich Joachim mit zwei Fingern über die Wange. »Was denkst du denn?«

# 22

*Juni, West-Berlin*

»Komm, wir fahren mit der S-Bahn zum Halensee«, rief Sabine, da war sie noch nicht ganz zur Tür von Astrids Zimmer hereingekommen.

Astrid, die gerade einige Postkarten an der Wand angebracht hatte, drehte sich zu ihrer Freundin um. Mit einer Hand wischte sie sich den Schweiß von der Stirn. Das Radio dudelte leise im Hintergrund. *Good Thing* von den Fine Young Cannibals. Ja, dachte Astrid, baden war eine gute Idee, bei der Hitze.

»Bist du denn schon fertig im Laden?«, fragte sie ihre Freundin.

»Ich hab heute so viel geräumt, ich brauch jetzt eine Pause. Was glaubst du, warum ich hier bin? Also, fahren wir zum See oder nicht?«

»Gut«, antwortete Astrid schnell. Sie schob eine der Postkarten ein Stückchen höher, und dann fiel ihr etwas ein: »Mist! Ich muss erst noch einkaufen.«

»Was? Warum das denn?«

»Ich hab keinen Badeanzug, nicht mal einen Bikini«, erklärte Astrid.

Sabine brach in Gelächter aus.

»Was ist daran so lustig?«, fragte Astrid.

»Badeanzug«, prustete Sabine.

»Ja, natürlich Badeanzug.«

»Ihr seid ganz schön prüde im Rheinland, kann das sein?« Sabine ließ sich kichernd auf Astrids Bett fallen.

»Was hat denn das eine mit dem anderen zu tun?«, fragte

Astrid, die gerade nicht verstand, was ihre Freundin so erheiterte.

»Am Halensee ist FKK.«

Astrid riss die Augen auf. »FKK?«

»Freikörperkultur«, erklärte Sabine.

»Mensch! Ich weiß, was das heißt.«

»Bist du dir sicher?« Sabine lachte immer noch. »Also, es heißt auf jeden Fall, dass du keinen Badeanzug brauchst. Selbst im Bikini haste da zu viel an.«

»Sehr lustig«, entgegnete Astrid reserviert.

»Ja, genau das ist es.«

Und jetzt saß Astrid mit Sabine in der S-Bahn und sah aus dem Fenster. Je näher sie der Haltestation Halensee kamen, desto nervöser wurde sie. Sie war noch nie zum FKK-Baden gewesen. Im Rheinland gehörte das nicht zu den üblichen Dingen. Aber so sehr sie auch versucht hatte, sich dagegen zu sträuben, Sabine hatte sich nicht davon abbringen lassen, und irgendwann hatte Astrid doch zugestimmt. Es war so unerträglich heiß, ein Bad im See versprach eine willkommene Abkühlung. Und dann dachte sie wieder: *Mich kennt ja niemand hier in Berlin. Wen soll ich hier schon treffen?* Also hatte sie schließlich zugestimmt, die Freikörperkultur einmal selbst auszuprobieren.

Einmal am Badesee angekommen, war alles ganz selbstverständlich gewesen. Es gab keine komischen oder neugierigen oder gar abschätzigen Blicke. Es war wie an jedem anderen Badesee auch, nur dass niemand bekleidet war. Es war das Normalste auf der ganzen Welt, wie Astrid erleichtert feststellte.

Nachdem sie mit Sabine ein paar Runden im See geschwommen war, hatten sie es sich auf ihren Handtüchern in der Sonne bequem gemacht. Sabine lag auf dem Bauch und las in einer Zeitschrift.

Astrid kramte ihren Walkman aus dem Rucksack und entwirrte das Kopfhörerkabel. Sie hatte sich schon lange nicht mehr die Zeit genommen, ihrer Lieblingsmusik zu lauschen. Aber heute brauchte sie BAP. Brauchte ihre Portion Kölschrock, den hier in Berlin niemand kannte und wohl auch niemand schätzen würde. Sabine hatte sich zwar einmal von ihr überreden lassen, sich einige Stücke anzuhören, aber sie konnte der Stimme Wolfgang Niedeckens nichts abgewinnen. Astrid vermutete, dass es eher daran lag, dass die Freundin den Dialekt nicht verstanden hatte.

Sie setzte den Kopfhörer auf und ließ sich nach hinten auf ihr Handtuch sinken, dann drückte sie auf *Play* und schloss die Augen. Das Gitarrensolo von *Do kanns zaubere* setzte ein. Astrid spürte, dass sie sofort eine Gänsehaut am ganzen Körper bekam. Vielleicht war BAP nicht die beste Musik im FKK-Bad. Sie wollte sich gerade wieder aufrichten und den Walkman ausschalten, da bemerkte sie, dass jemand vor ihr in der Sonne stehen musste.

Sie öffnete die Augen und blinzelte. Als sie erkannte, wer da stand, riss sie sie weit auf. »Du?«, rief sie gleichermaßen laut und erschrocken. Die Hitze schoss ihr in die Wangen, und sie versuchte, ihr Handtuch unter sich hervorzuzerren, um sich damit zu bedecken. Gleichzeitig fluchte sie innerlich. Hatte sie eben nicht gedacht, sie würde hier niemanden treffen, den sie kannte?

Da hatte West-Berlin fast zwei Millionen Einwohner, und wer musste ausgerechnet am FKK-See auftauchen? Natürlich: René.

»Was hörst du denn da?«, fragte er seelenruhig. Er deutete auf den Walkman, der bei der Handtuchaktion neben sie ins Gras gerutscht war.

Astrid zog sich den Kopfhörer von den Ohren, aber bevor sie antworten konnte, fragte Sabine: »Willst du mich nicht vorstellen?« Sie hatte sich auf den Rücken gedreht, stützte sich entspannt auf die Ellenbogen und musterte René neugierig.

Astrid hatte jetzt zumindest eine Ecke des Handtuchs so weit herausgezogen, dass sie es sich über Brust und Schoß legen konnte. Sie räusperte sich. »Sabine, das ist René. René, darf ich dir meine Freundin Sabine vorstellen?«

»Das ist dein Fang vom Bahnhof Zoo? Der, den du danach noch an der Bushaltestelle getroffen hast?«, fragte Sabine unverblümt.

Astrid funkelte ihre Freundin an, aber die war gänzlich unbeeindruckt.

»Ja, genau der bin ich«, erwiderte René. Wieder grinste er schief.

»Süße!«, rief Sabine leicht entrüstet. »Wie haste den denn nur einfach so stehen lassen können? Ich wär aus dem Bus gesprungen, der ist ja zum Anbeißen!«

Astrid wollte etwas erwidern, aber René war schneller: »Danke für die Blumen.« Er zwinkerte Sabine zu, und Astrid konnte nicht umhin, zu bemerken, dass René im Gesamtpaket überaus attraktiv war.

Sabine grinste René an, und er grinste zurück. Astrid verdrehte die Augen. »Wollt ihr zwei nicht mal miteinander ausgehen?«, fragte sie bissig.

»Eine sehr gute Idee!«, erwiderte Sabine und grinste noch breiter. Sie wandte sich zu René: »Freitagabend, haste Zeit?«

»Klar«, sagte René.

»Gut. Wir treffen uns um Achte am Bahnhof Zoo, und du bringst einen Freund mit, damit wir zu viert sind. Einverstanden?«

»Logo!«, erwiderte René. »Und dann erzählst du mir, was du für Musik hörst, okay?«, sagte er zu Astrid, bevor er sich mit dem Zeigefinger zum Gruß an die Stirn tippte. »Ich muss leider weiter. Wünsche den Damen noch fröhliches Badevergnügen. Man sieht sich Freitag.«

»Genau, bis Freitag!« Sabine winkte René fröhlich hinterher, während Astrid nur noch fassungslos zwischen ihrer Freundin und der durchaus auch sehr attraktiven Kehrseite Renés hin und her blicken konnte und sich dabei fragte, was hier gerade passiert war. Immer noch hielt sie die Ecke des Handtuches über sich.

»Jetzt lass doch mal das Handtuch los!«, rief Sabine, um sich dann zu Astrid hinüberzudrehen und in der gleichen Lautstärke zu fragen: »Wieso hast du mir denn nicht erzählt, dass René wie der Typ aus *Zurück in die Zukunft* aussieht? Süße! Das wäre die erste Info gewesen, die ich dir gegeben hätte. Und du sagst einfach nichts dazu!«

Astrid blickte an Sabine vorbei und sah, dass René stehen geblieben war und jetzt wieder zu ihr hinschaute. Hatte er Sabines Worte gehört? Sie warf ihrer Freundin einen warnenden Blick zu, aber die fuhr immer noch laut fort: »Mensch! Du stehst doch voll auf den Schauspieler.«

Astrid spürte, wie sie wieder rot anlief. Aus dem Augenwinkel sah sie zu René, der ihr grinsend zuzwinkerte. Ja, er musste jedes Wort verstanden haben.

*

*Bonn-Bad Godesberg*

»Edith, da tut sich was. Immer mehr Menschen kommen rüber in den Westen. Über die grüne Grenze. In Ungarn zum Beispiel. Das wird immer mehr.«

Sie hatte sich an diesem Mittwoch im Juni mit Trude und Rita zum Mittagstisch im Weinhaus Maternus getroffen. Hier saßen sie jetzt an einem der Tische im hinteren Bereich.

»Was nutzt mir das«, antwortete Edith. »Die Mauer steht. Fest und unerschütterlich.«

»Wenn noch mehr aus der DDR fliehen, wird die Regierung handeln müssen, etwas verändern müssen. Weißt du, in der Politik hat das Volk immer die Macht, alles zu ändern«, erwiderte Trude bestimmt.

»In deiner Vorstellung von Politik vielleicht, aber nicht im wahren Leben. Schau es dir an: Du musst immer noch im Bundestag als Frau um Anerkennung kämpfen. Nach all den Jahren! Das ist doch nicht richtig. Da kannst du mir nicht erzählen, dass das Volk die Macht hätte.«

»Jetzt sei nicht so hart zur Trude«, mischte Rita sich ein. »Sie hat die Mauer nicht gebaut.«

»Du hast ja recht. Es ist nur ... Rita, du weißt, wie es damals war. Und nun habe ich endlich ein Lebenszeichen von Paul. Ich hab Angst, dass ich wieder enttäuscht werde, wenn ich jetzt zu viel Hoffnung hege.«

Trude legte ihr eine Hand auf den Arm. »Hoffnung zu haben, hat noch nie geschadet. Und wenn du zu viel Angst hast, dann glaube ich für dich fest daran.«

»Und ich auch!«, bekräftigte Rita.

Edith nickte dankbar. In diesem Moment kam die Bedienung und teilte Speisekarten an sie aus.

Im Weinhaus Maternus wurden ausschließlich rheinische Spezialitäten serviert. Gute und deftige Hausmannskost, die die Gaumen der Bad Godesberger, aber auch die Gaumen von Politikern aus aller Welt erfreute – zum Beispiel Reibekuchen mit Apfelmus, Matjes auf Schwarzbrot, gebackenen Camembert, Sauerbraten oder Rouladen. Das mochte Edith am Maternus. Dass es eigentlich ein schlichtes Weinlokal war, aber genau durch diese Einfachheit und vor allem durch die Gastfreundlichkeit und Herzlichkeit von Ria Maternus lebte. Auch jetzt wuselte die Gastwirtin zwischen den Tischen umher, sprach mit jedem, scherzte und lachte. Edith sah ihr beeindruckt zu. Ria war schon über die siebzig, und Edith hoffte, dass sie in dem Alter auch so agil sein würde.

»Edith, ich meine es so, wie ich es sage: Ich hab es einfach im Gefühl, dass sich da etwas tun wird«, sagte Trude. »Die Bürgerinnen und Bürger der DDR machen sich auf! Die Medien berichten darüber. Man spricht darüber. Und das ist es, was zählt. Das ist es, was eine Änderung herbeiführen wird.«

»Also, ich weiß nicht …«, begann Edith.

»Mensch, Edith!«, rief Rita. »Jetzt lass es doch einfach zu, dass Trude und ich fest daran glauben!«

Edith lächelte. »Na gut. Du hast ja recht.«

»Das will ich aber auch meinen!« Rita lächelte, und auch Trude musste schmunzeln.

Die Bedienung erschien wieder, um ihre Bestellung aufzunehmen. Trude und Rita bestellten Bratkartoffeln mit Spiegelei und Edith Himmel un Ääd, dazu je ein Viertel Grauburgunder und eine Flasche Mineralwasser für sie drei zusammen.

»Ich hab sie angerufen«, sagte Edith, nachdem die Bedienung wieder gegangen war. Sie drehte den schmalen Goldring an ihrem Ringfinger.

»Wen?«, fragten Trude und Rita gleichzeitig.

»Astrid. Ich wollte wissen, ob sie auch Kontakt zu Paul hat.«

Trude zog eine Augenbraue hoch. »Und?«, fragte sie. »Was sagt sie?«

»Sie war sehr kurz angebunden. Paul schreibt ihr, hat sie gesagt«, antwortete Edith.

»Das ist doch schön, dass die beiden jetzt Kontakt miteinander haben«, sagte Rita.

»Ja, schon«, gab Edith zu. »Aber werden sie sich je persönlich kennenlernen können?«

»Kopf hoch. Vielleicht lassen sie Paul irgendwann ausreisen. Sie wollen doch die strengen Reisegesetze anfassen und modernisieren«, sagte Trude.

»Als wenn die tatsächlich etwas ändern würden.« Edith

winkte mit der freien Hand ab und nahm einen weiteren Schluck Wein.

»Wer weiß?«, entgegnete Trude. Auch sie nippte an ihrem Glas. »Der Druck, der im Moment vonseiten der Sowjetunion auf der DDR lastet, ist auch nicht zu verachten. Ich denke, am Ende des Tages können wir Michail Gorbatschow für seine Politik danken.«

»Du sprichst von Glasnost und Perestroika? Seine Politik der Transparenz und Offenheit?«, fragte Rita.

»Genau das. Ihr werdet schon sehen. Gorbatschow hat als Staatspräsident der Sowjetunion so viel bewegt und erneuert, der wird bestimmt noch den Kalten Krieg beenden und die Grenzen zur DDR lockern.« Trude nickte bestätigend zu ihren eigenen Worten.

Edith trank den Rest ihres Weins in einem Zug leer. »Also deinen guten Glauben in die Menschheit und vor allem in die Politik hätte ich manchmal gern.«

# 23

*Juli, West-Berlin*

Sabine und ihre spontanen Ideen. Wer hatte sich sofort klasse mit Maik, dem Freund von René, verstanden und Astrid allein gelassen? Natürlich ihre beste Freundin Sabine. Und mit wem war Astrid dann unausweichlich konfrontiert gewesen, weil Sabine und Maik niemanden mehr um sich herum wahrgenommen hatten? Natürlich wieder mit René.

Nachdem sie sich am Bahnhof Zoo getroffen hatten, gab es eine kurze Diskussion, wie man den Abend denn zu verbringen gedachte. Schnell hatte sich herauskristallisiert, dass es nach Kreuzberg gehen sollte. Also waren sie mit der Bahn dorthin gefahren und hatten sich in einem der zahlreichen Hinterhof-Biergärten einen Platz gesucht und dabei noch weitere Freunde von René und Maik getroffen. Sabine und Maik hatten ununterbrochen gequasselt, und so hatte Astrid sich den halben Abend mit René unterhalten. Nun wusste sie, dass er in Charlottenburg wohnte, Jura studierte und sich gerade auf sein Staatsexamen vorbereitete. Und abends arbeitete er als Musiker, spielte in verschiedenen Bars Gitarre, um sich seinen Lebensunterhalt zu finanzieren. Astrid musste zugeben, dass sie davon ehrlich beeindruckt war. Sie fand René interessant und sein Lächeln süß. Eine leise Stimme in ihrem Kopf erinnerte sie daran, was sie zu Sabine gesagt hatte: Dass es im Moment für sie besser wäre, unabhängig zu bleiben, wenn sie ihren Traum von New York verwirklichen wollte. Aber dann fragte sie sich, ob sie nicht auch unabhängig bleiben und trotzdem mit René flirten könnte.

Lange hatten sie im Biergarten gesessen, bis Sabine und

Maik plötzlich die Idee gehabt hatten, einen Spaziergang durch Kreuzberg zu machen, weil die Luft noch so sommerlich warm war. In einem großen Pulk machten sie sich auf. Astrid hatte mittlerweile den Überblick verloren, wer mit wem befreundet war und wer wen woher kannte. Es war auch egal. Sie waren eine große und fröhliche Runde.

Irgendwann waren sie an die Mauer gelangt, der sie nun in Richtung des Brandenburger Tors folgten. Während die anderen vorneweg gingen, ließ Astrid sich weiter und weiter zurückfallen. Die Nähe und der Anblick der Mauer hatte ihr deutlich vor Augen geführt, dass es ihr vermutlich nie vergönnt sein würde, ihren Vater persönlich zu treffen.

Da hatte sie erfahren, dass ihr Vater ein anderer war, als sie all die Jahre gedacht hatte. Hatte endlich Kontakt mit ihm aufgenommen und wusste doch, dass es nie mehr sein würde. Weil er hinter dieser verdammten Mauer steckte, vor der sie gerade stand. Hinter dieser Betonwand, die bunt von Graffiti war. Gesichter, Schriftzüge, abstrakte Formen, alles wild durcheinander.

Astrid ging näher an die Mauer heran, und einem plötzlichen Impuls folgend trat sie mit aller Kraft dagegen. Der Beton war hart und unnachgiebig, und sofort tat ihr der Fuß weh. Mit einem Mal erfüllte sie eine Wut. Darüber, dass ihre Mutter ihr so lange vorenthalten hatte, wer ihr Vater war, darüber, dass sie ihr nie von ihren jüdischen Wurzeln erzählt hatte, und darüber, dass dieses Mahnmal aus Beton ihre Eltern getrennt und in zwei verschiedene Bahnen gelenkt hatte.

Wieder trat sie zu, nahm ihre Hände dazu und trat und hieb auf die Mauer ein. Es tat so gut, die Wut herauszulassen. Und es mischte sich noch mehr darunter. Sie war wütend, dass ihre Kollektion immer noch nicht fertig war, und darüber, dass New York zwar ihr großes Ziel war, sie aber konkret noch nichts in dieser Richtung in die Wege geleitet hatte.

Tränen stiegen ihr in die Augen. Liefen heiß über ihre

Wangen. Sie hörte auf zu treten und zu schlagen. Am meisten war sie wütend darüber, dass sie sich selbst belog und es auch noch wusste. Sie lehnte sich mit der Stirn und den geballten Fäusten gegen den kalten Beton. Ihre Wut verebbte so schnell, wie sie eben gekommen war. Jetzt war nur noch eine große Traurigkeit in ihr. Und eine große Leere.

Anni, die Lkw-Fahrerin kam ihr wieder in den Sinn. Die hatte von der klaren Linie gesprochen. Davon, klar im Kopf und im Herz zu sein. Und eigentlich war Astrid der Meinung gewesen, diese klare Linie gefunden zu haben und ihr zu folgen, indem sie nach West-Berlin gegangen war. Aber nun musste sie einsehen, dass sie vielleicht im Kopf klar gewesen war, aber im Herzen noch lange nicht.

Jemand trat neben sie und legte ihr eine Hand auf die Schulter. Eine feingliedrige und warme Hand. Astrid löste ihren Kopf von der Mauer und wandte den Blick. René stand dicht neben ihr. Er sagte nichts. Es war, als wüsste er, was gerade in ihr vorging. Als wüsste er, dass sie im Moment jemanden brauchte, der einfach nur für sie da war. Ohne Fragen zu stellen. Ohne Antworten zu fordern. Während Sabine und Maik und die anderen einfach weitergezogen waren, war er zurückgekommen. Seine Hand ruhte auf ihrer Schulter. Die angenehme Wärme vertrieb die Kälte des Betons. Astrid drehte sich, sodass sie nun mit dem Rücken an der Mauer lehnte. Renés Hand rutschte herunter und bekam im letzten Moment ihre Hand zu fassen. Es kribbelte in ihrem Magen.

Er blickte sie geradewegs an, mit diesen blauen Augen. Und Astrid konnte nichts anderes tun, als zurückzuschauen, sich in dem tiefen Blau zu verlieren. Die laute Stimme in ihrem Kopf wurde davon hinweggespült. René trat einen Schritt näher an sie heran. Immer noch hielt er ihre Hand in seiner. Ihre Körper berührten einander fast. Astrid konnte den Geruch frischer Minze wahrnehmen. So frisch, so neu. Aber sie wusste gerade nicht, ob sie bereit war für etwas Neues, wo sie doch erst einmal ihr eigenes Leben sortieren musste. Ihre Ziele, ihre klare Linie.

Mit dem Rücken an der Wand rutschte sie ein Stück zur Seite, weg von René, zog ihre Hand aus seiner.

»Hab ich was falsch gemacht?«, fragte er überrascht.

Astrid schüttelte den Kopf.

»Was ist es dann?« Seine Augen, er sah mit einem Mal sehr verletzlich aus.

»Es …«, begann Astrid. Sie überlegte, was sie sagen sollte, wie sie es erklären konnte. Aber dann war ihr plötzlich alles zu viel. Die Mauer, ihre Familie, die klare Linie. Alles. Deshalb sagte sie schnell: »Ach, vergiss es.«

»Aber ich will es nicht vergessen.« René trat wieder einen Schritt näher, ergriff ihre Hand aufs Neue. »Ich *kann* es nicht vergessen. Weil ich dich nicht vergessen kann und auch gar nicht vergessen will.«

»Warum?«, fragte Astrid. Ihre Stimme war nur ein Flüstern.

»Weil ich dich mag, verdammt!«

*

*Bonn-Bad Godesberg*

Durch die Terrassentür fiel nur wenig Licht nach draußen. Edith saß mit Britta und Rita an diesem Juliabend auf der Terrasse der Villa in Bad Godesberg. Im Schein einer Duftkerze waren ihre Gesichter nur noch als Schemen sichtbar. Den ganzen Abend schon hatten sie sich angeregt unterhalten. Rita hatte sich von Britta alles zu ihren neuen Geschäftsplänen angehört und mit gezielten Fragen auf Herz und Nieren geprüft, wie Edith mit einem Schmunzeln mitverfolgt hatte. Sie selbst war immer noch sehr von Brittas Arbeit beeindruckt. Die Buchführung, die Auftragserfassung und alles, was damit zusammenhing, bereitete ihrer jüngeren Tochter Freude. All das, was Edith immer als »den langweiligen und lästigen Papierkram« angesehen hatte.

Und nicht nur, dass sie Spaß daran hatte, sie machte es richtig gut. Brachte frischen Wind in die Schneiderei Graf. Gerade nach dem Wirbel um den Skandal mit Joachim und dessen Weggang war das gut. Aber das Beste daran war, dass Edith endlich dem nachgehen konnte, was sie am liebsten tat: nähen.

»Ich sehe, ich sehe …«, sagte Rita zu Britta, »du hast es absolut im Griff.«

»So ist es«, antwortete Britta selbstbewusst, und Edith nickte bekräftigend.

Eine Weile schwiegen sie und blickten in den dunklen Garten. Bis Britta plötzlich nachdenklich sagte: »Eigentlich sollten wir Onkel Joachim und auch Astrid dankbar sein.«

»Warum?«, fragte Edith erstaunt.

»Wenn sie beide nicht weggegangen wären, dann wäre doch alles beim Alten geblieben. Wir wären doch nie letztes Jahr auf die Idee gekommen, die Aufgaben zu tauschen.«

Edith dachte kurz darüber nach. Es war viel Wahres an den Worten ihrer Tochter.

Bevor sie antworten konnte, sagte Rita: »Das sind die Müller-Grafs, die ich kenne! Die fackeln nicht lange, packen an und denken neu!« Sie legte Britta die Hand auf den Arm. »Du hättest mal deine Mutter erleben sollen, als sie damals um ihren Ausbildungsplatz gekämpft hat. Da hat sie sich von nichts und niemanden abbringen lassen und es geschafft! Und genauso hast du dich jetzt durchgesetzt. Hast den richtigen Platz für dich im Laden gefunden! Ich finde das großartig.«

Auch wenn die Kerze Brittas Gesichtszüge kaum noch erhellte, konnte Edith sehen, dass ihre Wangen etwas Farbe angenommen hatten. »Rita hat mit allem recht! Du bist meine Tochter. Und wir Müller-Graf-Frauen sind stark!«

»Du magst mich also?«, fragte Astrid, und mit einem Mal musste sie grinsen, weil René von jetzt auf gleich so unglaublich verlegen aussah. Aber nur für einen kurzen Moment, dann hatte er sich wieder gefasst. Er beugte sich über sie. Immer noch hielt er ihre Hand in seiner, mit dem anderen Arm stützte er sich an der Mauer hinter ihr ab. Astrid spürte den kalten Beton im Rücken, aber ihr war nicht mehr kalt. René war ihr ganz nah. Ihre Beine berührten sich.

»Ja«, sagte er, und seine Stimme klang rau. »Ich mag dich. Scheiße! Ich kann kaum an was anderes denken. Ich meine, wir sind uns am Bahnhof Zoo begegnet und noch mal an der Heerstraße und in Halensee. Das ist doch fast …« Er brach ab und fluchte, und dann sagte er: »Verdammtes Schicksal ist das.«

*Schicksal.* Astrid lachte auf.

»Was ist daran so witzig?«, fragte René. Sie konnte seinen warmen Atem auf ihrer Haut spüren.

»Sabine hat es genauso genannt. Das mit uns.«

»Dann ist da was mit uns?«, fragte René. Er kam näher. »Du … ich … Ich bin nicht allein?« Seine tiefblauen Augen blickten suchend in ihre. Astrids Herz begann, schneller zu schlagen.

»Mit dem dran denken, meinst du?«, fragte sie leise.

Er nickte.

»Nein, bist du nicht«, sagte Astrid schnell, bevor die laute Stimme in ihrem Kopf wieder über ihr Herz hinweg entschied. Obwohl es bereits dunkel war, konnte sie sehen, wie die Ader an seinem Hals pulsierte, und sie wusste, dass sein Herz genauso schnell und fest schlug wie ihres.

»Aber warum … Ich werd nicht schlau aus dir.« Sein Adamsapfel hüpfte auf und ab. »Mal verhältst du dich so, dass ich denke, du magst mich, und dann bist du plötzlich ganz anders.«

Astrid verzog das Gesicht. »Ich … Es gibt in meinem Leben gerade so vieles, was ich selbst nicht verstehe. Dinge, die ich erst einordnen muss. Hilft es da, wenn ich sage, dass ich selbst nicht aus mir schlau werde?«

René ließ ihre Hand los und strich ihr eine Strähne ihres Haars hinter das Ohr. Die zarte Berührung jagte einen Schauer durch ihren Körper. Schmetterlinge flatterten in ihrem Magen, drehten Pirouetten, rund und rund und rund.

»Vielleicht«, flüsterte er. Und dann neigte er den Kopf, seine Lippen kamen näher. Diese vollen Lippen, die so weich aussahen, so verführerisch. Astrid schluckte. Sie wollte nichts anderes mehr, als von René geküsst zu werden, seine Lippen kosten und überall auf ihrer Haut spüren. Ihr Atem ging schneller. Was hatte sie eben noch gedacht? Dass sie noch nicht bereit war, für etwas Neues? Es war unwichtig.

Seine Lippen berührten ihre. Ganz vorsichtig und sanft. Und sie waren so weich wie sie aussahen. Astrid schloss die Augen, gab sich Renés Kuss hin. Vergaß alles um sich herum.

René drückte sich gegen sie. Sie spürte die Hitze seines Körpers und öffnete ihren Mund. Ihre Zungen trafen sich. Astrids ganzer Körper begann zu kribbeln und zu vibrieren. Sie hatte das Gefühl, plötzlich in Flammen zu stehen. Fühlte die Hitze in jeder Zelle ihres Körpers. Sie schlang ihre Hände um Renés Hals, ließ sie seinen Nacken hinauf in seine Haare wandern und versank in seinem Kuss. Nichts anderes zählte mehr. Nur René und der Kuss. Seine Lippen, seine Zunge.

René zog seinen Kopf zurück. Astrid öffnete erstaunt die Augen und sah ihn fragend an. Er lächelte. Astrid wusste nicht, warum. Aber da beugte René seinen Kopf wieder zu ihr, küsste sie erneut, ließ seine Zunge wieder in ihren Mund gleiten. Forscher diesmal, fordernder. Seine Hände wanderten zum Saum ihres T-Shirts, fuhren darunter, strichen ihr sanft und warm über den Rücken. Astrid wünschte sich, er würde niemals aufhören. Sie wollte mehr davon. Viel mehr. Sie drückte sich fest an ihn, schob ihm ihr Becken entgegen.

»Hey«, murmelte René mitten im Kuss. Er trat einen Schritt von ihr zurück.

Astrid riss die Augen auf. »Was ist los?«, fragte sie atemlos.

René lächelte und biss sich auf die Unterlippe. »Alles gut«, sagte er. Blieb aber weiterhin auf Abstand.

Astrid streckte die Arme auf, wollte nach ihm greifen, ihn wieder zu sich heranziehen, aber er wich einen weiteren Schritt zurück. »Was ist los?«, fragte sie erneut.

»Ich glaube, wir müssen ein bisschen langsamer machen«, rief er lachend. »Oder zumindest sollten wir uns etwas …« Er blickte die Straße hinauf und hinunter und ihr dann geradewegs in die Augen. »… etwas Privateres suchen.«

»Genau, sucht euch 'n Zimmer!«, brüllte Sabine Stimme plötzlich von hinten. Anscheinend hatte sie endlich bemerkt, dass sie Astrid und René verloren hatte, und war zurückgekommen. Arm in Arm mit Maik. »Oder haste vor, den wieder stehen zu lassen?«, fügte sie hinzu.

Und da war es um Astrid geschehen: Sie lachte, so laut und so schallend, dass ihr die Tränen in die Augen traten und sie Schluckauf bekam.

# 24

*August, West-Berlin*

Joachim hatte ein mulmiges Gefühl im Magen, als er unter den zahlreichen Klingelschildern an der Wand nach dem Namen von Michi suchte. Endlich hatte er ihn gefunden: Michael Köhler. Seine Hand zitterte leicht, als er den Klingelknopf drückte. Es dauerte nur einen Moment, und der Summer an der Tür ertönte. Schnell drückte Joachim die Tür auf und trat in das große Treppenhaus. Er blickte nach oben.

Michis dunkler Haarschopf erschien über dem Geländer. »Dritter Stock«, rief er. »Zweite Tür links.« Der Schopf verschwand wieder, und Joachim stieg mit klopfendem Herzen die Treppe hinauf.

Als er oben ankam, stand die Wohnungstür offen. Michi war nirgends zu sehen. Joachim trat ein und schloss die Tür hinter sich.

»Komm durch, bis ins Wohnzimmer«, ertönte Michis Stimme. Joachim folgte ihr durch einen hellen, schmalen Flur. An der Wand hingen einige Kuriositäten: ein kleiner Messingspiegel mit kunstvollem Rand, daneben eine Uhr, auf der statt Zahlen vergoldete Spielfiguren aufgeklebt waren. Joachim blieb davor stehen.

Plötzlich war Michi neben ihm. »Wo bleibst du denn? So weit ist der Weg von der Haustür bis ins Wohnzimmer nicht.«

Joachim lächelte. »Ich musste mir die Kunst näher ansehen.« Er deutete mit der Hand zu Uhr und Spiegel.

»Kunst?« Michi lachte. »Wenn du das für Kunst hältst, dann kann ich sagen, dass ich ein wahrer Künstler bin.«

»Ein Künstler also«, erwiderte Joachim, zwinkerte Michi zu und errötete leicht, als dieser zurückzwinkerte.

»Komm, ich hab Marmorkuchen gebacken.«

Joachim folgte ihm ins Wohnzimmer. Auch hier war alles hell. Ein Sofa mit einem cremefarbenen Überwurf, ein niedriger Glastisch davor. Ein Sitzsack und ein Sessel, dahinter ein weiß gestrichener Buffetschrank. Vom Stil her passten die Möbel nicht zusammen, dennoch sah es stimmig aus. Auch hier hingen kleinere Kunstwerke an den Wänden. Joachim entdeckte goldene Schachfiguren, die als Kleiderhaken dienten, der Kopf eines Gartenzwergs war wie ein Hirschgeweih auf einem Holzbrett angebracht, auch vergoldet, daneben hing ein Makramee aus bunter Wolle.

Auf dem Glastisch standen der Kuchen, zwei Teller und zwei Tassen von unterschiedlichen Services.

»Du mischst gerne?«, fragte Joachim, während er auf dem Sofa Platz nahm.

»Wie meinst du das?« Michi setzte sich neben ihn und machte sich daran, je ein Stück Marmorkuchen auf die Teller zu legen.

»Na, die Möbel, das Geschirr. Alles ist gemischt.«

»Ach so. Ja, das mach ich gern. Und jedes Stück, das du hier siehst, hat eine eigene Geschichte.« Michi lächelte. »Der Teller hier«, er reichte Joachim einen Goldrandteller mit Kuchen, »den hab ich von meiner Oma. Und die hier«, er hob eine der beiden Tassen an, es war eine grüne Tasse mit einem Berliner Bären darauf, »die hab ich mal auf einem Stadtfest gewonnen.«

»Und was ist mit der ganzen Kunst an den Wänden?«

»Das sind zum Großteil Fundstücke vom Flohmarkt.«

»Das meine ich nicht. Finden und einfach hinstellen, das kann ja jeder. Du hast es verändert. Zu etwas Besonderem gemacht.«

»Das bisschen Goldfarbe meinst du?«, fragte Michi, und mit einem Mal war er verlegen.

»Es ist mehr als ein bisschen Goldfarbe, und das weißt du auch«, erwiderte Joachim. Er überlegte, ob er einfach Michis Hand nehmen konnte, aber da sprang der auf und ging vor dem Buffetschrank in die Hocke.

»So, und hier haben wir den Grund des Besuches.« Er zog die Kamera aus dem Schrank.

Joachim hätte am liebsten erwidert, dass die Kamera nur nebensächlich war, aber er schwieg. Er wollte es langsam angehen lassen. Er wusste gar nicht mehr, wie das richtig ging, jemanden zu umwerben. War er dafür nicht zu alt? Zeigte das nicht allein schon das Wort »umwerben«? So drückte sich heute doch niemand mehr aus. Bevor ihn dieser Gedanke ganz verrückt machte, biss er schnell in sein Stück Marmorkuchen. Er war wunderbar locker und süß.

Michi stellt die Kamera auf dem Glastisch ab und widmete sich seinerseits dem Kuchen. Es breitete sich Stille in der kleinen Wohnung aus. Aber es war nicht unangenehm. Rasch hatte Joachim auch das letzte Stück seines Kuchens aufgegessen. Er stellte den Teller ab und nahm die Kamera zur Hand. Wieder erfüllte ihn das vertraute Gefühl. Er öffnete die Lederklappe und schob das kleine Sichtfensterchen auf der Rückseite der Kamera auf. Durch das rote Glas darunter konnte er sehen, dass bereits ein Film eingelegt war. Er schob das Sichtfenster wieder zu und hob die Kamera an. Blickte durch den Sucher. Sofort durchflutete ihn die aufgeregte Vorfreude, die er auch früher beim Fotografieren empfunden hatte. Er rutschte auf dem Sofa ein Stück zur Seite und richtete die Kamera auf Michi. Die dunklen Haare vor der hellen Wand mit den goldenen Elementen. Es sah großartig aus. Joachim war wieder in seinem Element.

»Dreh mal den Kopf ein wenig«, bat er Michi. »Ja, genau, nach links. Perfekt.«

Er drückte den Auslöser. *Klick.* Das Geräusch, das er früher so gern gehört hatte, löste eine Gänsehaut auf seinen Armen aus. Er rutschte noch ein Stückchen zur Seite, um den Winkel ein wenig zu verändern. *Klick.* Michi legte den Kopf schief und lächelte. *Klick.* Joachim spürte, wie sein Herz aufgeregt in seiner Brust schlug. Noch einmal wollte er seine Position verändern, aber Michi nahm ihm den Apparat aus der Hand.

»Jetzt vergiss mal für einen Augenblick die Kamera, ja?« Er legte sie auf den Wohnzimmertisch. Dabei ließ er Joachim nicht aus den Augen. Rutschte langsam näher zu ihm heran.

Ihre Lippen fanden sich automatisch. So als hätten sie nie etwas anderes getan, als würden sie zueinandergehören. Michis Hände wanderten über Joachims Hals und dann unter seine Kleidung, und die Berührung fühlte sich anders an als das, was er mit Frank erlebt hatte. Der Teil in ihm, der nicht mehr daran geglaubt hatte, dass es für ihn noch einmal Liebe oder Glück geben würde, wurde mit jedem Kuss, mit jeder Berührung hinweggespült.

Bevor Joachim sich völlig vergaß, murmelte er: »Ich bin kein Mann für zwischendurch, ich suche etwas Festes.« Halb rechnete er damit, dass es jetzt vorbei sein würde. Und dann war er sich sicher, dass es so sein musste, denn Michi lehnte sich zurück und lachte.

Enttäuscht schloss Joachim die Augen und wappnete sich gegen eine Abfuhr. Aber Michi zog ihn an der Hand zurück auf das Sofa. Legte ihm je eine Hand rechts und links an den Kopf und sah ihm fest in die Augen, bevor er sagte: »Ich doch auch.«

*

*Bonn-Bad Godesberg*

Die Türglocke der Schneiderei ertönte, und im gleichen Augenblick hörte Edith Rita rufen: »Sie hatten Eis bestellt?«

Sofort richtete Edith sich vom Zuschneidetisch auf, legte die schwere Stoffschere zur Seite und ging nach vorn ins Ladengeschäft. Dort standen Britta und Rita – und auf der Ladentheke drei Pappbecherchen mit Eis. Edith wischte sich den Schweiß von der Stirn und lächelte. »Rita, du bist die Beste! Ein Eis ist wirklich eine gute Idee bei dieser Hitze! Dass es Ende August noch so heiß sein kann.«

Britta nickte.

»Lasst es euch schmecken.« Rita verteilte die Eisbecher.

Eine Weile standen sie alle still an der Ladentheke und aßen das Eis. Britta war als Erste fertig. »Das war gut«, sagte sie. »Ein bisschen wie Urlaub.«

Rita stellte ihren Becher ab. »Apropos Urlaub: Habt ihr zwei dieses Jahr schon welchen gemacht?«

Edith schüttelte den Kopf. »Es war zu viel zu tun. Vor allem, nachdem Joachim weggegangen ist.«

»Aber ihr habt schon noch Urlaub geplant, oder?«, hakte Rita nach. »Ich meine, es ist schon Spätsommer, so langsam wird es Zeit.«

Wieder schüttelte Edith den Kopf.

Rita riss die Augen auf. Sie blickte von Edith zu Britta und wieder zurück. »Da weiß ich, was wir jetzt machen.«

»Was denn?«

»Ihr sperrt auf der Stelle den Laden zu, und dann machen wir uns einen schönen Tag im Rüngsdorfer Freibad. Damit ihr wenigstens mal etwas freie Zeit genießen könnt.«

Edith starrte ihre Freundin erschrocken an. »Was sollen wir? Schließen?«, fragte sie.

»Aber wir können doch nicht …«, begann auch Britta.

»Doch! Ihr könnt. Und wir tun das einfach! Es ist zu heiß, und ihr braucht eine ordentliche Abkühlung.«

»Aber, die Kunden! Die Aufträge …« Britta deutete auf das aufgeschlagene Auftragsbuch.

Rita schüttelte den Kopf. »Wir werden die Schneiderei schließen. Für den restlichen Tag. Schaut doch mal raus auf die Straße. Es ist kaum jemand unterwegs.«

»Du stellst dir das so einfach vor, Rita. Das geht doch so nicht«, sagte Edith. Dabei musste sie schon zugeben, dass ein Nachmittag im Freibad durchaus verlockend klang.

»Ich stelle es mir nicht nur so vor, es *ist* so einfach: Ihr schreibt ein Schild, das ihr in die Tür hängt. Und dann gehen wir.«

Ehe Edith etwas erwidern konnte, fragte Britta: »Was sollen wir denn da draufschreiben?«

Rita überlegte nicht lange: »Schreib: Wir machen Hitzefrei!«

»Hitzefrei?«, fragten Edith und Britta gleichzeitig.

»Ja! So und nicht anders! Bei den Temperaturen ist das völlig in Ordnung. Nein, das ist mehr als in Ordnung! Und jetzt auf, auf, ich kann das Freibad schon rufen hören.«

*

*West-Berlin*

An der Hand zog Astrid René durch den Wohnungsflur bis in ihr Zimmer. »Tadaaa!«, rief sie und breitete stolz die Arme aus. Während René sich umsah, wippte Astrid vor Aufregung auf den Fußspitzen auf und ab. Sie war so gespannt, was er zu ihrem kleinen Reich sagen würde – und zu ihrer Kollektion. In der Woche seit ihrem Kuss an der Mauer hatten sie sich jeden Abend getroffen, waren ausgegangen oder in seiner Wohnung gewesen.

René sah sich weiter um, sagte aber nichts.

»Und, und, und?«, fragte Astrid. Sie konnte es nicht mehr aushalten.

»Nett«, entgegnete René.

»Nett?«, rief Astrid empört, aber schon hatte René sie in den Arm genommen und küsste sie.

Er lachte und löste sich von ihr. »Na gut. Es ist netter als nett. Es ist richtig gemütlich. Und du hast viel Platz, und am besten gefällt mir das da.« Er zeigte auf das Bett.

Astrid rollte die Augen, grinste aber. »Das war ja klar.«

Er hob die Augenbrauen an. »Was denn? Du hast mich nach meiner Meinung gefragt, hier ist sie.«

»Und was sagst du zu meiner Kollektion?«, fragte Astrid.

René trat an die Garderobenstange heran und sah sich die Kleidungsstücke an. Er hob die Hand, zögerte kurz. »Darf ich?«, fragte er.

»Na klar. Die sind nicht aus Zucker. Und die fallen auch nicht auseinander, wenn man sie anfasst. Das ist Prêt-à-porter.«

»Was?«

»Bereit, getragen zu werden«, erklärte Astrid den französischen Modebegriff.

René verzog den Mund zu einem »Was auch immer« und schob die Kleidungsstücke auf ihren Haken auf der Regalstange hin und her, um sie besser sehen zu können. Zog den Saum der Bluse hervor. Betrachtete alles eingehend von allen Seiten.

»Warum Jeans?«, fragte er.

Astrid musste lächeln. »Weil es ursprünglich ein Stoff für Arbeiter war. Rau und robust. Ich will bewusst mit dem Klischee brechen. Das hier ist Mode für die selbstbewusste, starke Frau. Das kann sie im Büro tragen, oder abends, wenn sie ein Geschäftsessen hat, wenn sie eine Modenschau besucht, wenn sie …« Sie brach ab. *Wenn sie in New York ausgehen will*, lag ihr auf den Lippen, aber sie konnte es nicht aussprechen. Seit

Tagen schon wollte sie René endlich von ihren New-York-Plänen berichten, ihm sagen, dass sie nicht vorhatte, ewig in Berlin zu bleiben. Aber sie scheute sich davor. Das, was sie gerade mit ihm erlebte, war großartig, es war wundervoll. Und sie hatte Angst, es gleich wieder zu zerstören. Sie wollte ihre Zeit mit ihm an ihrer Seite genießen. Jeden Augenblick davon.

»Also Mode für dich?«, fragte René. Er legte die Arme um sie.

»Du findest mich stark?« Astrid war ehrlich erstaunt, denn gerade kam sie sich überhaupt nicht stark vor. Es war nicht stark, dass sie sich scheute, ihm von New York zu erzählen.

»Aber so was von.« René küsste sie.

Astrid machte sich von ihm los. »Komm, ich zeig dir noch den Rest der Wohnung«, sagte sie. Eigentlich mehr, um sich selbst abzulenken. Sie führte René durch den Flur in die Küche, zeigte ihm das Bad und die winzige Abstellkammer. »Und da wohnt Onkel Joachim.« Sie deutete auf die einzige Tür im Flur, die verschlossen war. »Der ist im Moment nicht zu Hause. Wenn er da ist, kannst du sein Zimmer bestimmt auch mal sehen.«

»Nee«, sagte René langgezogen, als sie wieder zurück in Astrids Zimmer gingen. »Das brauch ich gar nicht zu sehen.«

»Warum denn nicht? Bist du nicht neugierig?«

»Ich finde es halt ein bisschen komisch.« René rieb sich verlegen mit einer Hand über den Nacken. Er setzte sich auf ihr Bett.

Astrid blieb stehen und kniff die Augenbrauen zusammen. »Komisch? Was ist komisch?«

»Na, dass du mit einem alten Mann zusammenwohnst«, sagte René schnell. Er hatte sich zur Seite gedreht und zupfte eine Ecke von Astrids Kopfkissen zurecht.

»Also erstens ist Onkel Joachim nicht alt, und zweitens ist er mein Onkel.« Astrid setzte sich neben ihn.

»Du hast mir erzählt, dass ihr gar nicht verwandt seid.«

»Mensch, René, für Familie braucht es keine Blutsbande!« Astrid tippte ihm mit dem Finger auf den Oberarm, um ihre Worte zu unterstreichen. »Joachim ist mein Onkel. War es immer und wird es immer sein!«

»Okay, okay.« René ergriff ihre Hand.

»Und außerdem ist er ein wunderbarer Mensch!«, fügte Astrid hinzu.

»Okay«, sagte er noch einmal. »Ich habe es verstanden. Und ich nehme mir vor, deinen Onkel in Ruhe kennenzulernen und den Altersunterschied ab sofort nicht mehr komisch zu finden. Gut?«

Astrid nickte, und René legte seinen freien Arm um sie. »Sollen wir uns mal anderen Dingen zuwenden?«

»Anderen Dingen?«, fragte Astrid.

»Ja«, sagte er und ließ sich mit ihr im Arm nach hinten auf das Bett fallen, »anderen Dingen.« Er schob ihr T-Shirt hoch. »Dingen, die weniger Kleidung benötigen. Am besten gar keine.« Er schob eine Hand an ihrem Rücken entlang, tastete nach ihrem BH und öffnete ihn geschickt. Dabei legte er den Kopf schief, und eine Strähne seines Haars fiel ihm in die Stirn. Er küsste ihren Bauch.

Und während Astrid sich seinen Küssen hingab, wusste sie nicht, wie sie ihm jemals von New York erzählen sollte.

# 25

*September, Ost-Berlin*

Paul lag auf dem Sofa im Wohnzimmer und schaute sich eine Folge von *Sherlock Holmes* an. Es war eine der wenigen West-Serien, die auch im DDR-Fernsehen gezeigt wurden. Paul fand sie durchaus unterhaltsam. Uwe hatte er seit Tagen nicht mehr gesehen. In der Charité gab es anscheinend viel zu tun, und Paul konnte noch nicht einmal sagen, ob Uwe wenigstens nachts nach Hause gekommen oder auf der Arbeit geblieben war.

Neben ihm lag der neueste Brief seiner Tochter, in dem sie ihm von ihrer Arbeit im KaDeWe und noch mehr von ihrer Kollektion erzählte. Paul freute sich. Seine Tochter klang in den Briefen so fröhlich. Er konnte regelrecht spüren, wie viel Herzblut sie in ihre Mode steckte. Sie war ebenso ehrgeizig wie ihre Mutter. Wusste genau, was sie wollte. Zumindest hatte er aus ihren Briefen diesen Eindruck. Und das machte ihn glücklich, auch wenn ihm klar war, dass er immer nur aus der Ferne daran teilhaben könnte.

Der letzte Brief von Edith wiederum war nicht ganz so fröhlich gewesen. Sie hatte ihm geschrieben, dass auch sie sich verändert habe. Dass die Zeit der Trennung von Heinz nicht einfach gewesen wäre. Dennoch hatte sie ihre Lehre abgeschlossen, sogar den Meistertitel errungen. Das machte Paul stolz. Sein Glücksbringermädchen. Er lächelte. Sie hatte sich schon immer durchgebissen.

Während im Fernsehen die nächste Sendung begann, dachte Paul an den Brief, mit dem er Edith geantwortet hatte.

*Mein Glücksbringermädchen,*
*es war schön, wieder Post von Dir zu bekommen! Ich wusste gar nicht, wie sehr ich das vermisst habe, bis ich einen neuen Brief von Dir in den Händen hielt.*
*Du fragst, was ich jetzt mache. Man hat mir eine Arbeit zugeteilt. Bei der VEB Akkumulatoren-Fabrik in Oberschöneweide. Es ist Fließbandarbeit. Nichts Außergewöhnliches. Und auch wenn ich mir diese Beschäftigung niemals selbst ausgesucht hätte, so kann ich doch sagen, dass mir die Regelmäßigkeit, die damit zusammenhängt, guttut. Sie gibt mir Struktur für den Alltag. Hättest Du mir damals gesagt, dass ich das einmal brauchen würde, eine gleichförmige Arbeit, ich hätte es nicht geglaubt. Aber so ändern sich die Dinge nun einmal. Früher brauchte ich die Freiheit und Abwechslung, heute bin ich froh, wenn ich weiß, was mich am Tag erwartet.*
*Uwe ist dieser Tage viel in der Charité. Er ist zum Oberarzt befördert worden. Wenn man einmal von mir absieht, dann lebt er allein. Ich glaube, er ist einfach zu sehr mit seinem Beruf verheiratet. Aber ich habe nie den Eindruck gehabt, dass er deshalb unglücklich wäre.*
*Astrid hat mir auch geschrieben und mir von ihrer Kollektion erzählt. Dir kann ich es ja sagen: Ich habe nicht alles verstanden, was sie beschrieben hat. Aber ich konnte deutlich herauslesen, dass es ihr große Freude macht. So viel schon.*
*Ich denke an Dich und freue mich auf Deinen nächsten Brief.*
*In Liebe, Dein Paul*

*

*West-Berlin*

Mit klopfendem Herzen betrat Astrid die Bar. Sie war mit René verabredet. Sein Auftritt würde gleich zu Ende sein, aber im Moment spielte er noch. Astrid hörte die vertrauten Gitarrenklänge und folgte ihnen an der Theke vorbei um eine Ecke.

Dort gab es eine kleine Bühne, auf der René saß und ganz in seiner Musik versunken war. Astrid nahm an einem kleinen Tisch an der Seite Platz. Sie hängte gerade ihre Jacke über die Stuhllehne, als plötzlich die ersten Töne von *Do kanns zaubere* von BAP ertönten. Überrascht sah sie auf. Blickte in Renés tiefblaue Augen, die zu ihr hinüberfunkelten, in seinem Gesicht ein warmes Lächeln.

Es war das Lied, das sie am Halensee gehört hatte, und nach dem er sie später gefragt hatte. Titel und Interpreten hatten René nichts gesagt. Und jetzt spielte er dieses Stück von BAP. Astrid spürte, wie ihr Herz vor Freude im Takt der Musik hüpfte, spürte, wie sie eine Gänsehaut bekam bei dem Gedanken, dass er sich nur für sie die Mühe gemacht hatte, dieses Lied zu lernen.

Als er geendet hatte, stellte René die Gitarre auf einem Ständer auf der Bühne ab und kam zu ihr herüber. Er begrüßte sie mit einem Kuss, der Astrid für einen Moment den Atem nahm. Er setzte sich neben sie und strich ihr mit der Hand über den Arm. »Gänsehaut?«, fragte er überrascht.

»Was denkst du denn? Du spielst einen Song nur für mich, den hier sonst keiner kennt. Meinst du, da sitze ich hier völlig cool, als wäre nichts?«

Er lachte leise, beugte sich wieder zu ihr und küsste sie noch einmal. Dann löste er sich von ihr und fragte: »Was willst du trinken?«

Astrid wollte ihn zu sich ziehen, weiterküssen, aber er rückte lachend ein Stückchen zur Seite. »Mach langsam mit mir. Ich hab gerade ein paar Stunden auf der Bühne gesessen, ich brauch gerade wenigstens was zu trinken.« Er kam wieder näher und gab ihr ein Küsschen auf die Nasenspitze. »Und später gern auch wieder mehr von dir.«

Astrid schob gespielt beleidigt die Unterlippe vor. »Na gut. Dann nehme ich das auch. Und zwar alles!«

Nachdem sie beide eine Berliner Weiße mit Schuss vor

sich stehen hatte, prosteten sie einander zu. Es war schon spät, und viele der Tische waren leer.

»Das ist doch großartig!«, sagte René, er nippte an seinem Glas. »Wenn du die Kollektion fertig hast, wirst du wirklich eine Modenschau bei Sabine machen? Ich kann da spielen, wenn du magst. Also, wenn ihr mögt. Du und Sabine.«

»Ja …«, begann Astrid. »Sabine muss ja auch erst mal mit dem Laden fertig werden und ich eben mit der Kollektion.« *Und ich weiß nicht, ob ich dann überhaupt noch hier bin*, fügt sie in Gedanken hinzu. Sie hatte René immer noch nichts von ihren New-York-Plänen erzählt.

Die letzten Tage und Wochen mit René waren so wunderbar gewesen. Und die Angst, das Schöne, das zwischen ihnen beiden war, zu zerstören, wurde immer größer, je mehr Zeit sie mit ihm verbrachte. Und genau deshalb konnte sie es nicht länger verschweigen. Durfte es nicht länger aufschieben. Sie nahm ihren Mut zusammen: »René, ich werde nach …« Sie brach ab, holte Luft. »Also, ich möchte nach …« Wieder kam sie nicht weiter. Warum nur fiel es ihr so schwer, es auszusprechen.

»Wohin willst du?«, fragte René. »Zu mir, oder?« Er grinste.

»Zu dir will ich natürlich immer«, erwiderte Astrid schnell. Sie gab ihm einen Kuss. Vielleicht war jetzt nicht der richtige Moment, von New York zu erzählen.

»Moment!« René zog eine Augenbraue hoch. »So kommst du mir nicht davon. Das war es doch nicht, was du sagen wolltest. Also raus mit der Sprache.«

Innerlich seufzte Astrid. Es nutzte ja nichts, irgendwann würde sie ihm davon erzählen müssen. Sie räusperte sich und sagte dann schnell: »New York.« Unter dem Tisch überkreuzte sie ihre Finger. Es war eine kindische Geste, und ihr war das bewusst, aber es beruhigte sie.

»Das New York in Amerika?«, fragte René.

Astrid schluckte. »Gibt es noch ein anderes?«, fragte sie und versuchte, dabei heiter zu klingen.

»Ich glaube nicht. Aber …« Er rieb sich mit der Hand über den Nacken. »Also, damit hab ich nicht gerechnet.« Er machte eine Pause. »Das ist … groß ist das«, sagte er dann.

Astrid nickte. »Ich weiß.« Sie biss die Zähne zusammen. Da war es also, das Ende ihrer schönen Zeit mit René. New York, das war groß. Groß und weit weg. Zu groß für sie beide, wie es aussah. Viel zu groß, wenn sie sein plötzliches Schweigen richtig deutete.

Sie sah ihn an. Seine Miene war unbewegt, aber Astrid wusste ohnehin, was in ihm vorging. Bestimmt legte er sich gerade die richtigen Wort zurecht, um ihr zu sagen, dass ihre gemeinsame Zeit damit vorüber war. Dass sie vielleicht noch ein paar nette Tage haben konnten, bis sie aufbrechen würde. Schnell wandte Astrid ihren Blick ab. Löste ihre überkreuzten Finger. Es hatte keinen Zweck. Es war vorbei. Da war sie sich sicher.

René umfasste ihren Kopf mit beiden Händen und sah ihr tief in die Augen. »Okay. Dann also New York. Du und ich im Big Apple. *Let's do this!* Hier hält mich nichts.«

*

Joachim zog das Sakko vom Bügelbrett und ging mit großen Schritten hinüber zur Nähmaschine. Es fehlte nur noch eine kleine Naht am Saum, dann war es fertig. Zu Hause in Bad Godesberg hätte er diese Naht von Hand geschlossen, aber bei den neueren und moderneren Schnitten war es nicht unüblich, es mit der Maschine zu nähen. Gut sichtbar von außen abzusteppen.

Er setzte sich und legte das Sakko auf dem Anschiebetisch zurecht, bevor er den Nähfuß herabließ und die Maschine mit einem Druck seines Fußes über das Antriebspedal startete.

Die Maschine surrte los, und Joachim führte den Stoff gleichmäßig mit den Händen über den Transporteur. Immer die Saumkante im Blick, damit die Naht absolut gleichmäßig und ordentlich wurde. Nachdem er einmal rundherum genäht hatte, verriegelte er die Naht mit einigen Rückstichen.

Ein Klopfen ließ ihn aufsehen.

In der offenen Tür zum Laden stand Michi. »Und, Herr Schneider Graf?«, fragte er. »Sind wir fertig? Der nächste Termin wartet schon.« Mit einem warmen Lächeln schwenkte er die Kamera in der Luft.

Joachim drehte sich schnell zur Maschine zurück, schnitt die Fadenenden ab und zog das Sakko vom Anschiebetisch. »Ja«, antwortete er und stand auf. »Der Herr Schneider Graf ist fertig, und der Herr Fotograf Graf begleitet Sie gern.«

»Fotograf Graf?« Michi lachte. »Wohl eher der Foto-Graf!«

Wenig später spazierten sie durch die Straßen Berlins, noch unschlüssig, wohin sie der heutige Foto-Ausflug bringen sollte.

»Lass uns nach Tiergarten fahren, zur Siegessäule«, schlug Michi vor. »Von da oben haben wir 'ne Wahnsinns Aussicht.«

»Ist das nicht furchtbar hoch? Und dann bis ganz da rauf?« Joachim verzog das Gesicht. »Michi, ich bin keine dreißig mehr.«

Michi grinste. »Ich aber. Und du hast dich gut gehalten. Komm. Die Aufnahmen werden sich lohnen.«

Und Michi hatte natürlich recht. Die Siegessäule stand inmitten eines Kreisverkehrs, von dem sternförmig fünf Straßen wegführten. Im Osten befand sich das Brandenburger Tor. Davor, quer zur Fahrbahn, die Mauer. Als hätte jemand einen Strich durch die Straße gezogen, mit einem Lineal. So war die Straße, die sonst unter dem Brandenburger Tor hindurchführte, zu einer aberwitzigen Sackgasse geworden.

Damals, 1961, als er die Bilder vom Mauerbau im Fernsehen gesehen und davon in der Zeitung gelesen hatte, war es schon unglaublich gewesen. Aber hier in Berlin zu sein und auf die Mauer zu schauen, die Grenzanlage dahinter, die Soldaten, die Hunde – es war surreal. Wie in einem Film. Wobei? So etwas gab es nicht einmal im Film. Das konnte sich niemand ausdenken. So etwas Verrücktes. Eine Stadt, die ringsherum von einer Mauer begrenzt war.

Joachim schoss einige Fotos. Von der Mauer und vom Brandenburger Tor. Von der Siegessäule hinab in die Tiefe und über den Tiergarten und die Dächer Berlins. Er fotografierte, bis nur noch ein Bild übrig war. »Und zum guten Schluss brauche ich ein Foto von meinem Lieblingsmodell«, sagte er.

»Lieblingsmodell? Du meinst hoffentlich mich.« Michi grinste keck.

»Wen denn sonst?«, fragte Joachim zurück und gab ihm einen schnellen Kuss auf den Mund. Hier oben auf der Siegessäule, zwischen den Menschen, die genauso wie sie die Aussicht genießen wollten.

Seine Liebe so offen zeigen zu können, sich nicht verstecken zu müssen, war eine ganz neue Erfahrung für Joachim. Was hatte er mit Frank an seiner Seite aufpassen müssen. Immer war Frank auf der Hut gewesen, immer hatte er sich hektisch umgesehen, hatte Joachim mit seiner Angst angesteckt.

Nun hatte er das Glück, etwas anderes zu erfahren. Zu lernen, dass seine Homosexualität akzeptiert wurde. Und das war schön.

# 26

*Oktober, Ost-Berlin*

»Nachts klar, Werte zwischen 2 und 7 Grad. Tagsüber wolkig, leichte Schauer, Höchstwerte 12 bis 15 Grad. Und jetzt …«

Uwe schaltete den Fernsehapparat aus. »Das ist ja was«, sagte er und ließ sich wieder in den Sessel zurückfallen.

»Was denn?«, fragte Paul. Er saß müde auf dem Sofa, das noch dasselbe war wie damals, als Uwes Eltern noch gelebt hatten. Die Schicht in der Fabrik war ihm heute länger denn je vorgekommen. Der prasselnde Regen auf dem Dach der Halle hatte sich laut mit dem Maschinenlärm vereint. Paul meinte, jetzt noch ein leises Klingeln in den Ohren hören zu können. »Dass es morgen Regen geben wird, war klar«, sagte er zu Uwe. »Es regnet doch schon die halbe Woche.«

»Das meine ich nicht«, erwiderte Uwe.

»Was denn dann?«

»Die haben wieder nichts über die Montagsdemonstrationen gebracht«, sagte Uwe.

»Fängst du jetzt wieder damit an.« Paul schüttelte den Kopf. Seit einigen Tagen erzählte Uwe ihm hartnäckig davon, dass seit dem 4. September in Leipzig angeblich jeden Montagabend nach dem Friedensgebet in der Nikolaikirche die Menschen auf die Straße gehen würden, um für ihre Freiheit und ihre Reisefreiheit zu demonstrieren. Paul konnte das gar nicht glauben, aber Uwe beharrte darauf. Er habe es von einem Kollegen in der Charité erfahren, so sagte er. Jeden Montag Demonstrationen. In der Vorstellung klang das ja schön, aber er konnte einfach nicht glauben, dass so etwas in der DDR geduldet wurde. Die Regierung hatte ihre Mittel und

Wege, um die Menschen kleinzukriegen, die würden niemals solche angeblich regelmäßigen Demonstrationen billigen.

»Mein lieber Paule, wenn ich es dir doch sage! Da ist was in Gange in Leipzig.«

»Aber es wird überhaupt nichts darüber berichtet. Sagst du doch selbst.« Mit beiden Händen gestikulierte Paul zum ausgeschalteten Fernseher.

»Eben drum!«, rief Uwe. »Die verschweigen das. Wäre ja nicht das erste Mal. So funktioniert das hier! Das weißt du selbst.«

»Uwe! Wenn es wirklich ein solches Aufbegehren gäbe, dann hätte die Stasi längst dafür gesorgt, dass man die Verantwortlichen inhaftiert und alles im Keim erstickt. Das weiß ich selbst.« Paul lehnte sich auf dem Sofa zurück.

»Und das ist die Sache!« Uwe hatte einen ernsten Gesichtsausdruck angenommen. »Es sind zu viele! Jeden Montag kommen mehr dazu. Sie können sie gar nicht mehr alle verhaften. Sie können gar nicht mehr allen habhaft werden! Ist das nicht großartig?« Er grinste wieder.

»Ich weiß nicht.«

»Doch, ich sage es dir, Veränderung liegt in der Luft! Und zwar Veränderung zum Besseren. Die können uns nicht mehr länger hier einsperren! Ich wünschte, die Menschen hier in Ost-Berlin würden auch auf die Straße gehen.«

»Vielleicht solltest du Urlaub in Leipzig machen«, schlug Paul vor, »dann kannst du dich da unter das Demo-Volk mischen.«

»Das ist gar keine so schlechte Idee«, erwiderte sein Freund.

»Du meinst das ernsthaft?«

»Ja, ernsthaft! In Leipzig, da wird gerade Geschichte geschrieben. Weißt du, was sie rufen, wenn sie durch die Straßen ziehen?«

Paul schüttelte den Kopf. Er war sich nicht sicher, ob er

Uwes Begeisterung für diese angeblichen Demonstrationen unterstützen sollte, oder ob er selbst alles viel zu schwarz sah, weil man ihm in der Untersuchungshaftanstalt Berlin-Hohenschönhausen den Glauben an das Gute in der Welt genommen hatte. Weil er sich schlicht nicht vorstellen konnte, dass so etwas in der DDR möglich war und gebilligt wurde. Weil ihm die Briefe von Astrid und Edith noch schmerzhafter vor Augen führte, dass er durch die Mauer von seinem Leben abgeschnitten war.

»Die rufen: Wir wollen raus! Und: Wir sind das Volk!«, sagte Uwe begeistert.

»Was soll denn das bringen?«, fragte Paul. Er fühlte sich mit einem Mal unglaublich erschöpft, das Klingeln in den Ohren wurde wieder lauter.

»Was das bringen soll? Wir haben die Macht. Wir, das Volk! Wenn wir nur genug sind. Wenn wir nur alle zusammenhalten. Wenn wir so viele sind, dass sie uns nicht mehr alle festnehmen können. So wie in Leipzig.«

»Du musst aufpassen, was du sagst. Hast du keine Angst vor IMFs? Oder davor, dass wir hier abgehört werden?« Müde wischte Paul sich mit der Hand über die Augen.

»Paule …«

»Nein, Uwe, bitte sei nicht naiv. Glaubst du wirklich, nur weil du ein angesehener Arzt in der Charité bist, dass dich die Inoffiziellen Mitarbeiter der inneren Abwehr nicht überwachen? Ich bin hier. Das allein ist schon genug Grund. Ich will nicht, dass man dich auch inhaftiert! Ich weiß selbst, wie furchtbar das ist. Das wünsche ich niemandem! Also bitte, mein Freund, bitte! Sei vorsichtig, solange es nur Gerüchte sind.«

Uwe grinste immer noch, völlig unerschütterlich. »Du wirst es schon sehen. Es ist wahr! Und es wird sich was verändern. Zu unserem Besseren. Die Zeit ist reif.« Er stand auf und verließ das Zimmer.

Paul rutschte weiter auf dem Sofa zurück. Hatte Uwe wirklich recht? Würde sich bald etwas ändern? Zarte Hoffnung keimte in Paul auf, aber er wusste noch nicht, ob er sie zulassen sollte oder konnte.

*

*West-Berlin*

»Und was ist mit deinem Studium?«, fragte Astrid. »Du stehst doch kurz vor dem Staatsexamen, bist noch nicht fertig.«

»Ach, das ist schon in Ordnung. Soll ich dir mal was verraten? Eigentlich mag ich mein Studium gar nicht. Allein schon die Vorstellung, als Anwalt zu arbeiten … Nee. Das war immer so der Plan meiner Familie. Mein Herz schlägt für die Musik. Davon möchte ich leben. Und das kann ich überall. Du wirst sehen, es wird großartig werden.«

Hand in Hand spazierten sie durch den Volkspark Hasenheide. Langsam wurde es herbstlich. Die letzten Tage war es noch angenehm warm gewesen, aber heute war der Himmel verhangen, und Astrid war froh, dass sie neben ihrem Parka auch den Schal von Oma Helene eingepackt hatte, als sie nach Berlin gekommen war. So konnte ihr die Kälte, die dieser trübe Nachmittag mit sich brachte, nichts anhaben. Sie blickte zu René, der trotz der frischen Temperaturen nur eine Jeansjacke trug. »Du stellst dir das so einfach vor«, sagte sie.

»Weil es so einfach ist. Notfalls spiele ich auf der Straße Gitarre. Glaub mir, wir werden über die Runden kommen. Wo ein Wille ist, ist auch ein Weg. Und Amerika ist doch das Land der unbegrenzten Möglichkeiten.«

»Ja, das hab ich auch schon mal gehört«, entgegnete sie nachdenklich, während sie das bunte Laub musterte, das sich auf dem Weg und am Rand sammelte. Ohne den Sonnenschein wirkte es seltsam matt.

»Siehst du.« René drückte fest ihre Hand. »Es wird alles gut werden.«

Die Hasenheide war einer der zahlreichen Parks in Berlin. Im Süden grenzte sie an das Tempelhofer Feld, der Start- und Landebahn des gleichnamigen Flughafens, mitten im Herzen der Stadt.

René hatte Astrid erzählt, dass der Name des Parks tatsächlich mit den niedlichen kleinen Tieren zu tun hatte: Im siebzehnten Jahrhundert hatte man die Wiesen als Hasengehege genutzt. Allerdings nicht aus Tierliebe, sondern damit der Kurfürst Friedrich Wilhelm von Brandenburg sie jagen konnte. Auch heute gab es hier große Wiesenflächen, aber auch einen kleinen Berg, die Rixdorfer Höhe. Diese Anhöhe hatte man aus Trümmern nach dem Krieg aufgeschüttet. Heute war sie ein bewaldeter Hügel. Dort gingen sie nun hinauf, und Astrid fiel es schwer, sich vorzustellen, dass sie jeden Schritt auf Ruinen und Schutt machte. Es war so friedlich hier.

Es waren einige Tage vergangen, seit sie René endlich von ihren New-York-Plänen erzählt hatte, und immer noch war er guter Dinge. Er hatte in der Sekunde, in der Astrid es ihm mitgeteilt hatte, beschlossen, dass er mit ihr in die USA gehen würde und dies offenbar noch nicht bereut. Astrid bewunderte das. Sie selbst gehörte zu den Menschen, die alles doppelt und dreifach überdenken mussten. Die zwischen den Möglichkeiten hin und her schwankten, um sich dann wieder anders zu entscheiden. Aber New York, das war auch etwas, das für sie feststand. Bislang hatte sie es immer nach hinten verschoben. Hatte gute Gründe gefunden, warum das warten musste. Immer war etwas gewesen. Aber damit konnte sie sich nicht länger aufhalten. Sie sah es an René. Der dachte nicht lange nach, der machte. Und genauso würde sie das auch tun. Mit ihm an ihrer Seite. Warum nur hatte sie sich vorher solche Gedanken gemacht, ihm von New York zu erzählen? Warum so lange gezögert?

*Weil ich noch nie so etwas erlebt habe*, dachte sie. In René hatte sie jemanden, der sie bedingungslos unterstützte, der ernst nahm, was ihr wichtig war, der ihre Träume mit ihr teilte. Jahrelang war sie immer nur mit Mofa zusammen gewesen. Mofa, der sich wahrscheinlich auch jetzt noch auf seiner Hausmeisterstelle im Altenheim ausruhte und nur von einer Party zur nächsten dachte. Der kein Interesse daran hatte, etwas Neues zu wagen, sich weiterzuentwickeln.

René war da ganz anders. Er scheute das Neue nicht, er hieß es willkommen. Mit ihm war alles unkompliziert. Und das tat Astrid gut, wo alles andere in ihrem Leben so kompliziert war: Ihre Familienverhältnisse, ihr Vater unerreichbar in Ost-Berlin, ihre jüdischen Wurzeln, denen sie sich noch gar nicht richtig angenähert hatte.

Sie hatten das Plateau der Rixdorfer Höhe erreicht. »Weißt du was«, sagte Astrid, »ich hatte zwar immer den Plan nach New York zu gehen, aber eigentlich hatte ich große Angst davor. Veränderung …« Sie zögerte, bevor sie weitersprach, »… das ist etwas, wozu ich mich im ersten Moment nicht überwinden kann.«

»Nur im ersten?«, fragte René und zwinkerte ihr zu.

Astrid stieß ihn mit dem Ellenbogen an. »Du weißt, was ich meine«, sagte sie. »Jedenfalls was New York angeht: Unterbewusst habe ich mich dagegen gesträubt. Hab immer eine gute Ausrede gefunden, warum ich noch nicht nach Amerika gehen kann, warum es warten muss.«

René umarmte sie. »Und jetzt ist das anders?«

Genau in dem Moment brach die Sonne durch den verhangenen Himmel. Strahlte hell und warm auf sie herunter, ließ das herbstbunte Laub um sie herum erstrahlen. Astrid drückte sich an René. »Ja. Mit dir ist alles anders.«

Edith sah zur Tür des Wohnzimmers herein. Britta hatte es sich auf dem Sofa bequem gemacht. Die Beine angezogen, eine Decke über den Füßen, sah sie fern.

»Ich mach mir einen Kaffee«, sagte Edith. »Soll ich dir auch eine Tasse bringen?«

Ihre Tochter blickte auf. »Ja, mit Milch und Zucker bitte.«

Edith nickte und ging durch den Flur in die Küche.

Zwei Monate war es jetzt her, dass sie die Schneiderei Graf mitten am Tag geschlossen hatten. Rita hatte mal wieder bewiesen, dass sie zur richtigen Zeit die richtigen Ideen hatte. Der Nachmittag im Rüngsdorfer Freibad war herrlich gewesen und hatte ihnen allen sehr gutgetan. Zumal es der letzte wirklich heiße Tag des Jahres gewesen war und gleich darauf mit dem September eine regnerische Kälte Einzug gehalten hatte.

Sie nahm die Glaskanne aus der Kaffeemaschine und füllte Wasser ein. Als der Skandal rund um Joachim aufgebrandet war, hatte Edith alles am Abgrund gesehen. Aber jetzt fühlte sie sich leicht. Sie hatte wieder Kontakt zu Paul, Rita war wieder da, und die Arbeit in der Schneiderei machte ihr doppelt so viel Spaß, seit sie mit Britta die Aufgabenfelder getauscht hatte. Zum ersten Mal seit langer Zeit wurde Edith sich bewusst, dass das Leben trotzdem schön sein konnte. Ja, sie war geschieden aus einer Ehe, die von Anfang an nur auf einem Kompromiss beruht hatte. Und ja, der Mann, den sie liebte, war immer noch unerreichbar für sie. Aber alles andere in ihrem Leben lief gerade erstaunlich gut. Das hätte sie beinahe vergessen durch Joachims Weggang und Astrids Auszug und allem, was damit zusammenhing.

Edith setzte einen Kaffeefilter ein und befüllte ihn mit Pulver. In den letzten Wochen hatte sie sich abends oft mit Trude und Rita im Weinhaus Maternus getroffen. Aber heute wollte sie sich einen Tag mit Britta auf dem Sofa gönnen und einfach Fernsehen schauen. Das hatte Edith in ihrem ganzen Leben noch nicht gemacht.

Sie schaltete die Kaffeemaschine ein, die röchelnd das Wasser durch ihr Inneres pumpte. Sie wusste nicht, was heute Nachmittag gezeigt wurde, aber für den Abend ab 20:15 Uhr diskutierten sie bereits, ob sie *Flitterabend*, die Spielshow mit Michael Schanze, schauen sollten oder *Zwei Nasen tanken Super*, die Komödie mit Mike Krüger und Thomas Gottschalk. Edith zog die Show vor, Britta wollte gern den Film ansehen.

Als der Kaffee durchgelaufen war, füllte Edith zwei Tassen, eine mit Milch und Zucker für Britta, eine schwarz für sie selbst, und ging damit hinüber ins Wohnzimmer. Brittas Platz auf dem Sofa war verlassen. Der Fernseher lief noch. Es war *Formel Eins* mit Kai Böcking, die Hitparaden-Sendung der *ARD*. Edith stellte die Kaffeetassen auf dem Tisch ab, als ihre Tochter wieder zur Tür hereinkam.

»Die Post war da«, erklärte Britta, während sie im Gehen die Briefe in ihrer Hand durchsah. »Rechnung, Werbung, Werbung, Werbung, Rechnung«, murmelte sie dabei.

Edith setzte sich auf das Sofa und blickte zum Fernseher. Kai Böcking kündigte einen kurzen Bericht über die britische Band Tears for Fears an. Auch Britta nahm wieder Platz, zog ihre Knie an und schob ihre Füße zurück unter die Decke, immer noch sah sie die Post durch. »Der ist für dich«, sagte sie plötzlich und hielt Edith einen Brief unter die Nase. Ehe Edith etwas darauf lesen konnte, sagte ihre Tochter: »Paul Lange, Ost-Berlin.«

Paul! Edith vergaß Kai Böcking und *Formel Eins.* Mit klopfendem Herzen nahm sie den Brief entgegen und lächelte. Ja, das Leben war endlich wieder schön. Und auch wenn sie nicht alles haben konnte, so nahm sie sich in diesem Moment vor, mit dem, was sie hatte, glücklich zu sein – und das so schnell nicht wieder zu vergessen. Sie stand auf. Den Brief wollte sie allein und in Ruhe lesen.

»Es ist schön, dich mal wieder so glücklich zu sehen«, sagte Britta, als Edith hinüber in den Flur ging.

»Ja, das geht mir genauso«, antwortete Edith.

*

*West-Berlin*

Astrid hatte die Kapuze ihres Parkas tief ins Gesicht gezogen. Es war bereits dunkel und der Oktoberwind blies ihr kalt ins Gesicht, während sie mit Sabine durch Kreuzberg eilte. Sie waren mit René und Maik in dem Techno-Club *Turbine Rosenheim* am anderen Ende von Kreuzberg verabredet. Der Club war vor drei Jahren von DJ Dr. Motte gegründet worden und erst letztes Jahr nach Kreuzberg in die Glogauer Straße umgezogen. Neben sehr viel mehr Platz gab es dort nun Acid House. Oder »der heiße Scheiß«, wie Sabine es nannte. Astrid war von Techno oder Housemusik nicht annähernd so begeistert wie Sabine, aber sie wollte ausprobieren, wie es sich anfühlte, ob es wirklich so mitreißend war. Schließlich hatte sie sich vorgenommen, öfter etwas Neues zu wagen. Ein Abend im angesagtesten Techno-Club Kreuzbergs schien da perfekt, wenn es nur nicht so kalt wäre.

Der Club lag beinahe im Schatten der in Berlin allgegenwärtigen Mauer. Nur zwei Straßen weiter erhob sie sich wieder hinter einem Kanal zur Spree. Astrid schaute gar nicht dorthin. Sie hatte den Kopf gesenkt, den Blick auf den Boden vor ihren Füßen geheftet, um der beißenden Kälte etwas zu entgehen. Plötzlich hielt Sabine sie am Arm fest. Überrascht blieb Astrid stehen. Ihre Freundin schien auf etwas zu lauschen. Verständnislos sah Astrid sie an.

»Da ist doch was los!«, sagte Sabine. Sie hatte sich auf die

Zehenspitzen gestellt, und tänzelte ein paar Schritte zur Seite. »Hörst du das denn nicht? Da rufen Menschen! Viele Menschen!«

Astrid schob ihre Kapuze zurück. Jetzt verstand sie, was ihre Freundin meinte. Entfernt, ganz entfernt, meinte auch sie, etwas zu hören. Stimmen. Eine aufgebrachte Menschenmenge.

»Das kommt von der Mauer!«, sagte Sabine, und ehe Astrid sich versah, war sie schon auf dem Weg dahin.

»Hey!«, rief Astrid ihr hinterher. »René und Maik. Die warten bestimmt.« Aber Sabine lief einfach weiter. Astrid atmete geräuschvoll aus und folgte ihrer Freundin.

Diese war an der Mauer angelangt und stehen geblieben. Nun konnte auch Astrid deutlich hören, dass auf er anderen Seite – hinter der Grenzanlage eine Menschenmenge zusammengekommen sein musste.

»Hör mal, was die rufen! Gorbi hilf uns! Keine Gewalt! Wir sind das Volk!«, sagte Sabine, und auch Astrid konnte es deutlich verstehen.

»Ob das so was wie diese Demos in Leipzig ist? Weißt du, wovon sie kürzlich in den Nachrichten erzählt haben«, überlegte Sabine.

»Hört sich so an«, erwiderte Astrid.

»Süße! Am Ende machen sie die Mauer doch auf!« Vor lauter Aufregung umarmte ihre Freundin sie stürmisch.

»Die Grenze meinst du?«, nuschelte Astrid gegen Sabines neongestreifte Windjacke.

Sabine löste sich wieder von ihr. »Ja, wenn das ganze Volk auf die Straße geht.«

»Ich weiß nicht«, sagte Astrid. »Meine Erfahrung ist, dass die ziemlich unnachgiebig sind. Ich glaube nicht, dass die irgendwann mal irgendwas ändern.«

Sabine deutete zur Mauer. »Aber sie rufen nach Gorbi!«

»Und du meinst, dass Gorbatschow da helfen kann?«

»Er soll ja sehr offen sein …« Sabine kickte mit dem Fuß einen Stein gegen die Mauer. Es gab ein dumpfes Geräusch, und der Stein fiel wieder vor ihre Füße. Die Mauer hatte ihn abgehalten.

»Offen sein nutzt nichts, das nutzt niemandem. Weißt du, was offen sein sollte? Die Grenzen!« Astrid ließ die Schultern hängen.

»Ich hab das Gefühl, dass es so kommen wird!«, beharrte Sabine. »Die werden die Grenzen aufmachen. Die Menschen durchlassen. Es geht gar nicht mehr anders.«

»Wenn du meinst. Ich bleib dabei: Ich glaube da nicht dran. Und jetzt komm, zum Club geht es da lang. Maik und René fragen sich bestimmt schon, wo wir bleiben.« Und damit rannte Astrid los, weiter durch den kalten Oktoberwind, der ihr immer noch unerbittlich ins Gesicht wehte.

# 27

*November, Ost-Berlin*

»Paul! Verdammt noch mal! Wo steckst du denn, Kerl?« Uwes Stimme tönte durch die Dunkelheit des Stadthauses und drang nur gedämpft durch die Bettdecke an Pauls Ohren. Paul drehte sich zur Wand. Er war so müde, wollte weiterschlafen. Den Sommer über war die Arbeit am Fließband einigermaßen in Ordnung gewesen, aber seit der Herbst Einzug gehalten hatte, war es kaum noch auszuhalten. Er betrat die große Maschinenhalle im Dunkeln und verließ sie wieder im Dunkeln. Und je weiter das Jahr voranschritt, desto dunkler wurde es. Jetzt, Anfang November war der Himmel sogar während seiner Mittagspause dunkel.

»Paul!«, rief Uwe erneut. Schritte waren im Flur zu hören. »Pau-ul!« Die Schritte kamen näher, und die Tür wurde geöffnet. »Mensch! Es ist erst früher Abend, wie kannst du denn da schon im Bett liegen?« Uwe trat ins Zimmer und schaltete das Licht ein. Stöhnend zog Paul sich die Decke über den Kopf.

»Also ehrlich!«, hörte er Uwes Stimme gedämpft. »Du führst dich ja auf wie ein Pimpf, der nicht zur Schule gehen will.« Uwe zog mit Schwung an der Decke. »Komm jetzt, da ist Großes im Gange, das kannst du nicht einfach verschlafen.«

Paul beschirmte die Augen mit einer Hand und musste trotzdem gegen die Helligkeit anblinzeln. Ächzend setzte er sich auf und schwang die Beine über die Bettkante.

»Besser«, sagte Uwe. Er lehnte sich an die gegenüberliegende Wand.

»Was ist los?«, fragte Paul heiser.

»Ich hab gerade die *Aktuelle Kamera* geschaut«, berichtete Uwe aufgeregt.

Paul erwiderte nichts. So wie Uwe übers ganze Gesicht strahlte, würde er ohnehin weitererzählen.

»Du glaubst ja nicht, was der Günter Schabowski gerade bei der Pressekonferenz zum neuen Reisegesetz gesagt hat.«

Paul rieb sich müde über die Augen. Es war doch in der DDR immer nur das Gleiche. Es wurden Dinge angekündigt, die großartig klangen, es aber dann nicht waren. Alles Augenwischerei. Er konnte sich nicht vorstellen, dass es diesmal anders sein sollte. Die Hoffnung darauf hatte man ihm im Gefängnis genommen.

»Wir können raus. Alle. Unverzüglich, so hat der Schabowski gesagt. Das ZK hat das beschlossen! Hast du gehört, Paule? Jetzt, sofort! Gerade haben sie das in der *Aktuellen Kamera* gebracht!«

»Wie …?«, fragte Paul. »Wir können alle raus?« Mit einem Mal war er hellwach.

»Ja, ohne besondere Anlässe, hieß es. Stell dir das mal vor!«

»Du nimmst mich auf den Arm, oder?«

»Nein, es ist so, wie ich sage: Wir können raus! Auch über die Grenzübergangsstellen zu Berlin West!«

»Aber …«, begann Paul, während die Möglichkeiten, die diese Entwicklung mit sich brachte, durch seinen Kopf rasten. War es wirklich wahr? Würden sie die Grenze öffnen?

»Kein Aber! Wir gehen zur Sonnenallee, und dann gleich rüber in den Westen!«, bestätigte Uwe seine kühnen Gedanken.

Paul fühlte, wie Hoffnung in ihm aufkeimte. Da hatte er endlich Kontakt zu seiner Tochter und auch wieder zu seinem Glücksbringermädchen und sich bereits damit abgefunden, dass sie sich nie persönlich würden sehen können, und genau in diesem Moment beschloss das Zentralkomitee der DDR, die Mauer zu öffnen? Wenn das wirklich stimmte, dann war das großartig! Nein, es war mehr als großartig! Es war alles, was Paul sich je gewünscht hatte.

»Komm! Das ist die Gelegenheit.« Uwe stieß sich von der Wand ab und knuffte Paul mit der Faust auf den Oberarm.

Sein Freund hatte recht. Genauso war es. Endlich würde er die Gelegenheit bekommen, auf die er all die Jahre gewartet hatte. Es war überwältigend. So lange hatte er gehofft, dass sie die Grenzen öffnen würden, dass es für ihn eine Möglichkeit geben würde, wieder in den Westen zu kommen. Und jetzt war es in greifbarer Nähe.

Uwe streckte ihm seine Hand hin. Im trüben Licht der Zimmerlampe konnte Paul die blasse Narbe deutlich erkennen. Automatisch sah er in seine eigene rechte Handfläche. Dort hatte er die gleiche blasse Narbe. Er und Uwe, sie waren Blutsbrüder. Er schlug in Uwes Hand ein und ließ sich auf die Beine ziehen. Sie klatschten einander ab.

»Heute Abend hält uns nichts auf!«, rief Uwe.

»Genau!«, rief auch Paul. »Heute gehen wir nach West-Berlin.«

*

*West-Berlin*

Astrid vergrub ihr Gesicht an Renés Brust. Sog den Duft nach frischer Minze tief ein und schloss die Augen. In den letzten Wochen waren sie fast jeden Abend unterwegs gewesen. Der Besuch in der Turbine Rosenheim im Oktober war erst der Anfang gewesen. Obwohl Astrid immer gedacht hatte, dass Techno nicht ihre Musikrichtung war, musste sie gestehen, dass es unglaublich war, sich den gleichförmigen Klängen hinzugeben. Die einen die Zeit und alles um einen herum vergessen ließen, einen beinahe in eine Art Trance versetzten. Es hatte ihr Gedankenkarussell zum Stillstand gebracht, hatte dazu geführt, dass einfach nur im Hier und Jetzt war. Ohne die Vergangenheit und auch ohne die Zukunft. Nur im Moment, im Beat.

Aber das Feiern und die durchtanzten Nächte hatten allmählich ihren Tribut gefordert. Und so hatten sie sich heute für einen gemütlichen Abend bei Sabine entschieden. Maik war gerade losgezogen, um Pommes und Currywurst für alle zu besorgen, Sabine war in der winzigen Küche verschwunden, um Teller und Besteck zu holen, und Astrid hatte sich mit René auf Sabines Couch gekuschelt. Sie genoss die Wärme und die Geborgenheit. Wie sie hier so mit René an ihrer Seite saß, wusste sie, dass das immer und überall so sein würde. Egal ob hier, in West-Berlin, oder in Amerika, in New York. Und es war ein gutes Gefühl, Rückhalt zu haben, zu wissen, dass er sie unterstützte, ohne etwas zu fordern.

Es klingelte, und Astrid hörte, wie Sabine im Flur Maik die Wohnungstür öffnete.

»Wurde aber auch Zeit«, sagte René, »ich hab einen Bärenhunger!«

»Ich auch«, stimmte Astrid zu. Aber weder Sabine noch Maik erschienen im Zimmer. Stattdessen hörte man jetzt lautes Rufen im Flur.

Astrid und René sahen sich an. »Was ist denn da los?«, sprach er aus, was sie dachte. Astrid zuckte mit den Schultern. Sie gingen in den Flur.

Maik stand in der offenen Wohnungstür, neben ihm Sabine. Die beiden diskutierten aufgeregt.

»Was ist los?«, fragte diesmal Astrid.

Sabine wirbelte zu ihr herum. Ihre Augen waren groß. »Es gibt Gerüchte, dass sie die Mauer aufmachen!«

»Ja, genau«, sagte Maik aufgeregt, »das haben sie gerade an der Bude erzählt. Am Brandenburger Tor ist 'ne Riesenparty im Gange!«

»Was?« Astrids Herz begann heftig zu klopfen. »Eine Party am Brandenburger Tor?«

»Ist das nicht der Wahnsinn?«, rief Sabine begeistert. »Die öffnen die Grenze! Das wird ein Jahrhundertereignis. Sie strahlte. »Und wir werden dabei sein, wir alle vier!«

»Red keinen Scheiß!«, sagte Astrid, die es noch nicht richtig fassen konnte. »… die wollen das tatsächlich machen? Die Mauer öffnen? Wirklich? So wirklich, wirklich?« Sie sah zu Maik.

»So hat man es mir erzählt«, bestätigte dieser. »Ich hab ja im ersten Moment auch gedacht, mich knutscht 'n Elch, als ich das an der Bude gehört hab. Aber echt! Jeder erzählt das. Das ist der helle Wahnsinn.«

Astrid nickte. Der helle Wahnsinn! Sie blickte in die Runde. »Worauf warten wir dann noch? Das können wir doch unmöglich verpassen!«

Sabine klatschte in die Hände. »Genau! Gehen wir zum Brandenburger Tor!«

*

*Ost-Berlin*

So viele Menschen, so viel Lärm, und er mittendrin.

Er konnte nicht mehr selbst entscheiden, wohin er gehen wollte. Wurde gezogen, gedrückt, geschoben. Sein Weg führte nur noch mit der Masse auf den Grenzübergang Sonnenallee zu. Mitten im Gedränge, es gab kein Zurück.

*Und vielleicht ist das auch gut so*, dachte Paul. So blieb ihm keine andere Wahl, so konnte er nicht in letzter Minute einen Rückzieher machen. Wenn sie die Grenze wirklich öffnen würden, dann würde er – Paul Lange – heute Nacht hinüber nach West-Berlin gehen. Die Hoffnung erfüllte ihn von Kopf bis Fuß. »Du, Uwe«, begann er, aber sein Freund war nicht mehr neben ihm. Paul drehte den Kopf, sah zu beiden Seiten, sah nach hinten, aber er konnte Uwe nirgends erblicken. Er musste ihn im Gedränge verloren haben. Schlagartig verließ ihn das Hoffnungsgefühl. Der Hals schnürte sich ihm zu. Die Nähe der Menschen um ihn herum, der fremden Menschen, wurde ihm plötzlich unangenehm bewusst. Erneut blickte er sich um, aber immer noch konnte er nirgends Uwes vertraute Gestalt erkennen.

Die Menge schob sich weiter nach vorn. Und plötzlich sah Paul die Soldaten. Grenzsoldaten. Sie standen am Rand. Mit unbewegter Miene, die Arme hinter dem Rücken verschränkt. Genau so, wie es die Wärter im Gefängnis gemacht hatten. Die Enge im Hals wurde schlimmer, und er spürte, wie er zu schwitzen begann. Das Blut rauschte ihm in den Ohren. Es war wie morgens nach dem Aufwachen. Der Anblick der Soldaten, die vielen Menschen, er allein ohne ein bekanntes Gesicht, alles war wieder wie im Gefängnis. Mit diesem Gedanken konnte er es wieder riechen und schmecken, die Mischung aus Bleiche und Erbrochenem, den metallischen Geschmack im Mund. Gleich würden sie sich auf ihn stürzen, gleich würde er gepackt und weggezerrt werden. Heraus aus der Menge, hinein in die Arrestzelle. Gleich wäre es vorbei. Paul schloss die Augen. Versuchte, sich zu beruhigen.

Mit einem Mal stoppte das Gedränge. Nichts tat sich mehr. Paul öffnete die Augen. Und wirklich, nichts bewegte sich mehr. Die Menschen standen ruhig da. Er sah hinüber zu den Soldaten, und erst jetzt fiel ihm auf, dass sie ratlos wirkten, unsicher beinahe. Ganz anders, als er es von dem Wachpersonal in Hohenschönhausen gewohnt war. Paul ballte die Fäuste und sog die kalte Novemberluft tief in seine Lungen. Er war nicht mehr im Gefängnis, er war frei, und heute Nacht würde er zum ersten Mal seit knapp dreißig Jahren richtig frei sein! Von grimmigem Mut erfüllt, richtete er sich auf. Stillstand war für ihn keine Option mehr. Diese Nacht, das wusste er plötzlich ganz genau, war diejenige, in der sich alles entscheiden würde. Die Nacht, in der er seine Freiheit wiedererlangen würde. Wirklich frei sein würde. Er reckte den Kopf und straffte die Schultern. Und dann begann er, sich einen Weg durch die Menge nach vorn zu bahnen, zum Grenzübergang, zu den Soldaten, und dabei rief er mit lauter Stimme: »Macht die Grenze auf! Macht die Grenze auf! Lasst uns gehen!«

Die Grenzer sahen immer noch unsicher aus. Paul hatte es jetzt so weit nach vorn geschafft, dass er sehen konnte, wie ihnen der Schweiß auf der Stirn stand.

»Kommen Se morgen früh wieder, um Achte. Und rüber kommt nur, wer einen Stempel von der Meldestelle der Volkspolizei im Pass hat, damit Se Bescheid wissen«, sagte einer der Grenzbeamten.

*Einen Stempel im Pass* ... Natürlich. Das hatte Uwe ihm nicht erzählt.

Aber da rief ein Mann, der unmittelbar neben ihm stand: »Nein! Der Berliner SED-Chef Genosse Schabowski hat selbst gesagt, dass ausreisen kann, wer will, und das ganz ohne größere Formalitäten!« Von allen Seiten brandeten zustimmendes Gemurmel und Rufe auf.

Paul fixierte den Grenzer. »Sie haben den Mann gehört: Genosse Schabowski hat es gesagt, und der bekommt seine Informationen vom ZK persönlich! Also machen Sie endlich die Grenze auf. Es ist vorbei!«

# 28

*November, West-Berlin*

Vor dem Brandenburger Tor wimmelte es vor Menschen. Es wurde gejubelt, gelacht, gesungen. Aber es waren auch einige wütende Buh-Rufe und Pfiffe zu hören.

Astrid schaute sich um. Waren Bürger der DDR darunter? Hatte man die Mauer bereits geöffnet? Bei dieser Vorstellung jagte das Adrenalin durch ihren Körper. Sie bekam eine Gänsehaut.

»Komm, lass uns mal näher rangehen und sehen, was da los ist«, sagte Sabine und verschwand kurzerhand mit Maik in der Menge. Astrid folgte ihr, so schnell es ihr möglich war. Sie zog René an der Hand hinter sich her. Zusammen kämpften sie sich nach vorn vor und sahen dann den Grund für die Rufe und Pfiffe: Jemand war auf die Mauer geklettert. Da stand ein Mann auf der Mauer! Aus dem Osten wurde er mit Wasserwerfern beschossen, aber aus so großer Entfernung, dass die Wasserstrahlen nicht mehr die Kraft hatten, ihn herunterzustoßen. Der Mann war klatschnass. Er tänzelte auf der Mauer hin und her und reckte die Arme in die Luft. Der Jubel galt ihm, die Buh-Rufe und Pfiffe den Wasserwerfern.

Astrid klappte der Mund auf.

Sabine hibbelte aufgeregt neben ihr hin und her. »Ich hab's doch gesagt! Das wird ein Jahrhundertereignis! Ach, was! Das ist schon eins! Und wir sind dabei! Astrid! Wir sind dabei! Guck doch!«

Erneut ließ Astrid ihren Blick schweifen.

Die Menschen fielen sich in die Arme. Weinten vor Fassungslosigkeit und Glück. Sie versuchte, zu verstehen, was

Einzelne unter ihnen sagten, und endlich wurde ihr klar: Das waren Bürger der DDR. Menschen aus Ost-Berlin. Von drüben, von der anderen Seite der Mauer. Sie waren an der Grenze hinübergelassen worden.

Astrid stiegen die Tränen in die Augen. Es war so ergreifend, so groß, so emotional – alles. Sie schmiegte sich an René, der die Arme um sie legte und ihr einen Kuss auf den Kopf gab. *Ein Jahrhundertereignis!*

Astrid horchte. Wenn sie es richtig verstand, dann war bislang nur der Grenzübergang an der Bornholmer Straße geöffnet, aber über eine Sache waren sich hier in dieser jubelnden Menge alle einig: Die anderen Übergänge würden jede Minute folgen. Es war wie eine Revolution! Eine ohne Kampf, ohne Blut, ohne Opfer. Eine geteilte Stadt, die wieder eins wurde, deren Membran wieder durchlässig wurde.

Ein zweiter Mann kletterte auf die Mauer und wurde ebenfalls vom Wasser durchnässt. Die Menge johlte, und plötzlich kamen mehr Menschen in Bewegung, stürmten auf die Mauer zu, kletterten hinauf. Die, die schon oben waren, reichten ihre Hände hinunter, zogen weitere zu sich hinauf. Immer mehr und mehr und mehr. Die Wasserwerfer versiegten, und Freudenjubel brandete über die Mauer und von der Mauer hinunter und über den Platz mit den Menschen davor.

Astrid und René jubelten mit. Astrid fühlte sich wie elektrisiert. Es war real und unwirklich zugleich. Und es war großartig!

Sabine war mit Maik im Getümmel verschwunden gewesen und tauchte nun mit einem Mal wieder vor ihr auf. »In der Invalidenstraße ist jetzt auch offen!«, rief sie begeistert.

Und Maik fügte hinzu: »Sonnenallee, Checkpoint Charly und alle anderen Übergänge werden auch bald folgen! Das sagen sie überall.«

Sabine fasste Astrid mit den Händen an den Oberarmen. »Süße! Weißt du, was das heißt?«

Astrid nickte. Tränen liefen ihr über die Wangen. Freudentränen. Die Grenze war offen, die Mauer war durchlässig! Sie würde endlich die Gelegenheit bekommen, ihren Vater kennenzulernen!

*

Den ganzen Abend waren Joachim und Michi unterwegs gewesen und hatten Fotos gemacht. Waren durch Berlin-Grunewald spaziert. Am Teufelssee vorbei durch den Wald bis zum Pechsee, der nur halb so groß war. Und schließlich zum Dahlemer Feld. Die frühere Kiesgrube war komplett gerodet worden, und so erstreckte sich hier nun eine Heide- statt einer Waldlandschaft. Joachim fand es erstaunlich, wie vielfältig Berlin war. Mit Wäldern, Seen, einem Fluss, Hochhäusern und einem Flughafen und das Ganze mit einer Mauer ringsum. Ein Biotop in einem anderen Land, das einmal dasselbe gewesen war, dass es irgendwie immer noch war, und dennoch getrennt blieb.

Als es immer dunkler geworden war, hatten sie sich auf den Heimweg gemacht. Waren in Grünewald in die S-Bahn gestiegen und bis zum Bahnhof Zoo gefahren. Dort hatten sie gerade nach Schöneberg umsteigen wollen, als ihnen die aufgeregte Menschentraube auffiel.

Joachim und Michi hatte sich nur einmal kurz angesehen, und damit war klar gewesen, dass sie hinübergehen würden, um zu erfahren, was da los war. Die Nachricht verschlug ihnen die Sprache. Am Bahnhof erzählten sich alle, dass an der Mauer etwas im Gange war. Dass die DDR die Ausreisebestimmungen mit sofortiger Wirkung gelockert hätten, und dass jetzt halb Berlin auf dem Weg zur Mauer war, um das live mitzuerleben.

Und für Joachim und Michi hatte festgestanden, dass auch sie das sehen mussten!

»Hast du noch Ersatz-Filme für die Kamera?«, hatte Michi gefragt, und Joachim hatte genickt. Dann waren sie losgezogen.

Im Bezirk Gesundbrunnen würde sich etwas tun, hatten die Leute gesagt. Und deshalb standen sie jetzt am Grenzübergang Bornholmer Straße, hörten den Jubel, sahen die Menschen, die aus Ost-Berlin herüberkamen. Zu Fuß, mit Autos, mit Fahrrädern. Es war unglaublich!

Schnell legte Joachim einen neuen Film ein und hob die Kamera.

Tief einatmen, zügig ausatmen und dann die Luft anhalten, bevor man den Auslöser drückte. So hatte Onkel Willi es ihm vor so vielen Jahren erklärt, damals an seinem neunzehnten Geburtstag, als er ihm genau so eine Kamera geschenkt hatte, wie die, die er im Augenblick in den Händen hielt. Für so ein altes Modell war diese Atemtechnik wichtig. Sie war der beste Weg, damit die Bilder nicht verwackelten. Und sie war Joachim in Leib und Blut übergegangen, auch wenn er zwischenzeitlich viele Jahre nicht mehr fotografiert hatte.

Er spürte, dass Michi dicht neben ihm stand, spürte dessen Hand auf seinem Rücken. Er gab ihm Halt, gab ihm die nötige Ruhe in dem Freudenwirbel, der um sie herum toste. Und Joachim war ihm dankbar dafür. Es war, als würde all das hier zusammengehören. Er und Michi, Ost- und West-Berlin, die Fotos, die Kamera. Es war ein kleines Wunder.

Durch den Sucher ließ er die Szenerie auf sich wirken: die jubeltaumelnde Menge. Die Freudentränen. Die Menschen, die sich in den Armen lagen. Völlig Fremde, aus Ost und aus West.

*Wir sind das Volk. Wir sind ein Volk.* So war es.

Joachim sammelte sich. Einatmen. Ausatmen. *Klick.* Eine weinende Frau, der jemand ein Taschentuch reichte.

*Klick.* Drei Männer, Arm in Arm, singend.

*Klick.* Ein Trabi, umringt von Menschen, durch die heruntergelassene Scheibe umarmte man sich.

*Klick.* Eine alte Frau fiel auf die Knie, und mehrere Arme halfen ihr auf.

Joachim schluckte. Diese Bilder der Ereignisse, diese Ausschnitte, die er gerade festhielt, waren bewegend. All das hier war bewegend. Und plötzlich verstand Joachim, dass er im Begriff war, Teil von etwas ganz Großem zu werden, dass er es schon längst war. Tränen sammelten sich in seinen Augen. Das hier war der Anfang einer neuen Ära!

Er wollte eine weitere Aufnahme machen, aber die Tränen nahmen ihm die Sicht, und er ließ die Kamera sinken. Statt kleiner Detailausschnitte prasselte das Geschehen als Ganzes auf ihn ein, und Joachim war unfähig, etwas zu sagen oder zu tun. Er konnte nur dastehen, die Kamera in Händen, Tränen in den Augen, und schauen. Schauen und schauen.

Michi drehte sich zu ihm, stellte sich so vor ihn, dass Joachim nur noch Michis Gesicht sehen konnte. Er legte beide Hände an Joachims Kopf und wischte ihm mit den Daumen die Tränen von den Wangenknochen. Blickte ihn aufmerksam an.

»Ich weiß auch nicht, was mit mir los ist … das hier«, sagte Joachim und deutete auf die Kamera, »weißt du, im Detail, ist es … es ist …« Er fand kein passendes Wort, um zu beschreiben, was er gerade fühlte. Was ihn überwältigt hatte. Fand nichts für dieses große Gefühl.

»Ergreifend?«, schlug Michi vor.

»Ja, genau das ist es«, erwiderte Joachim dankbar. Es war unglaublich, dass Michi genau wusste, was er empfand. Unglaublich, dass er ihn mit jeder Geste, jedem Blick, jeder Berührung glücklich machte. Er sah Michi fest in die Augen. »Es ist ergreifend und überwältigend.«

»Und unglaublich schön«, ergänzte Michi. Und Joachim

war sich sicher, dass auch er nicht mehr nur von der Öffnung der Mauer sprach.

*

»Dein Vater! Lass uns deinen Vater suchen!« Sabine strahlte. Ihre neonbunten Ohrringe wackelten hin und her.

»Du bist doch verrückt! Wie sollen wir den hier finden? Und wir wissen doch gar nicht, ob er überhaupt hier ist«, entgegnete Astrid. Sie musste schreien, um die feiernde Menschenmenge am Brandenburger Tor zu übertönen. René und Maik waren losgezogen, um am nächsten Kiosk Bier zu besorgen.

»Natürlich ist er hier«, schrie Sabine zurück.

»Woher willst du das wissen?«

Sabine trat an sie heran. »Weil heute Nacht jeder hier ist. Hier ist die Party! Hier wird die Öffnung am größten gefeiert! Wer von drüben rüberkommt, kommt auch hierher. Glaub mir.«

Zweifelnd blickte Astrid sich um, musterte die Menge, die sich in den Stunden, die sie bereits hier waren, unglaublich vergrößert hatte. Bürger der DDR in West-Berlin! Es war unvorstellbar, aber sie waren da! Es war fantastisch! Und auch, wenn Astrid verstehen konnte, dass Sabine gerade im Begriff war, sich von der Welle des Freudentaumels mitreißen zu lassen, konnte sie selbst nicht glauben, dass sie inmitten dieser Menschenmenge ausgerechnet ihren Vater antreffen sollte. Ihren Vater, den sie bislang noch nie gesehen hatte. Wie sollte das gehen? »Guck dich doch mal um«, sagte sie zu Sabine, »wie soll ich ihn hier finden? Hier sind so viele Menschen!«

Für einen kurzen Moment ließ Sabine den Kopf hängen, dann hellte sich ihre Miene wieder auf. »Ha! Ich weiß was!«

Astrid sah sie fragend an.

»Telefonkette!«, verkündete ihre Freundin, als sei damit alles gesagt.

»Was?«, fragte Astrid laut zurück. Sie war sich sicher, dass sie sich verhört hatte.

»Telefonkette«, wiederholte Sabine. »Na ja. Nur ohne Telefon. Also eigentlich nur 'ne Kette. Ich sag allen, die ich kenne, Bescheid, und dann fragen wir einfach nach deinem Vater.«

»Einfach fragen? Wie soll das denn gehen?«

»Na, so.« Sabine drehte sich um. Sie formte ihre Hände vor dem Mund zu einem Trichter, und dann rief sie lauthals: »Paul Lange? Gibt es hier einen Paul Lange? Ich suche Paul Lange!« Sie ging vorwärts. »Kennen Sie Paul Lange?«, fragte sie eine Frau, die neben ihr stand. Die schüttelte verwirrt den Kopf. »Schade. Aber tun Sie mir einen Gefallen, ja? Fragen Sie jeden, den sie kennen, nach Paul Lange. Paul. Lange, ja? Der soll zu seiner Tochter kommen. Hier ans Brandenburger Tor.«

Astrid beschleunigte ihre Schritte und schloss zu Sabine auf. Sie legte eine Hand auf ihre Schulter und zog ihre Freundin von der Frau weg. »Sabine, das bringt nichts.«

»Doch. Das tut es! Du wirst schon sehen.« Und damit machte sie sich wieder von Astrid los und brüllte weiter in durch die Menge: »Paul Lange! Ich suche Paul Lange!«

# 29

*November, Berlin, An der Grenze*

Paul war wie in Trance. Während sich der Schlagbaum hob, verlangsamte sich die Zeit. Er hatte das Gefühl, plötzlich nur noch ein unbeteiligter Zuschauer zu sein, über sich selbst zu schweben und sich dabei zuzusehen, wie er von der losströmenden Menge mitgerissen wurde. In Richtung Grenzübergang. Rüber!

Er schwamm mit, ganz ohne eigenes Zutun. Ließ sich treiben und schieben. Immer weiter und weiter und weiter auf die Grenze zu – und hinüber.

Plötzlich ging alles ganz schnell. Er war im Westen, auf der anderen Seite der Mauer. So viele Jahre hatte er sich genau das gewünscht. Hatte im Verborgenen mit Harry an dem Fluchttunnel gegraben, hatte all die Jahre in der Haft davon geträumt, frei zu sein – im freien Westen zu sein! –, und nun war er es. Mit beiden Füßen stand er auf West-Boden. Seine Wangen waren mit einem Mal nass, und er stellte fest, dass er weinte.

Paul drehte sich um und sah zurück zur anderen Seite. Die Grenzer standen unschlüssig neben dem geöffneten Schlagbaum, als wüssten sie selbst noch nicht so recht, was hier gerade passierte. Als könnten sie es nicht glauben. Paul wollte sich gar nicht vorstellen, was in ihren Köpfen vorgehen musste.

Er drehte sich wieder zurück und blickte die Sonnenallee hinauf. Auf der West-Seite war sie so lang, im Osten hatte man nur das letzte Stückchen der Allee gekappt. Überhaupt kam ihm auf dieser Seite der Mauer alles viel größer vor. Dabei war das ein Trugschluss. Denn in West-Berlin war er *innerhalb* der Mauer. Pauls Mundwinkel hoben sich zu einem Lächeln. Wie paradox das war. In West-Berlin, innerhalb der Mauer, war man frei, im Osten, auf der anderen Seite, nicht. Nein, das stimmte nicht! Jetzt, wo die Mauer offen war, und mit ihr alle anderen Grenzen, war man auch im Osten frei. Jetzt fehlte nur noch, dass man die beiden Teile Deutschlands wieder miteinander verband. Wieder zu einem ganzen Land machte, statt einem geteilten. Und während Paul sich umsah und die Freude der Menschen in sich aufnahm, die einander umarmten und sangen, war er sich sicher, dass es so kommen würde. Es konnte gar nicht anders sein. Dieses Land würde wieder eins werden.

Jetzt war er also endlich im Westen. Was sollte er als Erstes tun? Er überlegte einen Moment. Und dann war es ihm klar: Er kannte die Adresse seiner Tochter! Sie wohnte in Schöneberg. Dahin würde er jetzt gehen. Seine Tochter besuchen. Den Weg von der Sonnenallee nach Schöneberg kannte er. Also zumindest den zum Schöneberger Rathaus, denn dorthin war er früher immer gefahren, als er noch als Chauffeur gearbeitet hatte.

Er wollte gerade zur S-Bahn-Haltestelle aufbrechen und fragte sich, ob er wohl mit seiner Ost-Mark bezahlen konnte, als er meinte, seinen Namen zu hören. Nein, er musste sich getäuscht haben. Wer sollte hier nach ihm rufen? Uwe kam ihm in den Sinn, Uwe, den er am Grenzübergang verloren hatte, aber die Stimme, die seinen Namen rief, war weiblich. Und jetzt drang sie klar und deutlich durch die Menge an seine Ohren: »Paul Lange? Ist hier ein Paul Lange? Kennt jemand Paul Lange?«

Paul reckte seinen Arm in die Höhe. »Hier!«, rief er. »Ich bin Paul Lange.«

Es dauerte nur einen Augenblick, und eine junge Frau erschien vor ihm. »Du bist Paul Lange?«, fragte sie überflüssigerweise noch einmal nach.

Paul musterte sie von Kopf bis Fuß. Sie war klein und hatte blonde Locken. War das seine Tochter? Konnte das sein? Aber wer sonst sollte ihn hier in West-Berlin suchen an einem Tag wie heute? Wieder keimte Hoffnung in ihm auf. »Bist du … bist du Astrid?«, fragte er zögerlich.

»Astrid? Was? Nee. Ich bin Bettina. Kannst Betti sagen. Eine Astrid kenn ich nicht«, sagte die junge Frau.

»Aber warum suchen Sie dann nach mir?« Paul war verwirrt.

»Biste nu Paul Lange oder nicht?«, fragte Betti.

»Ich bin's«, bestätigte er erneut, auch wenn er nicht verstand, warum das für die junge Frau so wichtig war.

»Gut«, sagte sie. »Komm mit. Ich helf einer Freundin, die einer Freundin hilft, die wiederum einer anderen Freundin hilft. Und die heißt Ute. Sagt dir der Name was?«

Paul schüttelte den Kopf.

»Egal. Der Auftrag war: Paul Lange finden. Das hab ich ja nun getan. Also komm mit. Vielleicht triffste dann deine Astrid.«

*

*West-Berlin*

René reichte ihr von oben die Hand, und jemand aus der Menge schob von unten ihren Fuß hoch. Ein Ruck, und sie war oben. Auf der Mauer. Astrid spürte, wie ihre Knie mit einem Mal weich wurden. Sie stand auf der Mauer! Mit Hunderten von anderen Menschen. Jungen und alten. Erwachsenen und Kindern. Sie alle standen auf der Mauer, standen auf dem Bauwerk, das dafür gemacht worden war, die Menschen dieses Landes zu trennen. Und nun führte genau dieses Bauwerk sie wieder zusammen. Enger als je zuvor: Dicht gedrängt tummelten sich Menschen aus West und aus Ost hier auf der Mauer. Umarmten sich, halfen einander nach oben, hielten sich gegenseitig fest.

Während Astrid hinüber zum Brandenburger Tor blickte, hatte Sabine es sich auf der Mauer bequem gemacht. Sie ließ die Beine in den Westen baumeln. Maik saß im Schneidersitz neben ihr und trank Bier.

»Gib mir noch einen Schluck«, forderte Sabine von Maik. Er reichte ihr die Dose.

Astrid lehnte sich an René. Sie war glücklich – und ein ganz kleines bisschen auch enttäuscht. Sie konnte gar nicht mehr sagen, wie lange Sabine zwischen den Menschen herumgelaufen war und nach Astrids Vater gerufen und gefragt hatte. Sie hatte jeden, der bereit gewesen war, ihr zuzuhören, aufgefordert, auch nach Paul Lange zu fragen, und war immer noch überzeugt vom Erfolg ihrer »Telefonkette«.

»Doch!«, hatte sie noch einmal bestätigt. »Das ist wie ein Schneeball, weißt du? Je mehr Menschen nach Paul Lange suchen, desto größer wird die Chance, dass wir ihn auch finden.« Sabines Aufregung und Begeisterung war so ansteckend gewesen, dass Astrid sich im allgemeinen Freudentaumel am Brandenburger Tor hatte mitreißen lassen. An diesem Abend schien alles möglich zu sein! Auch wenn der gesunde Menschenverstand ihr sagte, dass die Chance, dass das wirklich funktionierte, sehr gering war.

Es war schon spät, und die Party ging immer weiter. Ihr Vater war aber bisher nicht aufgetaucht. Astrid setzte sich neben Sabine. Sie gähnte. »Weißt du was?«, sagte sie. »Ich glaub, ich werd hier nicht mehr alt. Ich muss ins Bett.«

»Du kannst jetzt nicht ernsthaft daran denken, schlafen zu gehen? Astrid Müller! Du klingst ja wie meine Großmutter«, entgegnete Sabine empört.

»Nein, ich meine es ernst. In ein paar Stunden muss ich wieder im KaDeWe stehen.«

»Meld dich doch krank«, sagte Sabine leichthin.

René ging hinter Astrid und Sabine in die Knie und legte je einen Arm auf ihren Schultern ab. »Wer ist krank?«

»Ich bin nicht krank, ich bin nur müde«, stellte Astrid richtig.

»Dann lass uns gehen«, sagte René.

Sabine hob die Hand. »Ihr könnt doch jetzt nicht abhauen!«

»Warum nicht?«, fragten Astrid und René im Chor.

»Mensch! Da gibt's viele Gründe. Zum einen, weil das hier ein historischer Moment ist, dann, weil wir nur einmal jung sind und auch, weil Paul Lange noch nicht aufgetaucht ist!« Sabine trank die Dose leer und begann, sie zwischen den Händen zu zerdrücken.

»Der wird auch heute nicht mehr hier auftauchen«, erwiderte Astrid. »Und das ist kein Drama. Die Grenze ist offen!« Sie wandte sich an Sabine. »Die Idee mit der Schneeball-Telefonkette war wirklich gut, aber jetzt sind wir schon seit Stunden hier, und du musst zugeben: Die Chancen, ihn hier zu finden, sind fast gleich null. Guck doch mal, wie viele Menschen hier sind. Okay?«

»Och, Menno. Ich hätte es wirklich gern gesehen«, sagte Sabine. »Familienzusammenführung vor dem Brandenburger Tor, das wäre so toll gewesen.«

Astrid lächelte. »Ja, das wäre es.« Sie legte einen Arm um ihre Freundin und drückte sie. »Aber jet…«

»Biene! Sa-biene! Astrid! Seid ihr hier?«

»Das kommt von da!«, sagte Maik und zeigte mit dem ausgestreckten Arm über den Platz vor der Mauer.

Astrid kniff die Augen zusammen, versuchte zu erkennen, wer da nach ihnen rief.

»Das ist Ute!«, rief Sabine, die scheinbar bessere Augen hatte.

René beugte sich nach vorn. »Wer ist Ute, und wer ist da bei denen?«

Astrid schaute in die Richtung. Sie konnte Ute, eine entfernte Bekannte von Sabine, jetzt sehen. Neben ihr ging eine kleine junge Frau mit blonden Locken und daneben …

Sabine krallte ihre Hand. »Sag nicht, das ist … Das muss doch! Süße! Das ist dein Vater, oder?«

Astrid fühlte sich mit einem Mal wie betäubt. War das Paul Lange? War das ihr Vater? Konnte es wirklich möglich sein, dass Sabines Telefonketten-Schneeball-Schnapsidee funktioniert hatte?

Ehe sie noch weiter überlegen konnte, legte Sabine wieder beide Hände zum Trichter an den Mund und brüllte über die Köpfe der Menschen hinweg: »Bist du Paul Lange?«

Und der Mann antwortete: »Ja, der bin ich.«

*

Neben Betti und Ute ging Paul durch die Menge auf die Mauer zu. Er musste nicht überlegen, welche der beiden seine Tochter war. Das war ganz klar. Sie hatte das gleiche haselnussfarbene Haar wie Edith, die gleichen Grübchen und den gleichen Blick mit dem willensstarken Funkeln in den Augen. Sie sah seinem Glücksbringermädchen so ähnlich, dass er für einen Moment den Eindruck hatte, Edith würde dort auf der Mauer sitzen. Seine Edith, so wie er sie in Erinnerung hatte. Nur ihre Kleidung unterschied sich deutlich von der, die zu seinem Edith-Bild passte. Seine Tochter trug Jeans und Parka.

Endlich hatte er die Mauer erreicht. Er blickte hinauf. Zu seiner Tochter. »Hallo«, begann Paul, und dann verstummte er wieder. Was sagte man zu seiner erwachsenen Tochter, wenn man sie gerade erst kennenlernte? In den Briefen war es einfach gewesen, aber in echt … Es war schwer.

»Hallo«, entgegnete Astrid. Und beinahe schien es Paul so, als würde es ihr genauso gehen wie ihm. Sie beugte sich zu einem jungen Mann, der hinter ihr kniete, und kletterte mit dessen Hilfe von der Mauer herunter. Einen Augenblick zögerte sie, dann stürzte sie auf Paul zu und umarmte ihn.

Nie war ihm das Glück zuteil gewesen, seine Tochter als Baby auf dem Arm zu halten. Er hatte nicht miterleben dürfen, wie sie laufen gelernt hatte, wie sie eingeschult worden war, wie sie ihren Schulabschluss gemacht hatte. Nichts davon. Aber jetzt durfte er sie umarmen. Jetzt gab es nichts mehr, was ihn von ihr trennen konnte. Für einen Moment blendete er alles aus. Den Unfall, den Mauerbau, das schmerzende Bein, die lange Haft. Das war alles unwichtig, jetzt, wo er endlich Astrid in den Armen hielt, sein Kind. Nach einer gefühlten Ewigkeit ließen sie einander wieder los.

»Es ist genau so, wie ich es mir vorgestellt habe!«, verkündete eine junge Frau, die plötzlich neben ihnen stand. »Familienzusammenführung vor dem Brandenburger Tor.«

Astrid lächelte. »Paul, das ist Sabine. Sabine, das ist Paul.« Sie verstummte und fügte dann hastig hinzu: »Mein Vater.«

Sabine lachte. »Das hab ich mir fast schon gedacht, wa!«, rief sie, und auch Paul musste schmunzeln.

Astrid drehte sich zur anderen Seite und deutete auf den jungen Mann, der eben noch mit ihr auf der Mauer gewesen war. Paul hatte gar nicht bemerkt, dass auch er heruntergeklettert und neben Astrid getreten war.

»Und das ist René«, stellte seine Tochter den jungen Mann vor und ergriff seine Hand.

Paul kniff die Augen zusammen. Bislang hatte seine Tochter in ihren Briefen niemanden mit diesem Namen erwähnt. »René?« Er legte die Stirn in Falten. »Was für ein René?«

»Mein Freund René«, sagte Astrid.

»Freund? Wie, ein fester Freund?« Die Frage war ihm herausgerutscht, noch bevor er sie zurückhalten konnte. In seiner Vorstellung war seine Tochter immer ein kleines Kind gewesen, dabei wusste er genau, dass sie eine erwachsene Frau war. Er sah es doch.

»Paul! Natürlich ist er mein fester Freund.«

»Ich …«, setzte er an. »… diese Vatersache … ich glaube, das muss ich erst lernen.« Er lächelte entschuldigend und reichte René die Hand. Der junge Mann lächelte zurück, er schien ihm seine Worte nicht übel zu nehmen.

Es entstand ein kurzer Moment der Stille, in dem man nur den Lärm der feiernden Menschen um sie herum hören konnte.

»Vielleicht solltest du es nicht direkt als Vatersache betrachten«, sagte seine Tochter schließlich grinsend.

»Sondern?« Paul zog erstaunt die Augenbrauen hoch. »Ich bin dein Vater, und du bist meine Tochter.«

»Ja, das bin ich. Aber ich bin schon erwachsen, und wir sehen uns gerade zum ersten Mal.«

»Und was schlägst du vor, was wir tun sollen?«, fragte Paul.

»Vielleicht lernen wir uns erst einmal als zwei Erwachsene kennen, die einander noch nie zuvor begegnet sind. Ganz von vorn, ganz neu. Was meinst du?«

»Gut.« Paul lächelte und dann streckte er Astrid die Hand hin. »Hallo. Ich bin Paul Lange, ich komme ursprünglich von einem kleinen Bauernhof in der Eifel, war früher mal Chauffeur und hab die letzten Jahre in der DDR gelebt.«

Astrid lächelte und schlug in seine Hand ein. »Hallo, Paul«, sagte sie. »Freut mich, dich kennenzulernen.«

# 30

*November, Bonn-Bad Godesberg*

Edith stand an der Küchenspüle und betrachtete ihr eigenes Spiegelbild in der Fensterscheibe. Die grauen Strähnen an der Schläfe wurden mit jedem Tag mehr. Draußen war es noch stockdunkel. Neben ihr blubberte die Kaffeemaschine. Edith gähnte, goss sich eine Tasse Kaffee ein und setzte sich an den gedeckten Küchentisch. Blickte auf den leeren Platz ihr gegenüber. Britta war bereits mit einem Brot hinüber ins Wohnzimmer gegangen, wo sie nun vor dem Fernseher saß und frühstückte.

In Ediths Augen war das Essen vor dem Fernseher eine neumodische Unart. Wie es überhaupt für sie merkwürdig war, zu so früher Stunde fernzusehen. Aber mehrere der privaten Sender sendeten ihre Programme bereits ab sechs Uhr morgens.

Sie trank einen Schluck Kaffee und nahm sich dann eine Scheibe Schwarzbrot aus dem Brotkorb. Bedächtig verteilte sie mit dem Messer etwas Butter darauf. Sie hatte gerade das Messer in den Grafschafter Goldsaft getaucht, als sie Britta aus dem Wohnzimmer rufen hörte: »Mama. Mama!«

Mit einer drehenden Bewegung zog sie das Messer wieder heraus und legte es mit dem rheinischen Zuckerrübensirup auf ihrem Brot ab. »Was ist denn?«, rief sie zurück.

»Schnell! Du musst herkommen! Jetzt!« Britta brüllte so laut, das kannte Edith gar nicht von ihr.

»Ist ja gut«, rief sie zurück. »Ich komme gleich.« Sie begann, den dunklen Sirup auf dem Schwarzbrot zu verstreichen.

»Nein! Du musst jetzt kommen. Schnell!«

Edith ließ von ihrem Brot ab. Sie stand auf und nahm ihre Kaffeetasse mit, als sie über den Flur ins Wohnzimmer ging. Britta saß kerzengerade auf der äußersten Kante des Sofas und starrte gebannt auf den Fernseher. In den Händen hielt sie ihren Frühstücksteller. Das Brot nur einmal angebissen.

»Britta, was ist denn so wichtig, dass …«, begann Edith und blickte gleichzeitig auf den Fernseher. Sah, was ihre Tochter so in den Bann gezogen hatte. Die Tasse fiel Edith aus der Hand. Zersprang auf dem Wohnzimmerboden. Der Kaffee spritzte warm gegen ihre Beine. Edith nahm es nicht wahr. Sie konnte nichts anders tun, als auf den Fernseher zu blicken.

Unwillkürlich stiegen ihr die Tränen in die Augen. Sie fühlte sich seltsam betäubt, als wäre das, was sie da sah, nicht wahr. Als wäre sie selbst und alles um sie herum nicht wahr. Als würde sie träumen. Über den Bildschirm flimmerten die Aufnahmen: Menschen, die über Grenzübergänge strömten. Zu Fuß und mit Autos. Trabis. Menschen, die sangen, lachten und weinten. Die einander in die Arme fielen, jubelten.

Die Mauer in Berlin – sie war offen.

»Wann?«, fragte sie mit erstickter Stimme.

»Seit gestern Nacht.«

Edith stand immer noch wie gelähmt im Wohnzimmer. Inmitten der Scherben und des Kaffees, der sich zu ihren Füßen zu einer Lache ausbreitete. Die Mauer, die ihr vor all den Jahren alles genommen hatte, war gefallen.

*Paul*, schoss es Edith durch den Kopf, *Paul!*

*

*West-Berlin*

Astrid spürte, wie ihr der Kopf und die Augen schwer wurden, als die U-Bahn über die Gleise ruckelte. Die monotonen Fahrgeräusche lullten sie zusätzlich ein, und sie hatte Mühe, wach zu bleiben, während sie zu ihrer Schicht im KaDeWe fuhr.

In der Nacht hatte sie lange mit ihrem Vater gesprochen. Es war schön gewesen, aber auch merkwürdig. In ihrer Vorstellung war Paul Lange ein anderer gewesen als der Mann, der dank Sabine den Weg zu ihr an die Mauer gefunden hatte. Immerzu hatte sie versucht, etwas von sich selbst in ihm zu finden. Er war recht groß, das erklärte, warum sie größer war als ihre Mutter. Sein Haar musste einmal dunkel gewesen sein, aber das war das Haar ihrer Mutter auch. Hatten sie eine ähnliche Nase? Sie konnte es nicht genau sagen. Was sie aber sagen konnte, war, dass es ein seltsames Gefühl von Vertrautheit mit Paul gab, gleichzeitig aber auch eine große Fremdheit. Sie konnte es nicht genau in Worte fassen.

Die Bahn hielt an. Menschen stiegen aus, andere ein. Die Bahn fuhr wieder an. Astrid lehnte ihren Kopf im Sitz zurück und musterte die anderen Fahrgäste. Zwei Punks mit bunten Irokesen, eine ältere Frau mit einer Handtasche auf dem Schoß. Ein paar Kinder mit ihren Eltern. Ein Mädchen, das mit einem Walkman Musik hörte. Alles so wie immer. Hier in der Bahn erschien es ihr mit einem Mal völlig surreal, dass die Grenze offen war, dass die Menschen aus Ost-Berlin, aus der ganzen DDR, nun gehen konnten, wohin sie wollten. Fast kam es ihr so vor, als hätte sie die Ereignisse der letzten zwölf Stunden nur geträumt.

Sie blickte aus dem Fenster. Sah einen Trabant durch die Straße fahren, und dahinter gleich noch einen. Nein, sie hatte nichts von alldem geträumt. Es war alles wahr. Vorbei war die Zeit, in der sie sich gefragt hatte, ob sie je die Möglichkeit haben würde, ihren Vater persönlich kennenzulernen. Das alles war jetzt Geschichte. Sie hatte ihn getroffen, ihn umarmt, ihn kennengelernt.

Der nächste Halt war Wittenbergplatz. Astrid stieg aus. Sie überquerte die Straße und dann sah sie die Menschenmenge. Dicht an dicht drängten sich die Menschen zum Eingang vom KaDeWe. Fast kam es Astrid so vor, als wären alle Einwohner Ost-Berlins gleichzeitig auf die Idee gekommen, hier einzukaufen – und vermutlich war das nahe an der Wahrheit. So ein Gedränge hatte sie vorher noch nicht erlebt. Nicht im letzten Weihnachtsgeschäft, nicht einmal gestern Nacht auf der Mauer vor dem Brandenburger Tor.

Gestern Nacht. Sie musste wieder an das Gespräch mit ihrem Vater denken. Irgendwann waren sie auf die Zukunft gekommen. Paul hatte von ihr wissen wollen, was sie mit ihrem Studium anfangen wollte, wie sie genau plante, in der Modewelt Fuß zu fassen. Er hatte die Punkte angesprochen, die Astrid Sorge bereiteten. Die Punkte, von denen sie selbst nicht so genau wusste, wie sie werden würden, und die alle nur zu einem Ort zeigten: nach New York.

Paul hatte mehrfach betont, wie froh er wäre, sie endlich getroffen zu haben, und dass er sich so sehr darauf freue, sie von nun an ganz oft sehen zu können, dass sie nun nichts mehr trennen würde. Bei diesen Worten hatte er so glücklich gewirkt, dass Astrid es nicht übers Herz gebracht hatte, ihm mitzuteilen, dass sie vorhatte, nach Amerika zu gehen. Dass sie dann zwar nicht mehr von einer Mauer getrennt waren, aber durch einen Ozean.

# 31

*November, Bonn-Bad Godesberg*

Die Bilder vom Fall der Berliner Mauer hatten sich in ihren Kopf eingebrannt. Die jubelnden und glücklichen Menschenmassen, die über die Grenzübergänge strömten. Weinten, lachten, sangen. An nichts anderes konnte Edith denken, während sie das Nähzimmer der Schneiderei Graf betrat und alle Lichter und Maschinen einschaltete.

Immerzu fragte sie sich, was nun mit Paul war, wie es ihm ging. War er gestern unter den Menschen an der Grenze gewesen, auch hinübergegangen? Bestimmt. Anders konnte Edith es sich nicht vorstellen.

Von Joachim und Astrid hatte sie noch nichts gehört. Natürlich hatte sie heute Morgen sofort versucht, sie telefonisch zu erreichen, aber in Berlin hatte niemand den Hörer abgenommen. Edith hatte sich furchtbare Sorgen gemacht. Britta hingegen hatte mit ihrer nüchternen Art angemerkt, dass die beiden sicherlich bereits zur Arbeit gegangen waren. Wie hatte sie es so schön formuliert? »Das mit der Grenzöffnung ist klasse, aber das heißt ja noch lange nicht, dass man sich dann einfach freinehmen kann.«

Edith griff sich die fertig zugeschnittenen Stoffteile vom Zuschneidetisch und setzte sich an die Maschine. Ihr erster Impuls, nachdem sie die Bilder im Fernsehen gesehen hatte, war es gewesen, sofort nach Berlin zu fahren. Zu Paul. Einfach alles stehen und liegen zu lassen und in den nächsten Zug zu springen. Aber sie war keine zwanzig mehr. Sie war erwachsen. Trug Verantwortung, war Mutter und Geschäftsinhaberin. Sie konnte ihre jüngere Tochter nicht mit der Schneiderei

Graf allein lassen. Das sagte ihr ihr Kopf, auch wenn ihr Herz etwas anderes wollte.

Für einen Moment schloss sie die Augen. Dann legte sie die Nahtkanten sorgfältig rechts auf rechts aufeinander und ließ den Nähfuß herunter, bevor sie die Maschine startete.

Den ganzen Vormittag über war viel zu tun. Und Edith war froh darüber. In der Arbeit zu versinken, lenkte sie ab. So blieb ihr keine Zeit, weiter über Berlin, die Mauer und Paul nachzudenken. Britta und sie waren mittlerweile ein eingespieltes Team, und alles lief Hand in Hand. Hin und wieder war ihre Tochter mit neuen Aufträgen zu ihr gekommen oder hatte sich nach dem Stand von Kleidungsstücken erkundigt, die noch in Arbeit waren, dabei hatte sie sich sofort notiert, was fehlte und nachbestellt werden musste. Wieder kam Edith nicht umhin, zu bemerken, wie gut Britta alles im Griff hatte. Und sie war stolz darauf.

Es war schon beinahe Mittag, als die Tür zum Arbeitszimmer aufgerissen wurde und Rita hereingestürzt kam. Edith, die gerade an einem Rock einen Blindstichsaum per Hand nähte, stach sich vor lauter Erschrecken in den Finger.

»Das kann doch jetzt nicht wirklich wahr sein!«, rief ihre Freundin. »Edith! Wie kannst du hier in aller Seelenruhe sitzen und nähen, wenn du längst auf dem Weg nach Berlin sein solltest?«

Edith legte den Rock beiseite. »Glaubst du, da hätte ich nicht selbst dran gedacht?«

»Dann hast du schon ein Ticket gebucht?«

Edith schüttelte den Kopf. »Ich kann nicht einfach nach Berlin fahren.«

»Natürlich kannst du das.«

»Rita. Das ist nicht so wie an dem Tag, an dem wir ins Freibad gegangen sind. Wenn ich nach Berlin fahre, dann bin ich für mehrere Tage weg. Ich kann Britta doch nicht so lange mit der Schneiderei allein lassen.«

»Warum denn nicht? Du sagst doch selbst, wie gut sie das hier macht.«

»Wer soll denn dann nähen?«

»Also ehrlich, Edith! Das mache natürlich ich!«

Edith sah ihre Freundin für einen Augenblick erstaunt an. Dass sie nicht selbst auf die Idee gekommen war, Rita um Hilfe zu bitten! Ihre beste Freundin war schließlich selbst eine ausgezeichnete Schneiderin. Die Selbstverständlichkeit, mit der Rita es gesagt hatte, rührte Edith zutiefst, und sie spürte, wie ihr die Tränen in die Augen stiegen.

Sie öffnete den Mund, aber Rita war schneller: »Sag jetzt nichts, sonst muss ich auch heulen. Mach lieber, dass du deinen Koffer packst, und dann ab mit dir nach Berlin!«

*

*West-Berlin*

Einen solchen Arbeitstag hatte Joachim noch nie erlebt. Statt sich in der Schneiderei zu betätigen, hatten sie den ganzen Vormittag im Ladengeschäft gesessen und sich über den gestrigen Abend unterhalten. Stefan hatte einige Bekannte mitgebracht. Sie hatten den Auslagentisch zur Hälfte freigeräumt, und schnell hatten Stullen und Kaffee bereitgestanden. So saßen sie in großer Runde und erzählten sich, wie sie den Mauerfall erlebt hatten. Es war ganz unterschiedlich. Jeder von ihnen war an einer anderen Stelle der Mauer gewesen, und jeder von ihnen hatte es auf andere Art erfahren. Aber eines war bei ihnen allen gleich: Sobald sie davon gehört hatten, waren sie zur Mauer geeilt.

»Ich bin Trabi gefahren!«, erklärte Stefan grinsend. »Ich hab einfach einen auf der Straße angehalten und gefragt, ob ich auch mal darf. Und dann sind wir zusammen durch West-Berlin gefahren. Drei von drüben und ich. Einfach so.«

»Ich hab ja erst mal gar nicht gemerkt, was los ist. Wohne viel zu weit draußen«, sagte einer von Stefans Bekannten.

»Und dann?«

»Dann hat es mitten in der Nacht geklingelt, und als ich total verschlafen die Tür aufmache, steht da meine Tante Evi aus'm Osten. Da glaubste aber, dass ich zuerst gedacht hab, ich träume.«

»Ich hab's ja auch nur mitgekriegt, weil meine Gitti schwanger ist. Die hat Heißhunger bekommen, und da bin ich noch mal los, zum Späti«, sagte ein anderer und alle lachten.

Joachim erzählte, wie er am Bahnhof Zoo davon erfahren hatte und dann mit Michi zur Bornholmer Straße gefahren war.

Das Schrillen der Fahrradklingel ertönte, und alle sahen zur Tür. Kundschaft trat ein. Ein Mann und eine Frau. Erstaunt blickten sie in die Runde.

Stefan sprang auf. »Kommt!«, rief er. »Setzt euch zu uns.«

»Wir wollten eigentlich ein Kleid in Auftrag geben«, sagte die Frau etwas unsicher.

»Das können wir später machen. Wir erzählen im Moment vom Mauerfall gestern. Wart ihr auch dabei?«

Sofort änderte sich die Miene der Frau. Sie nahm den Mann an der Hand und kam näher. »Ja, wir waren am Brandenburger Tor. Mensch, war da was los!« Und damit setzten sie sich zu ihnen.

*

*Bonn-Bad Godesberg*

Ihr Zimmer glich einem Schlachtfeld. Überall lagen Kleidungstücke. Einzelne Socken, Unterwäsche, Blusen. Edith eilte durch den Flur ins Badezimmer und wieder zurück. Wie lange war es her, dass sie das letzte Mal einen Koffer gepackt hatte? Ewig! Und damals hatte sie sich vorher in Ruhe überlegt, was sie mitnehmen wollte. Jetzt war sie aufgeregt und durcheinander, und ihr Herz flatterte bei der Vorstellung, dass sie nach Berlin fahren würde, zu Paul.

Noch einmal kontrollierte sie, was sie bereits gepackt hatte. Reichte es für zwei Wochen? Würde sie überhaupt so lange bleiben? Oder am Ende sogar länger? Sie wusste es nicht. Und es war auch nicht wichtig, denn sie konnte sich alle Zeit der Welt nehmen. Die Schneiderei war bei Britta und Rita in den besten Händen, und zum ersten Mal seit einer sehr langen Zeit fühlte Edith sich frei von allen Verpflichtungen, die das Erwachsenenleben mit sich brachte. Jünger, unbeschwerter. Vielleicht war es aber einfach auch nur die Aufregung, die sie bis in die Haarspitzen erfüllte. Wann hatte sie jemals etwas so Spontanes getan? Gut, die Spontanität hatte einen kleinen Schubs von Rita gebraucht, aber dann war sie da gewesen.

Edith eilte wieder ins Bad. Sie hatte ihre Zahnbürste vergessen. Auf dem Weg durch den Flur zurück hüpfte sie und drehte sich im Kreis, nur um sich dann lachend an den Türrahmen zu lehnen, weil ihr sofort schwindelig geworden war. Wenn sie jetzt jemand sehen könnte. Bei diesem Gedanken musste sie noch mehr lachen. Sie verstaute die Zahnbürste in ihrem Kulturbeutel und machte dann den Koffer zu. Sollte sie doch etwas vergessen haben, würde sie es sich einfach in Berlin kaufen.

Sie wuchtete den Koffer die Treppe hinunter. Durch die offene Wohnzimmertür konnte sie die Ränder des Kaffeeflecks von heute Morgen entdecken, von dem Moment, in dem ihr die Tasse aus der Hand gefallen war. Deutlich zeichneten sie sich auf dem Boden ab. Eine Scherbe lag daneben. Edith musste sie heute Morgen übersehen haben.

Während sie ihren Wintermantel anzog und die Villa verließ, dachte sie, dass es noch nie so wahr war wie heute, dass Scherben Glück brachten.

# 32

*November, West-Berlin*

Astrid musste eingeschlafen sein.

Als sie am Nachmittag nach ihrer Schicht im völlig überfüllten KaDeWe nach Hause gekommen war, hatte sie sich eigentlich nur kurz hinsetzen wollen, und nun lag sie auf ihrem Bett und fühlte sich ausgelaugt. Ihr war heiß, denn sie hatte selbst ihren Parka noch an. Sie hörte ihren Onkel in der Küche rumoren. Ächzend richtete sie sich auf und schälte sich aus dem Parka, bevor sie sich die schweißnassen Strähnen ihrer Haare aus der Stirn wischte.

Astrid stand gerade in dem winzigen Badezimmer und wusch sich das Gesicht mit kaltem Wasser, als es an der Tür klingelte. Überrascht blickte sie ihr eigenes Spiegelbild an. Wer mochte das sein? Sabine? René? Oder war es gar nicht für sie, sondern für Onkel Joachim, war es vielleicht Michi?

Sie hörte, wie ihr Onkel durch den Flur zur Wohnungstür ging und diese öffnete. Und dann hörte sie, wie er ausrief: »Paul! Was ist das …« Der Rest seines Satzes war nur noch undeutlich zu verstehen. Rasch verließ Astrid das Bad und sah ihren Vater und ihren Onkel, die in der offenen Tür standen und sich umarmten. Und erst da fiel ihr ein, dass die zwei früher einmal Freunde gewesen waren.

Die beiden Männer wurden gewahr, dass sie im Flur erschienen war, und lösten sich voneinander. Astrid sah, dass sie Tränen in den Augen hatten.

Ihr Onkel trat einen Schritt zur Seite und sagte zu Paul: »Das ist Astrid, deine Tochter.«

»Ich weiß«, entgegnete Paul, und Astrid fügte hinzu: »Wir haben uns heute Nacht schon getroffen.«

Ihr Onkel blickte ungläubig zwischen ihr und ihrem Vater hin und her. »Wie?«, fragte er. »Was?«

Astrid musste lachen, und auch Paul fiel mit ein.

»Ich hätte es dir ja schon erzählt. Aber wir haben uns gestern Nacht nicht mehr gesehen, und heute Morgen war ich im KaDeWe, und du warst auch arbeiten und …«, wollte Astrid erklären, aber ihr Onkel winkte ab.

»Schon klar, schon klar.« Er blickte zu Paul. »Am besten, du kommst mal richtig rein, und ich mach uns einen Kaffee, und dann erzählt ihr alles, ja?«

Zusammen gingen sie in die Küche. Während Astrid und Paul auf den beiden Stühlen an dem schmalen Tisch an der Wand Platz nahmen, bereitete Joachim den Kaffee zu.

Astrid beobachtete, wie ihr Vater sich in dem kleinen Raum umsah, wie er vor allem das randvolle Vorratsregal mit den Konservendosen, Nudeln und Maggi-Fix-Tütchen sehr lange musterte.

Als der Kaffee fertig aufgebrüht war, füllte ihr Onkel drei Tassen und reichte zwei zu ihnen herüber. Er lehnte sich an die Küchenzeile.

Ihr Vater nahm einen Schluck. »Richtiger Kaffee! Tut das gut.« Er seufzte.

Astrid spürte einen kleinen Stich im Herzen. Da hatte sie ihrem Vater zwar vor dem Mauerfall Briefe geschrieben, aber sie war nie auf die Idee gekommen, auch einmal ein Päckchen Kaffee in den Osten zu schicken. Oder Schokolade. Dabei wusste sie doch, dass gerade Konsumgüter, die hier im Westen selbstverständlich waren, dort Mangelware waren.

»Und? Was willst du jetzt machen?«, fragte Onkel Joachim, und Astrid sah ihn verwundert an, bis sie begriff, dass er mit ihrem Vater sprach.

»Ich weiß es ehrlich gesagt noch nicht so genau«, entgegnete Paul. »Große Pläne hab ich im Moment keine. Mein einziger großer Plan war immer, rüber in den Westen zu kommen. In meiner Zeit im Gefängnis …« Er brach ab und sein Gesicht nahm einen harten Zug an. Dann räusperte er sich. »Ich habe gelernt, von Tag zu Tag zu leben. Und auch nur von Tag zu Tag zu planen. Das war … es war besser so.« Er nahm hastig einen weiteren Schluck Kaffee.

Astrid tauschte einen schnellen Blick mit ihrem Onkel. »Dann machen wir das auch. Okay? Wir müssen ja nichts überstürzen«, sagte sie.

Ihr Vater nickte dankbar.

»Gut, und wie ist der Plan für den heutigen Tag?«, fragte Onkel Joachim.

Paul zog die Mundwinkel leicht hoch. »Hierherkommen war ein Teil.«

»Und was noch?«, fragte Astrid.

»Heute Abend zur Kundgebung am Schöneberger Rathaus gehen.«

*

Es war bereits dunkel, als Paul mit Joachim und Astrid vor dem Schöneberger Rathaus eintraf.

Von der Kundgebung hatte er im Radio gehört, kurz bevor er zu Astrid in den Westen aufgebrochen war. Walter Momper, SPD-Politiker und derzeitiger Regierender Bürgermeister von West-Berlin, würde sprechen, aber man erwartete auch Willy Brandt – und genau deshalb hatte Paul herkommen wollen.

Die Menschen sammelten sich auf dem Platz, den Paul noch als Rudolph-Wilde-Platz in Erinnerung hatte. Heute hieß er John-F.-Kennedy-Platz, wie ihm das Straßenschild verriet.

Es war seltsam, wieder hier zu stehen und zu dem wohlbekannten Rathaus mit seinem massigen Turm hochzublicken. So oft war er hier gewesen, als er noch als Chauffeur gearbeitet hatte. In diesem Gebäude hatte er seine erste Livree abgeholt, und später Rudolf Schilling. Ab und an sogar Willy Brandt, der damals der Regierende Bürgermeister von West-Berlin gewesen war.

Jetzt hatte man hier einige Absperrgitter aufgebaut, auf dem Treppenaufgang standen Mikrofone. Nur vereinzelt waren Polizisten zu sehen. Alles wirkte provisorisch. Unvorbereitet.

*Sie müssen improvisieren*, dachte Paul, *weil niemand damit gerechnet hat, dass die Mauer so schnell fallen würde.* Er sah zu seiner Tochter, die neben ihm stand, und dann zu Joachim. Noch immer war er verblüfft darüber, wie wenig dieser sich im Vergleich zu damals verändert hatte. Vielleicht lag es an Joachims hellem Haar, das immer noch voll war, und in dem graue Strähnen kaum auffielen, während sie bei ihm selbst deutlich hervorstachen.

Als er eben in der Küche der Graf'schen WG nach dem Grund dafür gefragt hatte, warum Joachim Bad Godesberg und die Schneiderei verlassen hatte, hatte es einen Moment der Stille gegeben, bevor sein Freund ihm berichtet hatte, was im letzten Jahr vorgefallen war, und was ihn zu diesem Schritt bewogen hatte. Zuerst war Paul erstaunt gewesen. Zu gut hatte er das Bild von Joachim mit seiner Petra im Kopf gehabt. Aber dann hatte er wieder an sein Motto gedacht: »Wo die Liebe hinfällt …« Kleinbürgerliche Kategorien waren noch nie etwas für Paul gewesen. Liebe war schließlich Liebe – und nicht in Schubladen zu stecken.

Er sah ein weiteres Mal zu dem Rathausturm und der Fensterfront hinauf. Der Platz, auf dem er stand, mochte einen neuen Namen haben, aber alles andere war gleichgeblieben. Alles sah noch genauso aus, wie er es in Erinnerung hatte. Hatte sich nicht verändert, im Gegensatz zu ihm selbst.

Immer mehr Menschen versammelten sich. Am Rand sah er weitere Polizisten stehen. Paul begann, sich unbehaglich zu fühlen. Er erinnerte sich daran, wie er gestern Abend in der Menschenmenge am Grenzübergang gestanden hatte, wie das Blut in seinen Ohren gerauscht, wie sich ihm der Hals zugeschnürt hatte. Fast meinte er, wieder den bekannten Gefängnisgeruch wahrzunehmen. Sein Herz klopfte hart gegen seine Brust, und sein Bein begann zu schmerzen. Jemand berührte ihn am Arm. Er wandte den Kopf und sah seine Tochter an, das half. Er war nicht allein. Er war mit Astrid und Joachim hier. Im freien Westen. Es war alles gut. Alles war gut. Der kurze Moment der Angst war vorbei.

Er blickte wieder nach vorn. Auf der Treppe waren die Politiker erschienen. Es waren mehr, als er erwartet hatte. Paul sog die Luft ein. Dort oben, neben Bürgermeister Walter Momper, standen Außenminister Hans-Dietrich Genscher und niemand geringerer als Bundeskanzler Helmut Kohl. Und dann endlich er: Willy Brandt. Er war alt geworden, das krause Haar schlohweiß, und er trug eine große Brille. Hinter ihm stand Rudolf Schilling. Auch der Berater war gealtert, dennoch sah Paul deutlich den Mann, den er als Chauffeur so oft durch den Rückspiegel des cremefarbenen Mercedes 300 erblickt hatte. Den Mann, den er regelmäßig von Berlin nach Bonn und Bad Godesberg gefahren hatte. Den Mann, dem er es letztendlich verdankte, dass er Edith kennengelernt hatte.

Während er Schilling musterte, begann Walter Momper zu sprechen. Paul hörte nicht zu. Er war in der Vergangenheit versunken, in den besseren Zeiten vor der Mauer, vor dem Unfall.

Doch dann begann Willy Brandt zu sprechen. Das vertraute, rollende »R« drang an Pauls Ohr und ließ ihn aufhorchen.

»Als Bürgermeister der schwierigen Jahre von 1957 bis 1966, also auch der Zeit des Mauerbaus und danach, sage ich hier und heute Abend meinen ganz herzlichen Gruß an die

Berlinerinnen und Berliner in allen Teilen der Stadt.« Weiter konnte Brandt zunächst nicht sprechen, denn Jubel brandete auf dem Platz auf. Vereinzelt hörte man Bravo-Rufe. Es wurde applaudiert.

Paul war beeindruckt, welche Strahlkraft dieser Mann noch immer hatte, trotz seines Alters. Brandt war die gleiche starke Persönlichkeit wie damals. Neben ihm verblassten die anderen Politiker. Momper, Genscher, selbst Kanzler Kohl – der Willy Brandt sowohl an Größe als auch Umfang übertraf –, sie alle wirkten seltsam matt neben ihm.

*

Astrid lauschte Renés Herzschlag und Atem. Beide waren in völliger Harmonie. Gleichbleibend, beruhigend. Er schlief. Die nackte Haut seiner Brust war warm unter ihrer Wange. Sie schmiegte sich enger an ihn.

Da ihr Vater und Joachim noch einen Trinken gegangen waren, war sie nach der Kundgebung am Schöneberger Rathaus allein nach Hause gegangen.

Die Kundgebung. Für Astrid war es das erste Mal gewesen, so hochrangige Politiker hautnah zu erleben. In Bad Godesberg hatte sie zwar oft Politiker – und noch öfter Diplomaten – gesehen, aber Kanzler Kohl war bislang nicht darunter gewesen, und Willy Brandt erst recht nicht. Auch wenn sie von ihrer Mutter wusste, dass dieser sich früher häufig in Bonn aufgehalten hatte.

Besonders interessant fand Astrid, zu beobachten, wie sich ihr Vater verändert hatte, als Willy Brandt zu sprechen begonnen hatte. Paul hatte mit einem Mal lebendiger gewirkt, jünger, aufrechter. Astrid konnte es nicht ganz genau in Worte fassen, aber sie hatte mehr von dem Mann gesehen, dessen Bild sie aus den Erzählungen und Briefen zusammengesetzt hatte.

Als sie in ihre Straße eingebogen war, hatte sie René schon vor der Tür stehen gesehen. Er hatte auf sie gewartet. So unverhofft die Wohnung für sich allein zu haben, war schön gewesen. Natürlich hatte sie auch vorher schon mit René geschlafen, aber noch nie hatte sie sich ihm so nah gefühlt wie heute. Vielleicht lag es daran, dass sich so viele Dinge in so kurzer Zeit geändert hatten. Mit dem Fall der Mauer gestern Nacht war Geschichte geschrieben worden. Und sie war live dabei gewesen. Das war etwas Besonderes, und es war auch einen Tag später noch elektrisierend. Astrid hatte das Gefühl, seitdem alles viel intensiver zu erleben, mehr im Augenblick zu sein, mehr zu fühlen.

Sie schloss die Augen und legte eine Hand neben ihr Gesicht auf Renés Brust. Sabine hatte das mit ihnen beiden Schicksal genannt und René auch. Mittlerweile war auch sie selbst so weit, an das Schicksal zu glauben.

Es läutete an der Tür, und sie schreckte hoch. René hatte sich zur Seite gedreht und schlief immer noch tief und fest. Astrid warf einen schnellen Blick auf die Uhr. Es war schon weit nach Mitternacht. Hatte ihr Onkel Joachim seinen Schlüssel vergessen? Sie schaltete ihre Nachttischlampe ein und stand auf. Vom Boden griff sie sich das nächstbeste Shirt und zog es sich über. Es klingelte wieder.

René machte ein Geräusch und fragte dann verschlafen: »Wer ist das denn?«

»Keine Ahnung«, entgegnete Astrid. »Ich guck mal. Vielleicht mein Onkel.« Gähnend ging sie durch den Flur zur Tür und öffnete sie. Im ersten Moment kniff sie die Augen zusammen, weil das Licht der Treppenhausbeleuchtung so grell war, dann aber riss sie sie weit auf: Vor ihr stand ihre Mutter.

# 33

*November, Ost-Berlin*

An diesem Morgen hatte er sich zum ersten Mal seit langer Zeit gut gefühlt. Der übliche Schrecken beim Aufwachen war ausgeblieben. Paul wusste, woran es lag: Er war endlich frei! Konnte jederzeit gehen, wohin er wollte. Konnte im Westen zu einer Kundgebung gehen und danach noch einen trinken. Hin und her über die Grenze, zu jeder Zeit. Es war das, wovon er so viele Jahre geträumt hatte.

Er ging in die Küche. Uwe stand neben dem Kühlschrank und biss in sein Butterbrot.

»Guten Morgen«, grüßte Paul. Er nahm den Wasserkessel vom Herd und füllte ihn. Während das Wasser zu kochen begann, nahm er eine Tasse aus dem Schrank und gab etwas Mokkapulver hinein. Er goss es mit heißem Wasser auf und rührte um. Das Gebräu roch nicht einmal halb so gut wie der Kaffee, den er gestern bei Joachim und Astrid getrunken hatte. In Gedanken notierte er, dass er Kaffee kaufen würde, wenn er wieder rüber in den Westen ging. Richtigen, echten Bohnenkaffee.

»Weißt du was, Paule?« Uwe ging hinüber zum Tisch und setzte sich. »Du solltest dir Otto schnappen, und dann ab mit dir ins Rheinland. Fahr nach Bad Godesberg zu deiner Edith.«

»Wer ist Otto?«, fragte Paul. Mit der heißen Tasse Mokka nahm er Uwe gegenüber Platz.

»Mein Trabi. Das kleine graue Auto, das draußen auf der Straße steht und mit dem ich meist morgens zur Arbeit fahre.«

Paul, der gerade umrühren wollte, ließ den Löffel in die

Tasse fallen. Mokka spritze über den Tisch. »Du gibst mir dein Auto, auf das du so lange gewartet hast?«

»Also, erstens würde ich dir mein Leben anvertrauen, zweitens hast du viel länger gewartet als ich, und drittens bist du mit dem Auto am schnellsten im Rheinland!«

Paul sprang vom Tisch auf. »Uwe, du bist der Beste!«, rief er.

Sein Freund hielt ihm die erhobene Hand hin, und er schlug ein. Paul schluckte, es gab so vieles, was er noch sagen wollte, aber die Gedanken und die Gefühle überschlugen sich in seinem Kopf. Er würde wieder nach Bad Godesberg fahren. Wie er es früher immer getan hatte. Würde die Strecke fahren, die er in- und auswendig kannte, und endlich wieder bei seinem Glücksbringermädchen sein!

Uwe schien zu ahnen, was in ihm vorging, denn er sagte: »Ist schon gut, alter Freund.«

»Danke«, sagte Paul endlich.

*

*West-Berlin*

René war in der Nacht noch nach Hause gegangen, damit Astrid sich in Ruhe mit ihrer Mutter unterhalten konnte. Und das hatte sie auch getan. Die halbe Nacht hatten sie geredet. Ihre Mutter hatte davon erzählt, dass ihre Patentante Rita nun mit Britta in der Schneiderei Graf arbeitete, damit sie nach Berlin fahren konnte, und Astrid hatte vom Mauerfall erzählt und wie sie ihren Vater getroffen hatte. Gerade davon hatte ihre Mutter jedes noch so kleine Detail wissen wollen. Fast hatte es sich ein bisschen so angefühlt, als würde sie mit einer Freundin in der Schule sitzen, die alles von ihrem großen Schwarm wissen wollte. Ihre Mutter hatte sich verändert. Und auch sie selbst hatte sich verändert. Der räumliche und zeitliche Abstand hatte ihnen gutgetan.

Obwohl sie beide nur wenige Stunden geschlafen hatten, saßen sie jetzt schon wieder in der Küche und frühstückten. Onkel Joachim war in der Nacht nicht nach Hause gekommen, und Astrid ging davon aus, dass er noch zu Michi gegangen war. Seit die zwei ein Paar waren, machte er das oft so.

Astrid hockte mit angezogenen Beinen auf dem Küchenstuhl. Sie trug nur ein Oversize-T-Shirt und dicke Socken und hatte ihre Knie unter das Shirt geschoben. In der Hand hielt sie ein angebissenes Käsebrötchen. Ihre Mutter saß ihr gegenüber. So adrett wie immer in Rock und Bluse gekleidet, trank sie einen Schluck Kaffee.

»Was hast du jetzt vor?«, fragte Astrid.

»Das liegt doch auf der Hand, oder?«, erwiderte ihre Mutter.

»Zu Paul nach Treptow fahren.«

Ihre Mutter nickte.

»Ich kann mitkommen, wenn du willst. Ich muss heute nicht ins KaDeWe«, bot Astrid an.

»Ja, warum nicht«, erwiderte ihre Mutter mit einem Lächeln.

Sie hatte sich gerade fertig angezogen, als es an der Tür klingelte. Überrascht trat Astrid in den Flur und öffnete. Es war Sabine.

»Ach, du bist schon wach und sogar angezogen?«, begrüßte ihre Freundin sie. »Ich hab mich ja darauf eingestellt, hier ein bisschen zu warten und mehrmals zu klingeln.«

Astrid grinste. »Genauso gut könnte ich fragen, wieso du so früh am Samstagmorgen auf den Beinen bist.«

Sabine warf die Arme in die Luft. Die neonbunten Plastikarmreifen, die sie wie immer trug, klapperten. »Die wollen meinen Laden räumen!« Ihre Augen funkelten wütend.

»Was?«, rief Astrid.

»Ein Vögelchen hat es mir gezwitschert: Die Polente wird gleich kommen!«

»Polente? Wie in Polizei?«, fragte ihre Mutter, die aus der Küche in den Flur kam.

»Genau«, sagte Sabine.

Astrid blickte zu ihrer Mutter. »Mama, darf ich dir meine Freundin Sabine vorstellen? Sabine, das ist meine Mutter.«

Sabine streckte die Hand aus. »Sabine Ruhland, junge Ladenbesitzerin, die nun ebenjenen zicki-zacki räumen muss und deshalb Ihre Tochter entführen will. Freut mich, Sie kennenzulernen.«

Ihre Mutter schüttelte Sabines Hand. »Ganz meinerseits«, sagte sie. »Und warum soll der Laden von der Polizei geräumt werden?«

»Weil ich eventuell keine Ladenbesitzerin bin, sondern eher eine Laden-Besetzerin«, gab Sabine zu.

Astrid sah, wie ihre Mutter die Augenbrauen hob. »Mama«, sagte sie schnell, »es ist alles in Ordnung. Wir sind hier in Berlin, da laufen manche Dinge einfach anders als in Bad Godesberg. Pass auf. Wir machen es so: Du fährst nach Treptow, und ich helfe Sabine beim Ausräumen, ja?«

# 34

*November, West-Berlin*

Die S-Bahn ratterte auf den Schienen durch die Straßen Berlins auf ihrem Weg von Schöneberg nach Neukölln.

Als sie gestern Nacht am Bahnhof Zoo in Berlin angekommen war, hatte sich Edith ein Taxi genommen. Es war ihr am einfachsten erschienen. Jetzt hatte Astrid ihr erklärt, welche S-Bahnen sie nehmen musste, um nach Neukölln zu kommen. Von da aus musste sie zu Fuß weiter.

Es war merkwürdig, plötzlich allein in dieser großen Metropole zu sein, die sie nur von Bildern aus Film und Fernsehen kannte. Berlin war wirklich riesig. Alles war breiter, höher, größer, als sie es aus Bad Godesberg gewohnt war, und Edith wusste noch nicht, ob sie sich dadurch ein wenig verloren fühlte oder ob es einfach nur aufregend war.

Das Gespräch mit ihrer Tochter in der Nacht war gut gewesen. Und jetzt erst wurde ihr bewusst, dass sie bislang noch nie so mit Astrid gesprochen hatte. Ihre große Tochter war erwachsener geworden, reifer. Viel selbstbewusster und entschlossener. Das freute Edith. Ihre beiden Töchter gingen ihren Weg. Britta in der Schneiderei und Astrid hier in Berlin.

Die S-Bahn fuhr an Tempelhof vorbei, und Edith staunte beim Anblick des Flughafengeländes. Paul hatte ihr einmal davon erzählt. Damals war es ihr unglaublich vorgekommen. Ein Flughafen im Herzen einer Stadt. Nun sah sie ihn mit eigenen Augen.

Und bei diesem Gedanken erschien Pauls Bild vor ihrem inneren Auge: die breiten Schultern, das markante Kinn, die intensiven Augen und dann die Grübchen, wenn er lächelte.

So hatte sie ihn von früher in Erinnerung. Ihr Herz begann, schneller zu schlagen. Sie konnte es kaum abwarten, ihn endlich wiederzusehen. Was er wohl für ein Gesicht machen würde, wenn sie vor ihm stand?

*

*Ost-Berlin*

Paul stand neben Otto, eine Hand auf dem Dach des Trabis. Im ersten Moment war er so glücklich gewesen, als Uwe ihm den Vorschlag gemacht hatte, mit seinem Auto ins Rheinland zu fahren. Er war die Treppe hinaufgelaufen, um zu packen, und dabei hatte er sein verletztes Bein nur zu deutlich gespürt. Damit hatte leiser Zweifel Einzug in seine Gedanken gehalten.

Über den Wagen blickte er zu Uwe. »Zum letzten Mal: Du bist dir wirklich sicher?«, fragte er.

»Natürlich bin ich mir sicher. Die Grenzen sind offen, mach, dass du loskommst! Du hast ewig gebraucht, deine Siebensachen zu packen, dass ich mich schon fast frage, ob du dich drücken willst.« Uwe stand auf dem Gehweg vor dem Haus. Er hatte seine Hände tief in den Taschen vergraben und die Schultern bis zu den Segelohren heraufgezogen. Er fror sichtlich, trotz des Mantels.

»Ich weiß nicht, was du meinst«, erwiderte Paul.

»Doch! Ich kenn dich. Du drückst dich, und ich will wissen, warum.«

Paul trat zur Seite, umrundete den Wagen, bis er vor Uwe stand. Mit beiden Händen deutete er an sich herunter. »Schau mich an, dann weißt du, warum.«

»Was willst du damit sagen?«

»Ich bin so alt geworden. Und mein Bein. Was ist, wenn sie enttäuscht ist?«

»Ach, Paul, du bist vielleicht ein bisschen in die Jahre gekommen, aber das sind wir doch alle. Auch deine Edith wird nicht jünger geworden sein.«

»Ein bisschen in die Jahre gekommen? Du meinst es nur gut, ich weiß, aber ich habe Angst … Ich kann ihr doch so nicht unter die Augen treten.« Paul ließ den Kopf hängen.

Uwe trat zu ihm und klopfte ihm aufmunternd auf die Schulter. »Doch, Kerl, das kannst du. Setz dich endlich hinter das Steuer. Ich hab vorhin vollgetankt.« Er fasste ihn am Arm und schob ihn zur Fahrertür des Trabis zurück. »Und soll ich dir mal was sagen, du hast Charakter bekommen, Paul Lange! Wie ein tapferer Krieger.«

Paul grinste. »Tapferer Krieger humpelndes Bein, meinst du?«

»Siehst du! Da ist der Paul wieder, den ich kenne.« Uwe lachte und zwinkerte ihm zu.

Paul nickte. Er wusste, dass sein Freund recht hatte. Er wusste, dass er keine Angst haben musste. Er liebte Edith, und sie liebte ihn. Sie war sein Glücksbringermädchen. Sie wieder in seine Arme schließen zu können, das war jetzt endlich möglich. Mit frischem Mut öffnete er die Fahrertür und stieg ein.

Uwe klopfte mit der flachen Hand auf das Dach des Trabis. Paul startete den Motor und gab Gas. Otto machte einen Satz, dann erstarb der Motor.

»Sachte, sachte!«, rief Uwe von draußen. »Das ist kein Traktor.«

»… und auch kein Mercedes«, murmelte Paul. Er musterte das Innenleben des Trabis. Im Gegensatz zu dem noblen Mercedes 300, den er Ende der 50er-Jahre als Chauffeur gelenkt hatte, war es wirklich ein Unterschied wie Tag und Nacht. Ein weiteres Mal startete er den kleinen Wagen. Diesmal gab er langsam Gas, während er die Kupplung kommen ließ. Otto fuhr an. Er warf einen Blick in den Rückspiegel und sah Uwe in seinem Mantel auf dem Gehweg stehen. Dann blickte er nach vorn, auf die Fahrbahn. Endlich würde er wieder nach Bonn-Bad Godesberg fahren, endlich würde seine Edith wiedersehen, nach all den Jahren.

*

Nachdem Edith die Mauer am Grenzübergang Sonnenallee durchquert hatte, ging sie nun durch den Treptower Park. Sie fühlte sich seltsam. Die Kontrolle an der Grenze hatte zwar nicht lange gedauert, dennoch hatte es einen merkwürdigen Nachgeschmack hinterlassen, der sich auch nicht in der idyllischen Parklandschaft mit der Spree im Hintergrund abschütteln ließ. Ihr Nacken prickelte – dort saß die leise Angst, dass man sie nicht wieder zurück in den Westen lassen würde. Sie wusste, dass das nach den Ereignissen der letzten Tage unbegründet war, dennoch konnte sie es dennoch nicht völlig verdrängen.

Endlich kamen die ersten Häuser am Ende des Parks in Sicht. War Edith eben noch gemächlich durch den Park geschlendert, so hatte sie mit einem Mal das Gefühl, dass ihr die Zeit davonlaufen würde, dass plötzlich jede einzelne Sekunde zählte, als würde ihr Leben davon abhängen. Sie ging schneller, begann dann zu laufen. Dort drüben stand das Haus, zu dem sie wollte. Das Haus, in dem Paul derzeit bei seinem Freund Uwe wohnte.

Davor fuhr gerade ein Auto an, ein Trabant. Auf dem Gehweg stand ein Mann, der dem wegfahrenden Wagen hinterhersah.

Ediths Herz klopfte schneller. War das Paul? Sie überquerte die Straße. Nein, das war nicht Paul. Aber je näher sie kam, desto besser konnte sie den Mann sehen. Er war groß und schlank. Seine Ohren fielen ihr schon von Weitem auf, es waren Segelohren. Und dann wurde Edith bewusst, dass dieser Mann Pauls Freund Uwe sein musste.

Jetzt hatte sie ihn erreicht. Erstaunt fuhr er zu ihr herum.

»Hallo«, sagte Edith, sie war etwas außer Atem. »Bist du … bist du Uwe? Uwe Matussek?«

Er zog die Augenbrauen zusammen, und eine Falte bildete sich auf seiner Stirn. »Ja, der bin ich«, antwortete er.

Edith kam noch einen Schritt näher und streckte die Hand aus. »Ich bin Edith, ich will …«

Uwe riss die Augen auf. »Edith?«, rief er. Und dann wirbelte er herum und rannte dem Trabi hinterher.

# 35

*November, Ost-Berlin*

Paul war an der Ecke der Straße angekommen. Er bremste Otto ab und setzte den Blinker, weil er um die Ecke biegen wollte. Routinemäßig blickte er in den Rückspiegel …

… und sah Uwe, wie er, mit ausgestreckten Armen wedelnd, hinter ihm herlief, er kurbelte die Fensterscheibe ein Stückchen herunter, und jetzt hörte er auch, was Uwe rief: »Bleib stehen! Bleib doch stehen! Paul! Verdammt! Bleib stehen!«

Erstaunt bremste er den Wagen ganz ab. Noch einmal sah er in den Rückspiegel. Sah Uwe, der näher kam, sah aber auch eine Frau weiter hinten auf dem Gehweg vor Uwes Haus auf und ab gehen. Und dann wurde ihm bewusst, dass er sie kannte. Sie war ihm so vertraut wie sonst nichts auf dieser Welt. Diese zierliche Gestalt, die Art, wie sie sich bewegte. Die Erkenntnis traf ihn wie ein Schlag: Das war Edith! Sein Glücksbringermädchen. Sie war hier, in Ost-Berlin!

Das Herz schlug ihm mit einem Mal bis zum Hals. Vor Freude und vor Angst gleichermaßen. So oft hatte er davon geträumt, sie endlich wiederzutreffen. Jetzt gab es kein Zurück mehr. Er öffnete die Tür und stieg aus dem Wagen. Sofort machte sich sein Bein schmerzhaft bemerkbar, begann zu zittern. Kurz überlegte er, wieder in den Trabi zu steigen, aber dann besann er sich eines Besseren. Er war Paul Lange, er hatte schon so vieles durch- und überstanden, und dort wartete die Frau, die er liebte, davor würde er nicht davonlaufen!

Während er über die Straße zu Edith lief, versuchte er, möglichst viel Körperspannung in Armen und Beinen zu halten, um das Zittern zu unterdrücken. Nur am Rande nahm er wahr, dass Uwe im Haus verschwand, denn er hatte nur Augen für Edith und ihr schien es nicht anders zu gehen. Endlich hatte er sie erreicht. Edith war immer noch die Gleiche, und doch sah sie anders aus, als er sie in Erinnerung hatte. »Deine Haare«, sagte er, noch ehe er es aufhalten konnte. »Sie sind …«

»… kurz, ich weiß«, beendete Edith seinen Satz. Auch ihre Stimme klang anders, als er sie in Erinnerung hatte.

»Weißt du, all die Jahre, da habe ich immer deinen hohen Pferdeschwanz vor Augen gehabt«, sagte er lächelnd. »Das blaue Band in deinen Haaren.«

Auch Edith lächelte, und für einen Moment sah Paul wieder die junge Frau vor sich, die ihm damals in den Straßen Bad Godesbergs aufgefallen war.

»Ich bin kein junges Mädchen mehr«, sagte sie.

»Wir sind beide nicht mehr jung«, entgegnete Paul. Und dann wusste er nicht, was er weiter sagen sollte. Ja, er hatte sich immer den Moment vorgestellt, wenn er Edith wiedertreffen würde, aber nie hatte er sich überlegt, was er sagen würde. Und bestimmt hatte er sich nicht vorgestellt, dass er als Erstes eine Bemerkung zu ihrem Haar machen würde. Am liebsten hätte er sich mit der flachen Hand auf die Stirn geschlagen. Diese ganze Begegnung … sie war nicht so, wie sie sein sollte. Aber dann dachte er, dass ihr ganzes Leben seit beinahe dreißig Jahren nicht so verlaufen war, wie es hätte sein können.

Hier standen sie. Edith und er. In der Novemberkälte auf dem Gehweg in Treptow vor Uwes Haus. Standen einander gegenüber und schwiegen. Und Paul fragte sich, ob er Edith einfach in den Arm nehmen und küssen konnte. Nach all der Zeit, in denen sie sich einander nicht gesehen hatten. Und während er sah, wie sich in Ediths Augenwinkeln die Tränen sammelten, wurde ihm bewusst: Sie waren als Liebende auseinandergerissen worden und trafen sich nun als Fremde wieder.

Zaghaft ergriff er ihre Hand. »Und? Hast du es dir so vorgestellt?«

»Unser Wiedersehen?«, fragte Edith, und Paul bemerkte eine leichte Röte auf ihren Wangen. Das stand ihr gut. Sie war immer noch eine attraktive Frau, hatte immer noch diesen willensstarken und funkelnden Blick. Ihre Mundwinkel hoben sich zu einem Lächeln, und sie wischte sich mit der freien Hand über die Augen. In diesem Moment kam sie ihm sogar noch schöner vor als damals.

»Nein.« Sie schüttelte den Kopf. »Ich habe es mir immer ganz anders vorgestellt.«

Paul lachte. »Ich auch. Und was machen wir jetzt?«

»Ich weiß es nicht. Es ist …« Sie brach ab und holte Luft. »Ich weiß nicht, wie es dir geht, aber ich fühle mich dir nah und gleichzeitig auch fremd. Ich glaube, wir müssen es einfach auf uns zukommen lassen.«

»Ja, ich denke, das ist eine gute Idee.« Er hob ihre Hand, die er in seiner hielt, an, und hauchte einen zarten Kuss darauf.

*

Als seine Lippen ihren Handrücken berührten, fühlte sie wieder den vertrauten Blitzschlag, der ihr die Härchen auf ihren Armen und in ihrem Nacken aufstellte, der sie durchfuhr und jede Faser ihres Körpers erreichte.

Eben hatte sie noch gedacht, wie sehr Paul sich verändert hatte. Ja, seine Augen waren gleichgeblieben: dunkel und seltsam intensiv. Aber er war dünn geworden, fast schon mager, so locker wie seine Kleidung an ihm saß. Und die grauen Strähnen, die sich durch seine Haare zogen, waren ihr fremd.

Aber mit diesem Blitzschlag war auf einmal alles Fremde

verschwunden. Das hier war Paul. Der Mann, den sie von ganzem Herzen liebte. Der Mann, nach dem sie sich in all diesen Jahren so gesehnt hatte. Edith zog Paul mit einem Ruck an sich und küsste ihn. Küsste ihn stürmisch, und er küsste sie genauso stürmisch zurück. Sie vergaß, dass sie in Berlin-Treptow auf der Straße standen, dass vielleicht die Anwohner aus dem Fenster blickten und ihnen zusahen. Vergaß, dass sie keine zwanzig mehr war. Es war egal. Sie war endlich wieder bei Paul. Endlich. Sie war angekommen. Und mit dieser Erkenntnis brachen die Tränen aus ihr hinaus. Liefen ihr über die Wangen, mischten sich mit in den Kuss. Salzig-süß.

Paul umfasste ihr Gesicht mit seinen Händen und schob sie sachte zurück. »Nicht weinen«, sagte er. Seine Stimme war nur ein heiseres Flüstern.

»Ich kann nicht anders. Ich bin glücklich.« Edith zog geräuschvoll die Nase hoch, was Paul mit einem schiefen Lächeln quittierte.

Er zog sie an seine Brust. Durch den Stoff seiner Kleidung konnte sie sein Herz schlagen hören.

»Jetzt bin ich auch glücklich«, murmelte er.

Edith löste sich aus der Umarmung und blickte Paul forschend an. »Jetzt?«, fragte sie.

Er verzog kurz das Gesicht. »Ich …« Er fuhr sich mit einer Hand über das Gesicht, sah mit einem Mal müde aus. »… ich hatte Angst.«

Überrascht zog Edith die Augenbrauen hoch. »Wovor?«

»Na ja. Ich wusste nicht, ob ich dir so unter die Augen treten kann, ob du …« Er sah verlegen aus. »… ob du mich so noch willst.«

Edith lächelte. Sie nahm seine rechte Hand, die mit der blassen Narbe. Mit einem Finger fuhr sie darüber. Dabei blickte sie ihm in die Augen. In diese intensiven Augen, die sie vom ersten Moment an fasziniert hatten. »Das hast du je infrage gestellt?«

# 36

*November, West-Berlin*

Astrid lud gerade den letzten Karton in den Transporter, als der erste Polizeiwagen um die Ecke bog. Sofort waren Maik und Sabine neben ihr. Zusammen schlossen sie die Hecktüren, rannten um den Wagen zur Fahrer- und Beifahrertür und stiegen ein. Das Ganze begleitet von Applaus und Gejohle der Punks, die den Rest des Hauses besetzten, und im Gegensatz zu Sabine nicht einsahen, ihr Revier zu räumen.

Astrid zog die Beifahrertür zu, und Maik startete den Transporter. Mit quietschenden Reifen fuhr er an.

»Wo-hoooo!«, rief Sabine. »Das ist ja fast wie in 'nem Kinofilm!«

Astrid sah in den Außenspiegel. Mehrere Polizeifahrzeuge standen nun mit Blaulicht vor dem großen Haus, das über und über mit Graffiti und Bannern verziert war. Die ersten Polizisten mit weißen Helmen und durchsichtigen Schutzschilden rückten zu Fuß auf den Hauseingang zu. Was dann passierte, konnte Astrid nicht mehr sehen, denn Maik lenkte den Transporter um die nächste Straßenecke.

Astrid ließ sich auf der breiten Beifahrerbank neben Sabine zurückfallen. Ihr Herz schlug wild. Nie hätte sie gedacht, dass sie es schaffen würden, alles rechtzeitig auszuräumen.

»Und?«, sagte sie zu Sabine. »Bist du sehr traurig, dass du zumachen musstest, ehe du überhaupt aufgemacht hast?«

Ihre Freundin schüttelte den Kopf. »Nicht die Bohne. Ich meine, eigentlich war es doch alles ein großer Spaß.« Sie grinste.

»Was machst du jetzt mit den ganzen Sachen?«

»Ich such mir einen richtigen Laden. Einen, den ich nicht beim ersten Anzeichen von Polente räumen muss.«

»So richtig? Mit Miete?«, fragte Astrid.

»Genau.«

»Und wie willst du das bezahlen?«

»Das lass mal meine Sorge sein.« Sabine beugte sich vor und schaltete das Radio ein.

*Don't Worry, Be Happy* von Bobby McFerrin schallte ihnen entgegen.

»Siehste!«, rief Sabine. »Keine Sorgen machen, einfach happy sein!« Sie stieß Astrid mit dem Ellenbogen an und lachte.

Auch Astrid lachte. Sabine warf ihr einen Blick zu, den Astrid nur zu gut kannte. Sie nickte, und im nächsten Augenblick fielen sie beide lautstark und schief in den Refrain des Songs ein.

*

Joachim hatte heute früher in der Schneiderei Schluss gemacht, damit er noch im Fotogeschäft vorbeigehen konnte. Zum Glück gab es heutzutage den Expressdienst, mit dem die Fotos schon innerhalb von einem Tag entwickelt waren. Da musste man nicht mehr ein bis zwei Wochen auf seine Bilder warten, wie damals, Ende der 1950er-Jahre.

An einer roten Fußgängerampel blieb er stehen. Die Straßen waren voll, und er hatte schon so viele Trabis zwischen den anderen Autos gesehen, dass er aufgehört hatte, sie zu zählen. Seit dem Mauerfall hatte sich die Stimmung in Berlin verändert. Hatte er vorher oft das Gefühl von Anonymität verspürt und vermisst, hier und da ein bekanntes Gesicht zu sehen wie in Bad Godesberg, so war das jetzt anders. Die Menschen waren freundlicher und glücklicher, sie lächelten mehr, nickten einander unbekannterweise zum Gruß zu.

Überall war ein großes Gefühl der Zusammengehörigkeit spürbar, obwohl Berlin immer noch zwischen zwei Ländern aufgeteilt war. Ein Teil BRD, ein Teil DDR.

Die Ampel sprang auf Grün, und er überquerte eilig die breite Straße. Sein Herz schlug mit einem Mal schneller, aber das hatte nichts damit zu tun, dass er nun auch schneller ging. Es hatte damit zu tun, dass er gleich – nach so vielen Jahren – wieder Bilder, die er selbst gemacht hatte, in Händen halten würde.

Endlich hatte er das Fotogeschäft erreicht. Vor der Ladentür hielt er inne und atmete einmal tief durch, bevor er die in einen Alurahmen gefasste Glastür aufschob. Eine elektronische Glocke ertönte und kündigte sein Eintreten an. Joachim ging durch den Laden, vorbei an Regalen mit Fotoalben und -rahmen, vorbei an Fotopostkarten und Drehständern mit Filmdöschen. Es roch nach Plastik, Entwickler und ganz leicht auch nach Zigarettenrauch.

Ein Verkäufer erschien hinter dem Kassentresen. Als er Joachim erblickte, erhellte sich seine Miene. Er verschwand kurz durch eine Tür nach hinten und kam mit einem Umschlag zurück.

»Graf, oder?«, fragte er.

Joachim nickte perplex. Er hätte nicht erwartete, dass man sich seinen Namen oder sein Gesicht merken würde.

»Das sind richtig tolle Aufnahmen«, sagte der Mann.

»Finden Sie?«, fragte Joachim. Früher war er einmal ein guter Fotograf gewesen. Nicht umsonst hatte er vor beinahe dreißig Jahren mit dem Gedanken gespielt, ein Fotostudio zu eröffnen und sich selbstständig zu machen.

Joachim nahm den länglichen Umschlag entgegen und klappte ihn auf. In einer Lasche in der Klappe steckten die Streifen mit den Negativen der Bilder, in der großen Klappe auf der anderen Seite waren die Bilder. Da er mit der alten Zeiss Ikon fotografiert hatte, waren es Schwarz-Weiß-Fotos.

Er trat ein paar Schritte zur Seite, damit der nächste Kunde, der gerade den Laden betreten hatte, bedient werden konnte. Vorsichtig nahm er den Bilderstapel hervor und legte den Umschlag auf die Theke, ehe er begann, die Fotos durchzusehen. Und dann tauchte er ein in die stummen Augenblicke, die er festgehalten hatte.

Ja, der Verkäufer hatte recht: Sie waren gut, die Aufnahmen. Wärme breitete sich in Joachims Magen aus. Eine Glückseligkeit, die er lange nicht mehr verspürt hatte und von der er gedacht hatte, sie niemals mehr zu spüren.

## 37

*November, Ost-Berlin*

Hand in Hand spazierten sie durch den Treptower Park, wie sie früher oft durch den Kottenforst spaziert waren. Jetzt, wo er Edith endlich wieder persönlich gegenübergestanden hatte, wo er ihre Hand fest in seiner hielt, fand er seine vorherige Angst unbegründet. Wie hatte er je glauben können, sein Glücksbringermädchen würde ihn nicht mehr haben wollen? Edith hatte ihm heute klipp und klar zu verstehen gegeben, dass ihr das egal war. Sie liebte Paul Lange, wie er war, liebte alles an ihm. Und er liebte sein Glücksbringermädchen.

Er hatte es sich so kompliziert vorgestellt, aber das war es gar nicht, das musste es nicht sein. Es war eigentlich alles sehr einfach. Hier waren sie: ein Mann und eine Frau, deren Liebe selbst die Mauer überlebt hatte. Zumindest hatte er im Augenblick das Gefühl, das es genauso war.

Sie setzten sich auf eine Parkbank. Paul nahm ihre Hand in seine und bemerkte den Ring an ihrem Finger. Er strich darüber. »Ist das …«

Edith nickte. »Das ist der Ring, mit dem du mir vor so vielen Jahren einen Antrag gemacht hast.«

»Du hast ihn all die Jahre getragen?«

Edith schüttelte den Kopf. »Ich … nicht in den Jahren mit Heinz.«

*Heinz*, der Name versetzte ihm einen Stich, obwohl es das nicht tun sollte. Schließlich hatte er selbst die Ehe von Edith und Heinz befürwortet. Schweren Herzens zwar, aber dennoch. Die Zeiten Anfang der 1960er-Jahre waren anders gewesen als heute. Als unverheiratete, schwangere Frau hätte

Edith es nicht leicht gehabt – und Paul hatte nicht derjenige sein können, der ihr das Jawort gab. Trotzdem war es ihm all die Jahre schwergefallen, zu akzeptieren, dass Edith Tisch und Bett mit seinem früheren Freund geteilt hatte, dass sie mit Britta ein Kind zusammen hatten.

Paul blickte auf den schmalen Goldring an Ediths schmalem Finger. Er wusste, wenn er ihr jetzt in die Augen blicken würde, würde sie sehen, wie sehr es an ihm genagt hatte, dass sie mit Heinz zusammen gewesen war. Und das wollte er nicht. Er wollte nicht, dass wieder etwas zwischen sie trat. Und ihm wurde bewusst, dass das schon lange zwischen ihnen stand und immer stehen würde. Die Erkenntnis sackte schwer in seinen Magen: Für den Augenblick war es vielleicht einfach, das mit Edith und ihm, aber in der Zukunft würde es schwer werden.

»Und wie geht jetzt weiter?«, fragte Edith unvermittelt, als hätte sie seine Gedanken gelesen.

»Wie meinst du das?«, fragte Paul vorsichtig.

»Das mit uns, das mit der Mauer, das … alles.«

Paul verschränkte die Finger seiner Hand in ihrer. »Können wir nicht einfach ein bisschen im Augenblick bleiben?« Er hob seinen Blick, sah sie endlich an.

Sie schaute fragend zurück.

»Sieh mal, jahrelang hab ich keine Pläne für die Zukunft machen können. Im Gefängnis war nur der nächste Tag wichtig. Und dann hat keiner wirklich damit gerechnet, dass die Mauer fällt, und …« Er hob hilflos die Hände. »Ich weiß nicht, wie es weitergehen soll. Und das ist doch auch nichts, was wir übers Knie brechen müssen. Oder? Lass uns das Hier und Jetzt genießen. Nur wir zwei und sonst nichts. Wir müssen nichts überstürzen und sollten es vielleicht auch nicht.« Er sah sie forschend an, hoffte, sie würde verstehen, was er sagen wollte.

Edith ergriff auch seine andere Hand. »Lass uns das tun.«

Es war schon dunkel, als Edith durch den Grenzübergang Sonnenallee den Rückweg in den Westen antrat. Der Tag mit Paul war wunderschön gewesen. Und für einige Zeit hatte sie all die Jahre, all die Zeit der Trennung, vergessen können, aber am Ende hatte es sie wieder eingeholt. Sie hatte begriffen, dass sie nicht einfach da weitermachen konnten, wo sie vor fast dreißig Jahren aufgehört hatten. Dafür lag zu viel zwischen ihnen, dafür war zu viel passiert, hatte sich zu viel geändert. Sie war knapp zehn Jahre mit Heinz verheiratet gewesen, war eine Mutter mit zwei erwachsenen Töchtern und eine Geschäftsfrau als Inhaberin der Schneiderei. Das konnte sie nicht einfach so hinter sich lassen. Sie konnte die Zeit weder zurückdrehen noch anhalten – auch wenn sie es sich anders wünschte. Aber das traf nicht auf die Zukunft zu. Die hatten sie nun in der Hand. Sie und Paul. Zusammen.

Edith lächelte. Als sie sich eben von ihm für den Abend verabschiedet hatte, war sie sich wie ein verliebter Teenager vorgekommen. Paul hatte gar nicht mehr aufhören wollen, sie zu küssen. Und auch sie wäre am liebsten in seinen Armen auf der Parkbank sitzen geblieben. Aber sie wollte nichts überstürzen. Musste erst einmal wieder zurück nach Schöneberg. Hören, ob bei Astrid nach der Laden-Ausräumung alles gut war und hoffentlich endlich Joachim antreffen, den sie seit dem Skandal nicht mehr gesehen hatte.

An der Straßenbahnhaltestelle hatte sie Glück, es kam gerade eine Bahn an, als sie dort eintraf. Edith stieg ein und setzte sich auf einen freien Platz. Während die S-Bahn durch West-Berlin fuhr, blickte Edith aus dem Fenster. Das Licht von unzähligen Straßenlaternen und Neonreklamen erleuchtete die Stadt. Tauchte alles in einen unwirklichen Schein. Spiegelte wider, wie Edith sich gerade fühlte: unwirklich. Als sie mit Paul Hand in Hand durch den Park spaziert war, hatte sie sich für einen Moment so gefühlt, als sei sie aus der Zeit gefallen. Und irgendwie war sie das gerade auch. Aus der Zeit und aus ihrem Leben.

In Schöneberg stieg Edith aus und suchte sich ihren Weg zur Wohnung von Astrid und Joachim. Sie hatte das Haus erreicht und schob sich an einem älteren Herrn, der gerade auf die Straße trat, vorbei durch die Tür. Im Treppenhaus schlug ihr das Herz bis zum Hals, aber das war bestimmt nur, weil sie sich beeilte, die Treppen hinaufzusteigen. Sie klingelte an der Wohnungstür. Es dauerte einen kurzen Moment, dann hörte sie das dumpfe Geräusch von Schritten auf der anderen Seite. Es war Joachim, der ihr öffnete.

»Joachim«, sagte sie, weil ihr nichts anderes einfiel.

»Ich hab schon auf dich gewartet«, entgegnete er. Er knetete seine Finger. War er nervös?

Sie spähte in den Wohnungsflur. »Ist Astrid noch nicht zurück?« Angst sackte ihr schwer in den Magen, bei der Vorstellung, was ihrer Tochter passiert sein mochte. Hatte man sie und ihre Freundin verhaftet? Immerhin hatte Sabine erzählt, dass sie einen Laden besetzt hatte, in einem Haus, das von der Polizei geräumt werden sollte.

»Astrid? Sie war eben kurz hier, hat sich umgezogen, und ist dann mit ihren Freunden weitergezogen. Sie meinte, sie hätten was zu feiern«, entgegnete Joachim.

Geräuschvoll atmete Edith aus, während eine Welle der Erleichterung sie durchflutete. Ihre Sorge war unbegründet gewesen.

»Komm doch rein.« Joachim trat zur Seite. »Ich hab gerade eine Flasche Wein geöffnet. Ich hole noch ein zweites Glas und dann …«

»Dann?«, fragte Edith.

»Dann reden wir. Ich … es gibt wirklich vieles, was ich mit dir klären möchte – was ich dir erklären möchte.«

»Gehört da auch dazu, warum du ohne ein Wort gegangen bist?«

»Ja, das vor allem. Edith, es tut mir leid«, sagte er, und damit schloss er sie in die Arme. Hier waren sie: Bruder und Schwester. Und nichts stand mehr zwischen ihnen.

# 38

*Dezember, West-Berlin*

Astrid schüttelte die Schneekugel mit der Freiheitsstatue und stellte sie auf dem Fensterbrett ab. Im Licht der aufgehenden Wintersonne schillerten die kleinen Flöckchen im Inneren und gaben der ganzen Kugel etwas Magisches.

Ihre Mutter war nun schon über einen Monat zu Besuch, aber in dieser Zeit hatte sie sie kaum zu Gesicht bekommen. Ständig war sie mit Paul unterwegs. Machte Ausflüge und Spaziergänge, ging Essen, ins Kino. Sie führte sich auf wie ein verliebter Teenie. Da war so gar nichts mehr von der Mutter, mit der Astrid aufgewachsen war. Von der Mutter, die immer nur die Schneiderei Graf im Kopf hatte und die an Astrid herummäkelte.

Sie sah den letzten Schneeflocken dabei zu, wie sie sachte zu Boden trudelten, sich an den Füßen der Freiheitsstatue sammelten, und gähnte. Das Weihnachtsgeschäft hatte im KaDeWe Einzug gehalten, und auch der Andrang von Ost-Berliner Kundinnen und Kunden hatte nicht nachgelassen. Astrid hatte Überstunden geschoben, Schichten übernommen und war so eingespannt gewesen, dass ihre Mode und New York doch wieder in den Hintergrund gerutscht waren. Aber zum Glück hatte sie René.

»Erde an Astrid, hörst du mir überhaupt zu?« René lag mit ausgestreckten Beinen auf ihrem Bett. Seine Haare waren vom Nachtschlaf verstrubbelt und hingen ihm wild in die Stirn. Er trug ein einfaches, weißes T-Shirt und eine Calvin-Klein-Unterhose, die Astrid zum Lachen gebracht hatte, weil Michael J.

Fox als Marty McFly im Film *Zurück in die Zukunft* auch so eine trug.

Sie wandte ihren Blick von der Schneekugel ab und ging zum Bett hinüber. »Okay, also, du meinst, wir sollen erst einfach so nach Amerika fliegen? Sozusagen einen längeren Urlaub, um zu sehen, wie es sich entwickelt?«

»Genau. Das würde uns fürs Erste eine ganze Menge Papierkram und Behördengänge ersparen. Wir können in den Staaten schauen, ob es passt. Und wenn das so ist, dann macht es auch Sinn, den ganzen Kladderadatsch auf sich zu nehmen.«

Astrid überlegte, das klang gut. Mehr noch: Es klang nicht nur gut, es fühlte sich auch so an! So wie sich alles mit ihm gut anfühlte. René hatte die Arme hinter dem Kopf verschränkt. Sein T-Shirt war nach oben gerutscht und gab den Blick auf seinen Bauchnabel frei. Sie setzte sich auf die Bettkante und strich mit der Hand über den Nabel. René krümmte sich zusammen und kicherte.

»Hey!«, rief er. »Ich bin kitzelig!«

»Nicht immer«, erwiderte Astrid grinsend.

René setzte sich auf und küsste sie.

»Ja«, sagte er dann. »Da könnte was dran sein.« Er küsste sie noch einmal, dann ließ er sich zurück aufs Bett fallen und zog Astrid mit sich. Sie genoss seine Nähe, seine Hände, die langsam unter ihr Shirt wanderten. Genoss, dass mit ihm alles einfach war, dass sie mit ihm keine Angst mehr vor Neuem, vor großen Änderungen haben musste.

*

»Nein! Du hörst mir jetzt mal zu! Ich hab es schon mal gesagt, und ich sage es wieder: Diese Bilder, die sind grandios! Die sind viel zu gut, um sie in der Schublade oder in einem Album versauern zu lassen. Die müssen gesehen werden!« Michi stellte seine Tasse mit Schwung auf dem runden Bistrotisch ab, der ihm als Küchentisch diente. Etwas Kaffee schwappte über.

Joachim, der gerade dabei war, sein Brötchen mit dem Buttermesser aufzuschneiden, hielt inne. »Michi …«

»Ich bin noch nicht fertig!« Mit einer Hand hielt er Joachim den erhobenen Zeigefinger hin, mit der anderen nahm er die Kaffeetasse und setzte sie auf einer Papierserviette ab. »Die Menschen müssen sehen, was du gesehen hast. Verstehst du das denn nicht? Du hast eine verdammte Gabe!« Er deutete durch die geöffnete Tür ins Wohnzimmer. Dort, auf dem Glastisch vor dem Sofa, lagen Joachims Bilder von der Nacht des Mauerfalls. »Die Fotos sind genial! Stell dir erst mal vor, wie die wirken, wenn du sie groß aufziehst, ganze Leinwände damit füllst.«

»Leinwände?« Joachim legte die beiden Brötchenhälften nebeneinander auf den Teller und nahm sich die Butter. »Also, ich weiß nicht …«

»Aber ich weiß es! Du musst damit eine Ausstellung machen. Genau jetzt. Die Leute kommen nach Berlin. Aus Ost, aus West, aus der ganzen Welt. Sie sollen sehen, wie die Nacht des 9. November war.«

Joachim verteilte die Butter auf dem Brötchen. Mit einem Mal erschien es ihm ganz wichtig, das mit größter Sorgfalt zu erledigen. »Meinst du nicht, dass du ein bisschen übertreibst?«, fragte er, ohne aufzublicken.

»Ich übertreibe nicht. Hier geht es um Kunst! Denn das ist es, was du mit diesen Bildern geschaffen hast: Kunst. Und Kunst muss man groß denken, Kunst ist groß.«

»Ich bin kein Fotograf und auch kein Künstler. Ich bin nur ein Schneider«, sagte Joachim.

Michi ging auf seine Worte nicht ein, stattdessen ergriff er seine Hand, als Joachim nach der Marmelade langen wollte. Michi rutschte mit seinem Stuhl um den Tisch, näher zu Joachim. »Ich kenne jemanden, der eine Galerie betreibt«, sagte er eindringlich. »Lass mir die Fotos hier, ich zeige sie ihm.«

»Wenn du meinst«, antwortete Joachim ausweichend.

»Stell dein Licht nicht unter den Scheffel. Eins kann ich dir jetzt schon mit Bestimmtheit sagen, alle Menschen, denen ich deine Bilder zeigen werde, werden begeistert sein. Und die Ausstellung wird ein voller Erfolg.«

»Du tust ja gerade so, als gäbe es *Die Ausstellung* schon. Als wäre alles in trockenen Tüchern.«

Michi beugte sich zu ihm hinüber und gab ihm einen schnellen Kuss. »Weil es so und nicht anders sein wird.«

*

*Ost-Berlin*

*Beinahe fünf Wochen, das war ein langer Augenblick*, dachte Edith, als sie mit Paul durch das Brandenburger Tor spazierte. In weiten Teilen der Stadt, vor allem im Westen, leuchtete die Weihnachtsdekoration, und das erinnerte Edith daran, dass ihre Augenblicke mit Paul enden mussten. Sie konnte nicht mehr länger im Hier und Jetzt leben und lieben. Langsam musste sie wieder nach vorn blicken.

Sie hatte doch schon vorher gewusst, dass sie nicht ewig in Berlin bleiben könnte. Ja, dank Rita hatte sie sich Zeit lassen können, aber es änderte nichts an der Tatsache, dass sie irgendwann nach Hause zurückkehren musste. Zurück zu ihrer jüngeren Tochter, zurück zur Schneiderei Graf. Zurück in ihr altes Leben als Mutter und Inhaberin, als jemand, der Verantwortung trug und diese endlich auch wieder übernahm.

Sie hatten das Tor durchquert und standen vor der Mauer. Edith wandte sich zu Paul, aber bevor sie noch etwas sagen konnte, fragte er: »Du willst wieder zurück, oder? Ins Rheinland?«

Edith nickte. »Es geht nicht anders. Wir müssen uns der Realität stellen.«

Paul nahm sie in den Arm, küsste sie und drückte sie an seine Brust. So standen sie da. Eng umschlungen.

»Und jetzt?«, fragte Paul nach einer langen Zeit, von der Edith gehofft hatte, sie würde nie enden.

»Jetzt kommt der schwierige Teil.« Edith versuchte es mit einem Lächeln, aber sie spürte, dass es ihr nicht richtig gelingen wollte.

Paul schob sie ein Stückchen von sich, sodass er ihr in die Augen blicken konnte. »Wir schaffen das.« Wie immer war sein Blick intensiv.

»Wir versuchen es«, erwiderte Edith. Paul gab ihr wieder einen Kuss. Einen eindringlichen. »Gut«, murmelte sie gegen seine Lippen, »wir schaffen es.« Und diesmal lächelte sie richtig.

Dennoch schwiegen sie, als sie wieder zurück nach Treptow gingen, immer an der Spree entlang. Ein Fußmarsch von anderthalb Stunden. Edith kam es vor, als würden sie beide versuchen, den Zeitpunkt hinauszuzögern. Als wüsste auch Paul, dass sie nach dem, was sie am Brandenburger Tor besprochen hatten, nicht mehr plänkeln konnten.

# 39

*Dezember, West-Berlin*

»Und das ist dann modisch?«

»Natürlich«, erwiderte Astrid.

»Und du willst damit nach New York?« Ihr Vater ging um die Kleiderstange herum und musterte ihre Kollektionsstücke von allen Seiten.

Astrid stand auf der anderen Seite des Zimmers und wippte ungeduldig auf ihren Fußballen hin und her. Die ganze Zeit schon hatte sie darauf gewartet, Paul ihre Kollektion zu zeigen, und ihm endlich von ihren New-York-Plänen zu erzählen. Jetzt hatte sie es einfach getan. Ohne lange darüber nachzudenken. Geradeheraus. Klar.

»Ja, New York ist mein Ziel.« Astrid blickte zu der Schneekugel, die immer noch auf dem Fensterbrett stand, an genau der Stelle, an der sie sie letzte Woche abgestellt hatte.

Ihr Vater umrundete die Kleiderstange ein weiteres Mal.

»Gefällt es dir nicht?«, fragte Astrid vorsichtig.

»Ich weiß nicht«, kam die vage Antwort.

»Was weißt du nicht?«

»Na ja. Jeans und dann so … so Anzugformen …« Er brach ab und blickte zu ihr. Ein halbes Lächeln lag auf seinem Gesicht. »Ich weiß nicht, wie man das genau nennt. Das ist eher das Ding von Ed… von deiner Mutter.«

Astrid konnte ein Grinsen nicht unterdrücken. »Ja, die Hose mit dem Blazer zusammen kann man einen Anzug nennen. Und wenn du die Bluse dazu nimmst, dann passt das auch.«

»Aber dieses bunte Netz da …«

»Das nennt man Tüll. Das ist im Moment sehr angesagt.«

»Also … Ich weiß nicht. Früher war die Mode einfacher.« Er seufzte. »Früher war einiges leichter.« Er setzte sich auf den Stuhl vor Astrids Nähmaschine.

Sie sah ihren Vater an. Obwohl sie ihn noch nicht so lange kannte, konnte sie sagen, dass er heute älter aussah, besorgter, als würde ihm etwas auf dem Herzen liegen. »Ist alles gut mit dir?«, fragte sie.

Paul wischte sich mit einer Hand über das Gesicht. »Ja, ja, alles in Ordnung«, sagte er. Aber er sagte es schnell, zu schnell.

»Das glaube ich dir nicht. Also raus mit der Sprache, was ist es? Dass ich nach Amerika gehen will?« Astrid lehnte sich an die Fensterbank.

»Ja, das auch. Aber …« Er ließ die Schultern hängen. »… vor allem ist es deine Mutter.«

»Habt ihr euch gestritten?«, fragte Astrid besorgt.

Ihr Vater schüttelte den Kopf. »Sie will wieder zurück nach Bad Godesberg.«

»Und das wundert dich? Um ehrlich zu sein, ich bin erstaunt, dass sie schon so lange hier ist. Früher hätte sie die Schneiderei bestimmt nicht so lange allein gelassen.«

»Ich weiß.«

»Und was wirst *du* machen? Jetzt, wo die Grenze offen ist. Willst du in Ost-Berlin bleiben?«, fragte Astrid.

»Ich weiß nicht.« Er blickte aus dem Fenster. »Hat deine Mutter dir erzählt, was ich eigentlich machen wollte? Damals, als es die Mauer noch nicht gab?«

»Nein«, antwortete Astrid.

Ihr Vater wandte den Kopf und sah sie an. »Ich wollte nach Bad Godesberg gehen. Ein eigenes Taxi-Unternehmen gründen und deine Mutter heiraten. Und dann hat das Leben mir einen Strich durch die Rechnung gemacht.«

Astrid dachte darüber nach. Ihr Vater hatte einen Plan gehabt, und der war ihm verwehrt worden. Die Mauer hatte ihn daran gehindert. Und sie? Ihr hatte jederzeit die ganze Welt offen gestanden. Nur der nötige Mut hatte ihr gefehlt. Aber das war jetzt anders! Und auch für ihren Vater hatte sich mit dem Mauerfall alles geändert. »Das kannst du doch jetzt nachholen. Was hält dich hier?«

»Astrid, ich bin nicht mehr jung. Und du bist hier, und …«

»Ich werde auch nicht mehr lange hier sein«, unterbrach sie ihn. »Und dein Alter spielt keine Rolle. Es ist nie zu spät, um neu anzufangen. Also, ich frage noch einmal: Was hält dich hier?«

Ihr Vater richtete sich im Stuhl auf und streckte seine Schultern, als wäre neues Leben in ihm erwacht. »Du hast recht«, sagte er, »hier hält mich nichts.«

*

»Ich komme mit dir.«

Edith breitete die Stoffserviette auf ihrem Schoß aus. »Zur Vernissage von Joachim? Das will ich auch hoffen, er hat uns schließlich beide eingeladen«, sagte sie und sah dabei noch deutlich Joachims leuchtende Augen vor sich, als er ihnen eben die Einladungskarten überreicht hatte, bevor sie ins Restaurant aufgebrochen waren. Sie lächelte. Es war schön, ihren Bruder so glücklich zu sehen. Sie nahm das Besteck zur Hand.

»Nein … ja, das auch«, sagte Paul. »Ich meine, ich komme mit dir nach Bad Godesberg.«

Edith hatte sich gerade ihrem Salat widmen wollen, aber jetzt blickte sie Paul erstaunt an. »Du willst …« Mehr konnte sie nicht sagen.

Paul legte seine Arme auf den Tisch, nahm ihr das Besteck aus den Händen und ergriff dann diese. »Ja, ich will.« Er sagte es in einem so getragenen Ton, dass Edith plötzlich kichern musste wie ein junges Mädchen, wie damals mit Rita.

Bevor sie etwas erwidern konnte, brachte die Bedienung die Hauptspeise. Kasseler mit Sauerkraut und Stampfkartoffeln für Paul und Falscher Hase mit Bratkartoffeln für Edith. Paul löste seine Hände, und Edith schob hastig ihren Salat zur Seite. Die Kellnerin stellte die Teller vor ihnen ab und verschwand wieder.

Hatte Edith sich eben noch hungrig gefühlt, so war das jetzt nebensächlich. »Du willst also wirklich mit mir nach Bad Godesberg kommen?«

Auch Paul rührte sein Essen nicht an. »Es war mir zwar erst selbst nicht klar, aber unsere Tochter hat mir da auf die Sprünge geholfen.«

»Astrid?«, fragte Edith erstaunt.

»Haben wir noch eine andere Tochter, von der ich nichts weiß?« Paul grinste, und Ediths Herz schlug höher.

Nun war sie es, die ihre Arme auf den Tisch legte und Pauls Hände ergriff. »Dann fahren wir zusammen ins Rheinland, nach der Ausstellungseröffnung?«

»Ja.« Pauls Stimme klang rau. »Ich will nicht mehr von dir getrennt sein, und du gehst zurück nach Bad Godesberg. Hier in Berlin hält mich nichts, das ist es, was Astrid mir klargemacht hat. Wir zwei, du und ich, wir gehören zusammen. Ich liebe dich, Edith, und das werde ich immer tun. Ich will da sein, wo du bist. Auch wenn ich noch nicht weiß, wo ich wohnen soll.«

Wieder musste Edith lachen, in ihrem Bauch war es wunderbar warm geworden bei Pauls Worten. »Ernsthaft? Das musst du dich fragen?«

»Ja, natürlich, damals vor all den Jahren, da hätte ich bei euch in der Nachbarvilla einziehen können. Weißt du noch, bei Tante Käthe.«

Edith nickte. »Wie könnte ich das vergessen? Ich habe dir

doch dieses Zimmer besorgt. Aber heute musst du nicht mehr in die Nachbarvilla.«

»Sondern?«

»Na, du ziehst natürlich bei uns ein. Da ist genug Platz. Mehr als genug. Joachim und Astrid sind ausgezogen, im Moment wohnen nur noch Britta und ich dort. Und ehrlich gesagt sehe ich gerade keinen Grund mehr, warum du nicht gleich mit in mein Zimmer einziehen solltest. Wir sind zwei erwachsene Menschen, wir haben ein Kind zusammen, und die Zeiten sind heute nicht mehr so wie damals.«

»Du meinst, die moralischen Vorstellungen sind es nicht.«

Edith nickte und sah Paul fest in die Augen.

Er erwiderte ihren Blick. »Edith Graf, machst du mir etwa gerade einen Antrag, in wilder Ehe mit dir zu leben?«

»Ja, Paul Lange, genau das mache ich.«

# 40

*Dezember, West-Berlin*

Schon zum dritten Mal lief Joachim durch den Raum und musterte die Fotografien an den Wänden kritisch, prüfte die kleinen Erklärungsschilder daneben und stellte sicher, dass wirklich alles ordentlich und fest an der Wand hing, und dass die Beleuchtung richtig ausgerichtet war. Dann strich er sich mit beiden Händen über den Anzug. Zu Hause hatte er sich drei Mal umgezogen, bis er sich für diesen entschieden hatte. Natürlich Maßarbeit von ihm selbst. Es war ein dunkelbrauner Tweed-Anzug mit passender Weste. Der Schnitt war etwas altmodisch, dafür klassisch. Joachim war es angemessen vorgekommen.

Nachdem Michi ihn davon überzeugt hatte, eine Ausstellung zu machen und Galerist Otto von Hahn, von dem Michi zuvor erzählt hatte, sich auch sofort begeistert von Joachims Bildern gezeigt hatte, war alles ganz schnell gegangen. Und nun konnte er – zwei Wochen vor Weihnachten – seine Fotos zeigen. Fast konnte er es selbst nicht glauben.

Als *Bilder einer Nacht* mit dem Untertitel *Der Mauerfall am 9. November 1989* wurde die Ausstellung beworben. Der Titel war eine Idee von Michi gewesen, und Herr von Hahn hatte bereits mehrfach bestätigt, dass sich in den letzten Tagen viele interessierte Menschen gemeldet und ihre Teilnahme angekündigt hatten.

»Bist du bereit?«, fragte Michi.

Joachim ließ den Blick noch einmal durch die Galerie schweifen. Über die Fotografien, über den langen Tisch, auf dem gefüllte Sektgläser und Platten mit Häppchen und Kanapees standen. Er nickte und schüttelte sofort den Kopf. »Ich weiß nicht.«

»Dann ist es gut, dass du mich hast. Denn ich weiß es.« Michi schenkte ihm ein warmes Lächeln. Er nahm zwei Sektgläser vom Tisch und reichte Joachim eins davon.

»Aber die sind doch für die Gäste.«

»Papperlapapp! Du bist der Star des Abends. Wenn hier einer machen darf, was er will, dann du. Und jetzt: Prost!«

*Der Star des Abends*, dachte Joachim. Früher hatte man ihn Wunderfotograf genannt. Jo, der Wunderfotograf. Da gefiel ihm Star besser. Weitaus besser.

Er hatte sein Glas halb geleert, als Otto von Hahn mit großen Schritten den Raum durchquerte und die Türen öffnete. Aus der Kälte strömten die Menschen in die kleine Galerie. Joachim freute sich, dass so viele bekannte Gesichter darunter waren. Edith und Paul mit Uwe Matussek. Astrid und René mit Sabine, deren Mutter Heike und Sabines Freund Maik. Sein Chef Stefan mit seiner Frau. Es war schön, zu sehen, wie viele Menschen er nun schon in Berlin kannte. Es gab ihm ein Gefühl von *Zuhause*, das er lange nicht mehr verspürt hatte.

Die Besucher verteilten sich in der Galerie, betrachteten seine Fotos. Wie im Traum schwebte Joachim mal hierhin mal dorthin, begrüßte die Gäste, erzählte etwas zu seinen Bildern, stieß an, trank Sekt. Überall hörte er zustimmendes Gemurmel, sogar begeisterte Ausrufe.

Und er musste zugeben, dass auch er selbst überwältigt gewesen war, als er seine Bilder zum ersten Mal in Leinwandgröße gesehen hatte. Ja, es war immer noch der kleine Ausschnitt, den er gewählt hatte, aber plötzlich war er riesig – und durch die Größe traten viele neue Details zutage, derer er sich vorher nicht bewusst gewesen war.

Der Abend neigte sich schnell dem Ende zu. Viele der Gäste waren schon gegangen. Seine Nichte Astrid war mit ihren

Freunden losgezogen, auf sie wartete der nächste angesagte Club von Berlin. Und Joachim gönnte es ihr. Sie war jung, sie sollte diese Zeit genießen, tanzen, feiern, frei sein.

Edith und Paul hatten ihm – beide mit rosigen Wangen – erzählt, dass sie zurück ins Rheinland fahren würden. Edith, um in ihr Leben zurückzukehren, Paul, um einen Neuanfang zu wagen. Einen, den er schon vor so vielen Jahren hatte angehen wollen. Joachim freute sich für die beiden und wünschte ihnen von ganzem Herzen Glück.

Er hatte sich gerade eines der letzten Häppchen vom Tisch genommen, als Michi mit aufgeregt funkelnden Augen neben ihm erschien.

»Was ist los?«, fragte Joachim.

»Es gibt mehrere Interessenten für deine Bilder.«

Joachim zog die Stirn in Falten. »Interessenten?«

»Interessenten. Zahlende Kunden.«

»Du erlaubst dir doch einen Spaß mit mir.«

»Nein, wenn ich es dir doch sage.« Michi zog einen Blatt Papier hinter seinen Rücken hervor, darauf hatte jemand einige der Bildtitel notiert und dahinter Zahlen.

Joachim überflog das Blatt. An einer Zahl blieb sein Blick hängen. »Aber … das sind … da sind drei Nullen hinten dran!«

»Ganz genau.« Michi grinste.

Joachim schüttelte den Kopf. »Nein, das kann nicht richtig sein.«

»Doch, mein Lieber, das ist richtig. Denn du bist richtig. Und zwar wie in: richtig gut!«

»Ich kann es nicht glauben.« Wieder schüttelte er den Kopf.

»Das solltest du aber besser mal. Und ich glaube auch, dass du dir überlegen solltest, ob du nicht wieder richtig in die Fotografie gehst.«

»Wie? Richtig?«

»Na ja, dass du nicht mehr als Schneider arbeitest, sondern nur noch als Fotograf.« Michi nahm ihm das Blatt Papier ab und hielt es hoch. »Als sehr gut bezahlter Fotograf. Mit einem grandiosen Agenten.«

»Welchem Agenten?«, fragte Joachim.

»Na, mich.« Michi stupste ihn mit dem Ellenbogen an. »Ich vermittle deine Bilder an Galeristen und Interessenten.«

»Meinst du wirklich?«

Michi faltete das Blatt zusammen und schob es in die Hosentasche, dann zog er Joachims an sich und küsste ihn. »Ja, das meine ich wirklich«, murmelte er.

*

Beide Hände am Waschbecken abgestützt, betrachtete Astrid sich im Spiegel. Die Technomusik drang als dumpfes Dröhnen durch die Wände. Nur wenn jemand zur Tür hereinkam, war die Musik für einen Augenblick wieder laut zu hören. Sie wusste nicht, wie lange sie schon hier stand. Es konnten ein paar Sekunden sein, vielleicht waren es aber auch Minuten. Dieses Starren, das Dröhnen, es hatte etwas Meditatives. Sie musste wieder an die Ausstellung ihres Onkels Joachim denken, die sie am frühen Abend besucht hatten. Es war der Wahnsinn gewesen! Bislang waren die einzigen Bilder, die sie von ihm gesehen hatte, die Hochzeitsfotos von ihrer Mutter und Heinz gewesen. Deshalb hatte sie wirklich nichts Großartiges erwartet, als sie zu der kleinen Galerie von Hahn gegangen waren. Und dann hatten sie die Schwarz-Weiß-Bilder von der Nacht des 9. Novembers mit voller Wucht getroffen. Ihr Onkel Joachim hatte festgehalten, was sie in dieser Nacht gesehen und gefühlt hatte. Er hatte es geschafft, in jedem der Bildausschnitte die Lebendigkeit des Moments einzufangen. Nie hätte sie es für möglich gehalten, dass in ihm ein solches Talent steckte.

Und es war auch auf der Ausstellungseröffnung gewesen, dass sie ihre Eltern zum ersten Mal als richtiges Paar erlebt hatte. Sie gaben sich zwar ernst und erwachsen, aber Astrid hatte gesehen, wie glücklich sie waren. Es freute sie für ihre Mutter und auch für ihren Vater. Die beiden hatten ihr erzählt, dass sie zusammen nach Bad Godesberg gehen würden. Ihr Vater hatte sich sogar noch einmal bei ihr dafür bedankt, dass sie den Anstoß dazu gegeben hatte. Das hatte sie richtig gefreut. Und da war ihr klar geworden, dass sie mit den beiden mitfahren musste. Schließlich war bald Weihnachten, das Fest der Familie, und da fühlte es sich nur richtig an, das noch einmal in der vertrauten Umgebung der Villa in Bad Godesberg mit ihrer Familie zu feiern, bevor sie im neuen Jahr mit René das Abenteuer eines anderen Kontinents angehen würde.

Die Tür öffnete sich, und die Musik wurde kurz laut, bevor sie wieder zu einem Dröhnen wurde.

»Hier bist du, wir suchen dich schon überall!« Sabine trat neben sie. Sie war verschwitzt und aufgekratzt vom ausgiebigen Tanzen.

»Ich wollte gerade wieder zu euch kommen«, erwiderte Astrid. Aber sie stand immer noch, die Arme aufgestützt, vor dem Spiegel.

Sabine blickte einmal an ihr herauf und wieder herunter. »Das sehe ich.«

Astrid grinste und sah ihre Freundin an. »Gut, vielleicht wäre ich erst in ein paar Minuten losgegangen.«

»In ein paar Minuten? Süße, du bist schon über eine halbe Stunde verschwunden.«

»Ich musste mal nachdenken.«

»Echt? Und da hast du so lange für gebraucht?«, stichelte Sabine, aber sie lächelte.

»Das ist das Alter«, entgegnete Astrid, auch sie lächelte.

Zusammen gingen sie zurück in den Gastraum. René lehnte an der Wand neben der Theke. Astrid ging zu ihm, während Sabine sich sofort wieder zu Maik ins Tanzgetümmel warf.

René sah ihr tief in die Augen. »Da bist du ja, ich hab dich vermisst.«

Astrids Magen zog sich zusammen. Wenn René sie jetzt schon vermisste, wie sollte es dann erst sein, wenn sie mit ihren Eltern zurück ins Rheinland fuhr? »Wir müssen reden«, sagte sie ohne Umschweife.

René verzog das Gesicht. »Das klingt nicht gut … Was hab ich angestellt?«

»Du hast nichts angestellt, ich hab nur was festgestellt.«

»Und das hat mit mir zu tun?«

»Nicht direkt … aber irgendwie schon«, antwortete sie vage.

»Du sprichst in Rätseln.«

Astrid blickte sich um. Schaute auf die dicht gedrängt tanzenden Menschen, die flackernden Lichter. Sie schob sich nah an René. »Dann lass uns gehen. Um das zu erklären, brauche ich Ruhe.«

René küsste sie. »Gut.«

Wenig später ging sie neben René durch die winterkalten Straßen Berlins. Ihr Atem umwölkte ihren Kopf in weißem Dunst.

»Ich muss noch mal nach Hause, bevor wir im neuen Jahr in die Staaten aufbrechen«, begann Astrid und zog Parka und Schal fester um sich.

»Nach Hause? Du meinst Bad Godesberg, oder?« René blieb stehen.

Astrid ergriff seine Hände. »Ja. Wenn ich eins aus der Geschichte meiner Familie gelernt habe, dann, dass man nie weiß, was kommen wird. Und da habe ich …« Sie brach ab. »Ich weiß nicht genau, wie es sagen soll, aber ich weiß, dass ich noch mal nach Hause muss. Mit meinen Eltern, zu meiner Schwester. Ich will einfach über Weihnachten ein paar Tage mit ihnen zusammen verbringen. Ich will nicht nach New York gehen, ohne sie noch mal gesehen zu haben.«

»Du willst also noch einmal eine große Portion Familienleben tanken, bevor du flügge wirst und über den Großen Teich flatterst?«, fasste René zusammen.

»Flügge bin ich schon ein bisschen länger, und das solltest du am besten wissen.« Sie zwinkerte ihm zweideutig zu. »Aber ja, das ist es so ziemlich.«

»Soll ich mitkommen?«

»Nein, das ist etwas, das ich allein machen muss.«

René zog sie zu sich heran und küsste sie. »Okay, ich warte im neuen Jahr am Flughafen auf dich, Baby.«

»Baby?«, fragte Astrid.

»Na ja, du weißt schon, *Baby* wie in *Dirty Dancing.*«

Astrid musste laut loslachen. »Du schaffst es immer wieder, mich zu überraschen.«

»Und genau das liebst du so an mir, oder?« Er legte seine Arme um sie.

Astrid vergrub ihr Gesicht an seiner Brust. »Ja«, flüsterte sie, »ich liebe dich.«

# 1990

## 41

*Januar, Bonn-Bad Godesberg*

Astrid ließ ihren Blick durch ihr Zimmer gleiten. Über ihr Bett, ihren Schreibtisch und schließlich über die orange Schrankwand, die ihr heute gar nicht mehr fehl am Platz vorkam. Ja, sie war anders als der Rest der Einrichtung. Und ja, sie war bestimmt nicht dafür kreiert worden, in einem Altbau zu stehen, dennoch passte sie. So wie manchmal etwas aus dem Rahmen fallen musste, um zu passen. Vor der Schrankwand lag ihr leerer Koffer. Bald war es wieder an der Zeit, ihn vollzupacken. Auf ihrem Schreibtisch lag bereits eine Liste, was sie alles mitnehmen wollte. Und jeden Tag kam etwas Neues hinzu. Die Vorfreude war einfach überwältigend: Sie würde es wirklich tun, sie würde mit René zusammen nach Amerika fliegen! Erst einmal für zwei Monate und dann vielleicht für länger. Vielleicht sogar für immer.

Die letzten Tage zu Hause und besonders die Weihnachtsfeiertage waren schön gewesen, so schön wie lange nicht mehr. Das Wiedersehen mit ihrer Schwester Britta und ihrer Patentante Rita war herzlich gewesen. Nur Onkel Joachim fehlte. Er war bei Michi in Berlin geblieben.

Tatsächlich hatte sich am Tag nach Weihnachten auch Mofa noch einmal blicken lassen. Offenbar hatte er gedacht, er könne mit Astrid wieder da weitermachen, wie er es sonst immer getan hatte. Sie hatte ihn einfach abblitzen lassen – und es hatte ihr gutgetan.

Astrid ging hinunter ins Wohnzimmer und setzte sich auf das Sofa. Sie nahm sich das Telefon und zog an dem Kabel, bis sie genug Spiel hatte, um sich den Apparat auf den Schoß zu stellen. Als Erstes wählte sie Renés Nummer in Berlin. Das Freizeichen ertönte. Einmal, zweimal … nach dem zwölften Mal legte sie auf. Er war nicht zu Hause. Dann rief sie Sabine an. Sie musste nicht lange warten.

»Ruhland?«

»Sabine! Ich bin's.«

»Mensch! Dass du auch mal wieder was von dir hören lässt. Wie lange ist das jetzt her?«

Astrid konnte förmlich hören, dass ihre Freundin über das ganze Gesicht grinste. »Ganze drei Tage«, entgegnete sie.

»Drei Tage! Wie soll das erst werden, wenn du in Amerika bist? Da muss ich bestimmt bis zum Sankt-Nimmerleins-Tag warten, bis ich dich mal wieder am Apparat habe.«

»Ich mag dich auch«, erwiderte Astrid.

»Soll ich dir mal was sagen?« Sabine klang mit einem Mal ernst. »Ich bin tatsächlich ein bisschen neidisch auf dich wegen der Amerika-Sache.«

»Du? Neidisch auf mich? Wer hatte denn sogar schon einen eigenen Laden und hat schon Modenschauen gemacht und …«

»Das ist trotzdem was anderes.«

»Dann … warum gehst du nicht auch nach New York?«

Sabines helles Gelächter drang aus dem Hörer an ihr Ohr.

»Einfach nach Amerika gehen? Ich sprech ja noch nicht mal ordentlich Englisch! Nee, lass mal.«

Astrid grinste. »Also wirklich, Sabine, du versauerst da unten an der Spree doch nur. Gib dir einen Ruck und dann ab mit dir in das nächste Flugzeug Richtung New York.«

»Moment mal«, erwiderte Sabine, »warum kommt mir das so bekannt vor?«

Astrids Grinsen wurde breiter. »Ach, Süße. Du musst wirklich mal lernen, über deinen Schatten zu springen.«

»Du machst dich über mich lustig, du bist unmöglich!«, rief Sabine. Sie lachten beide. Aber im Ernst«, begann ihre Freundin erneut, »ich bewundere dich, und ich weiß jetzt schon, dass der Moment kommen wird, in dem ich eine Zeitschrift aufschlage oder den Fernseher einschalte und sagen kann: Die da, die kenne ich, das ist meine beste Freundin.«

»Du übertreibst«, sagte Astrid und spürte, wie ihre Wangen warm wurden.

»Aber nur ein klitzekleines bisschen! Du wirst sehen.«

*

»Wo ist denn Britta?«, fragte Edith, als sie im dicken Wintermantel zur Ladentür der Schneiderei Graf trat. Sie war gerade auf der Post gewesen, hatte einige Lieferungen versandt und neue Briefmarken für den Lagerbestand gekauft.

»Die hab ich zum Kundengespräch geschickt«, erwiderte Rita.

»Zum was? Kundengespräch?«, erwiderte Edith, sie legte die Einkäufe auf der Theke ab und begann, ihren Mantel auszuziehen. »Was soll das denn sein?«

Rita grinste. »Da war so ein hübscher junger Mann, der sich gern einen Anzug schneidern lassen möchte«, sagte sie und verräumte die Briefmarken. »Zum Glück war ich gerade hier vorn im Laden. Du hättest mal sehen sollen, was die sich für Blicke zugeworfen haben. Oh, là, là! Da habe ich sie kurzerhand ins Insel-Café geschickt.« Mit dem Kinn nickte sie zum Fenster.

»Rita! Du bist ernsthaft unter die Kupplerinnen gegangen?« Edith legte den Mantel über ihren Arm.

»Manchmal muss man dem Glück ein bisschen nachhelfen.«

»Rita, Rita, du hast dich wirklich nicht verändert.«

Ihre Freundin legte ihr eine Hand auf den freien Arm. »Eine beständige Konstante braucht schließlich jeder im Leben.«

»Da sagst du was!«

Edith ging nach hinten ins Nähzimmer und hängte ihren Mantel an den Haken neben der Hintertür.

»Wird Joachim eigentlich wiederkommen?« Rita hatte sich in den Türrahmen zum Laden gelehnt, die Arme vor der Brust verschränkt.

»Nein, er hat mit dem neuen Jahr die Schneiderei komplett an den Nagel gehängt. Widmet sich jetzt ganz der Fotografie.«

»Irgendwie gönne ich ihm das.«

»Ich doch auch. Rita! Wenn du nur die Bilder gesehen hättest! Joachim ist ein wahnsinnig guter Fotograf. Aber …« Sie brach ab.

»Aber?«, hakte Rita nach.

»Na ja, es ändert immer noch nichts daran, dass er hier immer noch fehlt«, Edith deutete auf die Arbeitsgeräte im Nähzimmer, »hier in der Schneiderei.«

Rita stieß sich vom Türrahmen ab und stemmte die Hände in die Seiten. »Aber ich bin doch da«, sagte sie.

»Ja. Und ich bin dir auch sehr dankbar für deine Hilfe. Wenn du nicht gewesen wärst, hätte ich nicht einfach so nach Berlin fahren können.«

»Nein, nein, nein. Das meine ich nicht. Schau mal, dir

fehlt Joachim hier in der Schneiderei. Was bedeutet, dass dir ein Geschäftspartner fehlt und gleichzeitig auch ein Schneider. Richtig?«

Edith nickte, sie verstand nicht, worauf Rita hinauswollte.

»Tja, und ich habe in den letzten Wochen bemerkt, dass mir genau das große Freude macht. Also kann ich doch Joachims Platz in jeder geschäftlichen Hinsicht übernehmen.«

»Du?«, fragte Edith begeistert.

Rita sah sie strahlend an. »Ja, ich natürlich! Wer sonst?«

*

»Ria!«, rief Paul. »Bring uns eine Flasche Schampus, wir haben was zu feiern!«

»Bist du verrückt?«, rief Edith. »Wer soll das denn bezahlen?«

»Na, der, der es bestellt, nicht wahr, Paul?«, fragte Rita.

Paul nickte. »Genauso ist es. Meine Damen«, begann er feierlich, »Sie sind heute eine Geschäftsbeziehung eingegangen, das ist beinahe so etwas wie eine Ehe, und das, meine lieben Damen, das muss ordentlich gefeiert werden.«

»Du freust dich doch nur so, weil wir dich erst mal als fahrenden Boten eingestellt haben«, sagte Rita.

»Darauf können wir dann auch gleich noch anstoßen: zwei Geschäftspartnerinnen, die sofort die strategisch beste Entscheidung getroffen haben.« Paul lächelte und lehnte sich entspannt zurück. Es war so schön, wieder im Weinhaus Maternus zu sein. Nach all diesen Jahren. So viele schöne Stunden hatte er damals hier verbracht. Hier hatte er Edith kennengelernt! Es war für ihn ein besonderer Ort.

Die Gastwirtin Ria Maternus kam zu ihnen an den Tisch, in der Hand eine Flasche vom besten Champagner. »Kennen wir uns, junger Mann?«, fragte sie Paul mit zusammengekniffenen Augen. »Ich werd das Gefühl nicht los, dass wir uns kennen.«

Paul schmunzelte über die Bezeichnung »junger Mann«. Er blickte Ria an, die inzwischen über Siebzig sein musste. Sie war immer noch so zierlich wie damals, nur ihr Haar war grau geworden. »Ja«, sagte er schließlich, »wir kennen uns. Ich war früher mal der Chauffeur von Rudolf Schilling.«

Ria kniff die Augen noch etwas mehr zusammen, und dann hellte sich ihre Miene auf. »Paul?«, fragte sie.

Er nickte.

»Mensch, das gibt's ja gar nicht! Du warst lange nicht mehr hier«, stellte sie fest.

»Ich war …« Paul brach ab. Wie sollte er das am besten sagen?

»Er war in Ost-Berlin, all die Jahre«, sprang Edith ein. »Hat im Krankenhaus gelegen, als sie die Mauer gebaut haben.«

Ria Maternus blickte in die Runde, die Miene mit einem Mal ernst. Dann stellte sie die Flasche Champagner auf den Tisch. »Wisst ihr was? Die geht aufs Haus!«

# 42

*Januar, Bonn-Bad Godesberg*

»Hast du gewusst, dass der Burgfriedhof zum Teil auch ein jüdischer Friedhof ist?«, fragte ihre Mutter, als sie über die geharkten Wege gingen.

Astrid schüttelte den Kopf. Normalerweise, wenn sie hierherkamen, gingen sie nur zum Grab von Helene und Richard Graf, niemals woanders hin.

»Ich komme oft her«, sagte ihre Mutter und bog vom vertrauten Weg ab.

Astrid sah sie erstaunt an, damit hatte sie nicht gerechnet.

»Ich …«, begann ihre Mutter. »Also gestern ist mir etwas klar geworden, weißt du. Jetzt wo Rita in der Schneiderei ist und alles so gut läuft, da möchte ich mich auf die Reise machen.«

»Auf die Reise?«, fragte Astrid ratlos.

»Ich habe beschlossen, an den Ort zu gehen, an dem meine Eltern gestorben sind. Weißt du noch, dieser Brief vom Yad Vashem Museum in Jerusalem? Nach langer Recherche habe ich herausgefunden, dass sie im KZ Buchenwald ums Leben gekommen sind. Und …« Sie brach ab und wischte sich eine Träne aus den Augen. »… die ganze Zeit war dieser Ort unerreichbar für mich. Genauso wie dein Vater. Das KZ Buchenwald ist in der Nähe von Weimar, in der DDR.«

Astrid trat neben sie und legte ihren Arm um sie. »Warum hast du mir nie von deinen leiblichen Eltern erzählt? Nie davon erzählt, dass du jüdische Wurzeln hast, und ich damit auch?«, fragte sie.

»Ich hatte Angst. Angst um euch und um mich selbst«,

sagte ihre Mutter ruhig. »Wenn du einmal ganz bewusst hinschaust, dann wirst du selbst sehen, wie allgegenwärtig der Hass auf die Juden immer noch ist. Der Antisemitismus ist nie ganz verschwunden. Im Gegenteil, es nimmt sogar wieder zu. Ich … ich habe immer gedacht, dass ich es euch Kindern erzähle, wenn ihr erwachsen seid. Und dann wart ihr plötzlich erwachsen, und ich dachte, ich müsste auf den richtigen Zeitpunkt warten. Heute weiß ich, dass es so was wie einen richtigen Zeitpunkt gar nicht gibt.«

Astrid nickte. Sie verstand ihre Mutter. »Ich war in Berlin auf dem jüdischen Friedhof«, sagte sie. »Ich hatte das Gefühl, dass ich eine … eine Verbindung oder so etwas suchen muss. Deshalb war ich da.«

»Und?«, fragte ihre Mutter. Sie musterte sie aufmerksam.

»Es war ein Gefühl der Verbundenheit. Aber dann … Ich weiß auch nicht. Es war immer so viel anderes. Ich wollte mich eigentlich bewusst damit befassen. Aber dann war da mein Vater und der Mauerfall und …« Astrid brach ab.

»Ich weiß genau, wie das ist«, sagte ihre Mutter. »Und genauso ist es mir oft gegangen.«

Sie gingen noch ein paar Schritte, dann blieb ihre Mutter stehen. »Hier, ich möchte dir etwas zeigen.« Sie deutete auf ein Grab.

Astrid las die Inschrift: *Judith Stern, geb. Süßkind, geboren 14. April 1894, gestorben 21. Januar 1939.*

»Ist das … eine Verwandte von uns?«

»Ehrlich gesagt, weiß ich das nicht. Aber ich stelle mir immer vor, dass sie vielleicht meine Tante war.«

Astrid nickte. Auf dem Friedhof in Berlin hatte sie sich Ähnliches vorgestellt.

»Ich möchte dir noch etwas zeigen«, sagte ihre Mutter. Sie beugte sich vor und hob einen kleinen, glatten Stein vom Boden auf, den sie dann auf dem Grabstein ablegte. »Das ist ein jüdischer Brauch, um zu zeigen, dass man der Toten gedenkt. Ich mache das immer, wenn ich hier bin.«

Astrid sah die Vielzahl von kleinen Steinen, die auf dem Grabstein lagen. »Du bist oft hier«, stellte sie fest.

Ihre Mutter nickte. »Weißt du, ich bin nicht im jüdischen Glauben aufgewachsen, aber nachdem ich von meiner Herkunft erfahren habe, war es mir wichtig, mich damit zu beschäftigen. Meiner Familie zu gedenken. Und …« Sie brach ab und blickte Astrid in die Augen. »Habe ich dir eigentlich jemals gesagt, warum ich dich Astrid getauft habe?«

»Nein«, entgegnete Astrid, die nicht genau sagen konnte, warum ihre Mutter so plötzlich das Thema gewechselt hatte. »Warum?«

»Weil der Name Astrid *Stern* bedeutet. Ich wollte den Namen meiner Familie weitergeben, weitertragen … in dir.«

Diese Antwort hatte Astrid nicht erwartet. Sie war gerührt und überwältigt. Nie hatte sie darüber nachgedacht, ob es einen besonderen Grund für ihren Namen geben könnte, und dann war es auch noch so ein schöner. »Ich … das wusste ich nicht.«

»Wie solltest du auch. Ich habe es dir nie erzählt. Wie ich dir so vieles nie erzählt habe.« Ihre Mutter trat einen Schritt zurück und fasste Astrid an beiden Händen, während sie ihr in die Augen sah. »Lass uns ab jetzt immer ehrlich miteinander sein. Nichts mehr verschweigen, nie mehr.«

»Ja, Mama, lass uns das tun.« Astrid drückte die Hände ihrer Mutter.

*

*Auf der Meckenheimer Straße bei Bonn-Mehlem*

Drei Anzüge und ein Kleid hatte er heute bereits ausgeliefert. Nun fuhr er mit dem silbernen VW Golf 2 aus Wachtberg zurück nach Bonn-Bad Godesberg. Den Wagen hatte Edith über einen alten Bekannten von Rita gebraucht für die Schneiderei Graf gekauft, und Paul mochte ihn. Er war klein und wendig und hatte für einen Kleinwagen einen erstaunlich großen Kofferraum, sodass auch ein Großeinkauf von Meterware in Stoffballen problemlos Platz darin fand.

Während er in Mehlem auf die B9 auffuhr, musste er daran denken, wie er hier einmal Edith von der Damenschneiderei Kurt Klemens Modelle hatte abholen wollen – und sie ihn einfach stehengelassen hatte! Er schmunzelte bei dem Gedanken, wie niedergeschlagen er an diesem Tag gewesen war.

Er folgte der B9 und fuhr endlich nach Bad Godesberg hinein. Wegen der großen Fußgängerzone, die sich nun von der Alten Bahnhofstraße bis hinauf in den Fronhof zog, musste er einen großen Bogen fahren, um so nah wie möglich an der Schneiderei parken zu können. Es war nicht mehr das Bad Godesberg, das er kannte. Aber auch er war nicht mehr der Mann, der damals Rudolf Schilling durch ebendiese Straßen chauffiert hatte. Die Dinge änderten sich. Manchmal war das gut, manchmal nicht. Paul hatte entschieden, dass er von nun an alles nehmen würde, wie es kam. In seinem Leben hatte er schon so viel Leid ertragen müssen. Damit war es jetzt vorbei. Im Vergleich mit seinem Leben in der DDR und seinen langen Jahren der Haft in Berlin-Hohenschönhausen konnte ihm nichts Schlimmes mehr widerfahren. Im Gegenteil. Endlich war er da, wo er immer hingewollt hatte: im Rheinland, an der Seite seines Glücksbringermädchens. Ja, er war alt geworden und hatte hin und wieder Beschwerden mit seinem Bein. Aber Edith liebte ihn, wie er war. Und er liebte sie. Und nichts anderes zählte.

*

*Bonn-Bad Godesberg*

Mit dem aufgeschlagenen Skizzenbuch saß Astrid an ihrem Schreibtisch und zeichnete. Sie trug Karottenjeans und ein weites T-Shirt, das sie am Halsausschnitt und Saum abgeschnitten hatte, sodass es eine Schulter und den Bauch freigab und damit den Blick auf das rote Netztop gewährte, das sie darunter angezogen hatte. Aus dem Radio erklang leise Musik. *Another Day in Paradise* von Phil Collins.

Der Brauch mit den Steinen, die man zum Gedenken auf den Grabstein legt, ließ Astrid nicht mehr los und so zeichnete sie jetzt runde, steinähnliche Formen an- und übereinander. Sie wusste noch nicht, ob sie das jemals in Form von Mode umsetzen würde, aber sie musste es festhalten. Und wer wusste, was die Zeit bringen würde? Vielleicht würde sie eines Tages dieses Skizzenbuch aufschlagen und dann sofort wissen, was sie damit machen sollte. Genau für solche Momente zeichnete sie. Deshalb füllte sie Skizzenbuch für Skizzenbuch.

Sie hatte heute die Villa für sich allein. Ihre Eltern und Britta waren in der Schneiderei. Astrid genoss die Ruhe. In nur wenigen Tagen würde sie wieder nach Berlin aufbrechen und von dort aus zusammen mit René nach New York fliegen. Die alte Astrid hätte bei dieser Vorstellung Herzrasen und Schweißausbrüche bekommen. Die alte Astrid hätte schon lange mit dem Packen der Koffer begonnen und währenddessen tausendmal hin- und herüberlegt, ob es wirklich eine gute Idee war; und am Ende den Kopf eingezogen. Aber so war sie nicht mehr.

Es klingelte. Astrid sah auf die Uhr. Es war später Vormittag. Wer konnte das sein? Der Postbote vielleicht? Sie klappte das Skizzenbuch zu und ging hinunter. Auf der Treppe dachte sie daran, wie der Weg zu ihrem neuen Ich genau hier angefangen hatte: auf diesen Stufen, mit einem kaputten Karton und den Briefen ihrer Eltern. Sie lächelte und hüpfte die letzten Stufen hinunter. Es machte ein lautes Geräusch, als sie mit den Füßen auf dem Boden vor der Treppe aufkam. Sie wandte sich zur Tür und öffnete sie.

»Na, das hat aber gedauert.«

Erstaunt blickte Astrid in die tiefblauen Augen von René. Ihr Herz schlug schneller, und sie umarmte ihn stürmisch. »Was machst du denn hier?«

Statt einer Antwort küsste er sie. Und Astrid ließ sich in seine Arme und in seinen Kuss fallen. Er löste sich sachte von ihr, neigte den Kopf zur Seite und lächelte. »Ich hab's nicht mehr ausgehalten ohne dich.«

# EPILOG

*Februar 1990, Bonn-Bad Godesberg*

Edith fühlte Pauls Hand warm und fest in ihrer, als sie den vertrauten Waldweg im Kottenforst entlanggingen. Raureif glitzerte noch auf den Blättern und Büschen zwischen den Bäumen, und die Luft roch frisch und klar.

Astrid war letzte Woche mit René abgereist. Ihre Tochter war tatsächlich auf dem Weg nach Amerika, um ihren Traum zu verwirklichen. Das machte Edith gleichermaßen glücklich wie traurig. Glücklich, weil sie so stolz auf Astrid war, und traurig, weil ihr Kind nun so weit von ihr entfernt war.

Sie selbst hatte in den letzten Tagen viel über ihre eigenen Reisepläne nachgedacht. Bislang hatte sie nur Astrid davon erzählt, dass sie vorhatte, den Ort zu besuchen, an dem ihre Eltern ums Leben gekommen waren. Zuerst hatte sie gedacht, dass ein Besuch im KZ Buchenwald etwas war, was sie allein machen musste. Aber je länger sie darüber nachdachte, desto klarer wurde ihr, dass sie Paul an ihrer Seite haben wollte. Die Vorstellung, wieder von ihm getrennt zu sein, war unerträglich. Aber sie wusste nicht, was er davon hielt, eine Reise in die DDR zu machen. Zurück in das Land, das ihn so lange festgehalten hatte.

Sie erreichten die Bank, auf der sie auch damals immer gesessen hatten. Die Bank, an der Paul ihr vor all den Jahren einen Antrag gemacht hatte. Seit diesem Tag war Edith nicht mehr hier gewesen.

Die Bank war kalt, und Edith rutschte ganz nah an Paul heran. Lehnte ihren Kopf gegen seine Schulter. Eine Zeit lang saßen sie einfach so da. Blickten über die Lichtung und verfolgten den Flug der Vögel am Himmel. Beinahe war es so wie früher. Aber sie konnte nicht mehr länger warten.

»Ich muss mit dir reden«, begann Edith. Sie merkte, wie Paul sich bei ihren Worten verkrampfte.

»Worüber denn?«, fragte er mit einer Leichtigkeit in der Stimme, die nicht über seine Anspannung hinwegtäuschen konnte.

»Du weißt doch, meine leiblichen Eltern … sie sind während des Krieges gestorben.«

Paul nickte.

»Ich habe herausgefunden, wo sie gestorben sind. Sie waren im KZ Buchenwald, bei Weimar, das ist in …«

»… der DDR«, vollendete er ihren Satz.

Diesmal nickte Edith.

»Warum möchtest du mit mir darüber reden?«, fragte Paul.

»Weil ich dorthin fahren will. Schon ganz lange will ich das, aber es war mir bislang ja nicht möglich. Ich möchte dich fragen, ob du mit mir kommst«, sagte Edith leise. Sie drückte sich fest an ihn und merkte, wie seine Anspannung nachließ. Sie wandte den Kopf, und Paul sah sie an, mit seinen dunklen und intensiven Augen.

»Mit dir gehe ich überallhin«, sagte er. »Auch wieder zurück in die DDR.« Er zog sie an sich und küsste sie. »Ich liebe dich, Edith Graf. Du bist mein Glücksbringermädchen. Das darfst du nie vergessen.«

»Ich liebe dich auch, Paul Lange«, erwiderte Edith, und in diesem Moment war sie so glücklich wie noch nie zuvor in ihrem Leben.

Sie wusste nicht, wie die Reise werden würde, und sie wusste auch nicht, was die Zukunft noch alles für sie bereithielt. Aber eines wusste sie ganz sicher: Ihre Liebe war stark. Sie hatte die langen Jahre der Trennung überstanden. Keine

Mauer der Welt konnte sie beide jetzt noch auseinanderreißen! Nie mehr.

ENDE

# NACHWORT

Auch in diesem Roman habe ich wieder reale und fiktive Personen und Begebenheiten miteinander verwoben.

Bei den Politikerinnen und Politikern Rita Süßmuth, Helmut Kohl, Walter Momper, Hans-Dietrich Genscher, Barbara Schäfer, Marianne Schutz-Hector, Günter Schabowski und Willy Brandt handelt es sich natürlich um reale Personen, ebenso bei der Gastwirtin Ria Maternus. Der Berater Rudolf Schilling, für den Paul in seiner Jugend arbeitete, ist meiner Fantasie entsprungen, ebenso alle weiteren handelnden Figuren.

Das Abschlusskonzert der Band Die Ärzte war tatsächlich am 9. Juli 1988 auf Sylt und wirklich restlos ausverkauft. Steffi Grafs Sieg gegen Martina Navratilova in Wimbledon hingegen war erst im Sommer 1988, nicht im Mai, wie es im Roman am Rande geschildert wird. Die Landtagswahl in Baden-Württemberg, bei der gleich zwei Politikerinnen Ministerinnen wurden, fand am 20. März 1988 statt. Im Roman wird es im Juli geschildert.

Vom Mauerfall in der Nacht des 9. Novembers 1989 hat man außerhalb Berlins überwiegend erst am nächsten Tag erfahren, zum Teil sogar erst am nächsten Abend. Und auch innerhalb Berlins haben es nicht alle Bürgerinnen und Bürger in der Nacht selbst bemerkt. Vom Fall der Mauer hat es noch beinahe ein Jahr gedauert, bis Deutschland wiedervereinigt war. Am 3. Oktober 1990 trat der Einigungsvertrag in Kraft. Das Datum wurde zum Tag der Deutschen Einheit bestimmt.

# DANKSAGUNG

Beim Schreiben eines Buches ist man größtenteils allein, dennoch sind viele Menschen direkt oder indirekt daran beteiligt.

Ich danke meinen Eltern und meiner Familie für ihre Unterstützung. Vor allem meinem Mann, der mir oft den Rücken freigehalten hat.

Großer Dank geht an meinen Agenten Dirk Meynecke und an meine Verlagslektorin Annika Hartmann, die zu viel Müdigkeit und Spiegelung verhindern konnte.

Weiterer Dank geht an Olga Krouk, die mir mit einer kurzen Schreibsession zum Prolog weitergeholfen hat, und an Tabea Koenig, die mich darauf aufmerksam gemacht hat, beim roten Faden zu bleiben, als ich gerade alles durcheinanderwirbeln wollte.

Ich danke meiner Lektorin Frau Dr. Brandt-Schwarze für die unkomplizierte und gute Zusammenarbeit und das genaue Auge für Details.

Yvy Kazi danke ich für die aufmunternden und stärkenden Worte.

Zudem danke ich Stefanie Mallmann und Ulrike Vogel – Leserinnen erster Stunde – für die Feedbacks.

Und ein weiterer großer Dank geht an Keah Rieger und Sherin Nagib, die jederzeit und für alles ein offenes Ohr für mich haben.